U0919069

THE ROAD TO SCIENCE FICTION

科幻之路

⑪

灰烬之塔

[美国] 詹姆斯·冈恩 编著
James Gunn

非淆 等 译

译林出版社

图书在版编目（CIP）数据

灰烬之塔 / （美）詹姆斯·冈恩（James Gunn）编著 ；非淆等译. -- 南京 ：译林出版社，2025. 1. --（科幻之路）. -- ISBN 978-7-5753-0425-2

Ⅰ. I561.45；I712.45

中国国家版本馆CIP数据核字第2024DS9984号

著作权合同登记号　图字：10-2023-21 号

灰烬之塔　[美国] 詹姆斯·冈恩 / 编著　非　淆 等 / 译

策　　划　姬少亭　李兆欣
统　　筹　吴荀东
责任编辑　赵　洁　竺文治
翻译监制　东方木
装帧设计　孙逸桐
责任校对　张　萍
责任印制　闻媛媛

出版发行　译林出版社
地　　址　南京市湖南路 1 号 A 楼
邮　　箱　yilin@yilin.com
网　　址　www.yilin.com
市场热线　025-86633278
排　　版　南京展望文化发展有限公司
印　　刷　南京新世纪联盟印务有限公司
开　　本　880 毫米 × 1240 毫米　1/32
印　　张　7.75
插　　页　1
版　　次　2025 年 1 月第 1 版
印　　次　2025 年 1 月第 1 次印刷
书　　号　ISBN 978-7-5753-0425-2
定　　价　65.00 元

目录

新星与其他群星

对于任一体裁的文学，在其发展进程中总会时不时涌现出一批与众不同的创作者，他们或是改变了文学的固有格局，或是实现了文学的可能性。这群与众不同的作家要么是革新家，要么是实现者：塞万提斯和理查逊[1]属于前者，而莎士比亚则属于后者。有时，这些作家的成就直到几十年甚至几个世纪后才会显现出来，然而通常他们会有如爆发星[2]——新星[3]一样出现在浩瀚星空中。

在科幻小说领域，凡尔纳和 H. G. 威尔斯属于革新家。但鉴于革新家、实现者一类的术语并不如它们看起来那样泾渭分明，凡尔纳从不避讳自己的创作得益于爱伦·坡、笛福和怀斯[4]等作家；威尔斯则会在作品中向斯威夫特及斯特恩[5]致敬（然而他并不承认自己从罗

1. 即塞缪尔·理查逊，英国著名小说家和印刷商，以书信体小说闻名。其小说不写冒险故事而写人们的日常生活，注意心理描写和故事结构的完整性，对后世许多小说家都有影响。
2. 光度突然变化的恒星。新星和超新星都属于这一类。
3. 曾经由于其突然出现而被认为是刚刚诞生的恒星，所以取名叫“新星”。
4. 即约翰·大卫·怀斯，瑞士牧师。他给孩子们讲的系列睡前故事被其次子整理出版为《瑞士鲁滨孙或遭受船难的瑞士牧师及其家庭——一本对城乡孩童及童心未泯者而言颇富教益的书》（或简称《瑞士鲁滨孙》），此后在欧美广泛传播，被多次翻译和改写。
5. 即劳伦斯·斯特恩，英国小说家，“感伤主义”的开创者，其作品在叙述结构和手法上与传统小说迥然相异，在文学史上有相当地位。

斯尼[1]、古尔蒙、弗拉马里翁这些法国作家身上获得了启发）。埃德加·赖斯·巴勒斯既是革新家也是实现者，爱德华·爱默·史密斯却是一位革新家。罗伯特·A. 海因莱因是革新家，A. E. 范·沃格特是实现者，而他们都是自处女作发表后立刻被公认为超级明星。

不是所有人绽放的光芒都如此分明：雷·布拉德伯里日渐闪耀，阿尔弗雷德·贝斯特爆发出了夺目的光辉，弗雷德里克·波尔在经历了漫长的匿名学徒生涯后，与西里尔·科恩布鲁斯组成了引人注目的双星，继而在 20 世纪 70 年代中后期迸发出一股新的创意激情。厄休拉·K. 勒古恩无疑属于新星之列，或许还有拉里·尼文，而威廉·吉布森也无疑位列其中。其他的人，例如杰克·威廉森、克利福德·西马克、弗里兹·雷伯、L. 斯普拉格·德·坎普、弗兰克·赫伯特、布赖恩·奥尔迪斯、菲利普·K. 迪克、罗伯特·西尔弗伯格及哈伦·埃利森，他们散发着更为温和的光芒。

在 20 世纪 70 年代后期的新星中，其中一颗便是约翰·瓦利（John Varley）。他是一个实现者，他的作品继承了科幻小说这个文学类型的惯用笔法，却又使其看上去焕然一新。瓦利出生于得克萨斯州奥斯汀市，1966 年进入密歇根州立大学学习，自 1973 年以来一直担任自由撰稿人，现居于俄勒冈州尤金市。他发表的第一篇故事为《近旁野餐》（“Picnic on Nearside”），刊载于 1974 年 8 月刊的《奇幻与科幻杂志》。在这之后，他又在各种杂志及原创选集中发表了一系列极具创意的故事。

瓦利的大多数故事有着共同的故事背景：神秘而强大的外星侵略者蜂拥而至，出于对鲸鱼和海豚的喜爱，他们将人类驱逐出了

1. 即 J. H. 罗斯尼，生于比利时的法国作家约瑟夫·亨利·奥诺雷·博埃克斯（Joseph Henri Honoré Boex）的笔名。他被视为萌芽时代的科幻小说作家之一，在法语科幻界的影响仅次于凡尔纳。

地球——可对照戈登·迪克森（Gordon Dickson）的《海豚之路》（“Dolphin’s Way”）阅读——然而人类并没有消亡，借由技术的提升，人类得以在月球、其他行星和卫星上，以及在太空中继续繁衍生息。此外，科学——在此种环境下幸存下来所不可或缺的东西——改变了人们的生活，尤其是通过生物学的进步，还有自然科学[1]的发展，人们不仅能更好地掌控周围环境，还能更好地管理自身，他们可以通过克隆、记忆记录和转移、基因操作、整形手术等技术来改造自己的身体。生活的大部分兴趣转向了艺术，而不是生存。

在这种情况下，新的生活方式成为可能，新的选择唾手可得，崭新的价值观被建立起来，而那些陈旧的东西则遭到摒弃。在这样的生活中没有什么会成为终结：童贞可以被修复，死亡不过是记忆的短暂中断，人际关系就像个人对身体、面容甚至性别的选择一样变化无常。人们可以住在任何地方，想干什么就干什么。在《20 世纪科幻作家》[2]（*Twentieth Century Science Fiction Writers*）一书中，伊恩·沃森[3]（Ian Watson）称这种生活“惬意至极”，因为选择不会招致可怕的后果；但瓦利的故事其实旨在质疑大多数人认为神圣且不可改变的东西。

瓦利自他发布首部作品以来便开始获得一系列奖项提名。《得唱，得跳》（“Gotta Sing, Gotta Dance”）及《堪萨斯幽灵》（“The Phantom of Kansas”）入围 1977 年雨果奖，《在火星诸王的前厅里》（“In the Hall of the Martian Kings”）入围 1978 年雨果奖，而瓦利本

1. 自然科学与社会科学、思维科学并称“科学三大领域”，它是以定量作为手段，研究无机自然界和包括人的生物属性在内的有机自然界的各门科学的总称，包括天文学、物理学、化学、地球科学、生物学等。
2.《20 世纪科幻作家》是柯蒂斯·C. 史密斯（Curtis C. Smith）主编的一本介绍 20 世纪知名科幻作家的书籍，其中包括对于数十位业内人士的采访，为圣马丁出版社“20 世纪英语文学作家”（*Twentieth-Century Writers of the English Language*）系列的第三本。
3. 英国科幻作家，长期居住于西班牙。曾担任著名科幻电影《人工智能》（*A. I. Artificial Intelligence*, 2001）的编剧。

人则在 1975 年和 1976 年入围约翰·W. 坎贝尔纪念奖最佳新人作家奖[1]。1979 年,《幻视残留》(“The Persistence of Vision”)包揽了当年的星云奖和雨果奖,《推挤者》(“The Pusher”)获 1982 年雨果奖,《按回车键》(“Press Enter”)获 1985 年星云奖及雨果奖,《芭比谋杀案》(“The Barbie Murders”)同样也入围了雨果奖终选名单。1980 年,瓦利的长篇小说《泰坦》(*Titan*)和短篇小说《选项》(“Options”)均入围了星云奖和雨果奖,《泰坦》的续作《巫师》(*Wizard*)也于次年入围雨果奖。

瓦利的短篇小说收录在了《幻视残留》(1978)、《芭比谋杀案》(1980)及《蓝色香槟》(*Blue Champagne*,1986)这三部短篇小说集中。他在第一部长篇小说《蛇夫座热线》(*The Ophiuchi Hotline*, 1977)之后写了“泰坦”三部曲[2],其中最后一部长篇是《恶魔》(*Demon*,1984),之后他以《钢铁海滩》(*Steel Beach*,1992)回归到了他的“八世界”系列[3]。1998 年他又发表了《金球》(*Golden Globe*)[4]。

《空中袭击》(“Air Raid”)原刊于 1977 年春季刊的《艾萨克·阿西莫夫科幻杂志》,并入围了当年的星云奖及雨果奖。这部短篇小说在 1983 年被扩写为长篇小说《千禧年》(*Millennium*),并于 1989 年拍摄了同名电影。然而这个故事并没有与瓦利的众多作品共用故事背景,取而代之的是它汇集了早期科幻小说中许多常见的惯用笔法,包括如法默的《继续航行!》这一类故事中使用的经典手法:故事讲述了一次严密组织的准军事行动,在叙述的过程中,作者提出了令读者费解的术语及信息,例如“绑架小队”、“接上电源”、“作战

---

1. 该奖项要求入围作家正式发表的第一部科幻或奇幻小说为两年内发布的作品。
2. 又名“盖娅”三部曲。
3. 系列小说,包括《蛇夫座热线》和之后的几个长篇以及前面提到的《近旁野餐》等几个短篇。
4. 也属于“八世界”系列。

室”、“局势板”、飞行日期、“超级够劲的‘燃油’”、“涂得像个白种人”，而这些通通出现在文章的前五段。

最终，这些术语及信息的含义变得清晰起来，而故事——文中人物与时间赛跑的目的只能靠读者来猜测，可作者的意图就是让他们猜错——以一种解答由第一人称叙述者提出的所有问题的方式展开，答案既令人惊讶又让人信服，同时充满了对人性的揭示。

（非淆　译）

空中袭击

［美国］约翰·瓦利

我是被震颤头骨的静音警报惊醒的。除非我坐起来，否则这玩意儿不会停下。我不得不坐起了身。昏暗的宿舍里，绑架小队的成员们正在我附近睡着，或是独自成眠，或是相偎相依。我打了个呵欠，挠挠肋骨，又拍了拍吉恩毛茸茸的肚皮。他翻了个身，就算是个浪漫的送别。

我一边揉着眼睛驱散睡意，一边伸手从地板上拿起我的义肢，绑好，再接上电源，接着穿过一排排床铺向作战室跑去。

局势板在暗处发着光。太阳带航空公司 128 次航班，1979 年 9 月 15 日自迈阿密飞往纽约。我们已经花了三年的时间寻找这架飞机，这会儿我本该高兴下，然而刚睡醒的人哪有那个劲头呢。

莉萨·波士顿嘟囔着从我身边走过，朝准备室的方向过去。我嘀咕着回话，跟上了她的步子。镜子周围的灯是亮着的，我摸索着向其中一面走去。而我们身后，又有三个人踉跄着走了进来。我在位子上坐下，接上电源，又向后靠了靠身子，最后闭上了眼睛。

可它们没能闭上太久。爽快！用来充当血液的泥浆变成了超级够劲的“燃油”，这让我瞬间坐直了身子。我睁开眼睛四下望去，发现身边有几个人正咧着嘴露出白痴一般的傻笑。是莉萨、平奇还有戴夫。在更远一点的墙边，克里斯塔贝尔已经在喷枪跟前慢慢转动起了身体——她得把自己涂得像个白种人。看上去这队伍可真不错啊。

我打开抽屉，开始在脸上做起准备工作。每次干这活儿都比前一次更麻烦。无论打不打针，我都是一副死人模样。右耳如今已彻底失去了踪迹，嘴唇无法合拢，牙龈始终暴露在外显示着自己的存在。一周以前，就在我睡觉的时候，一根手指也悄然脱落了。不过这跟你又有什么关系呢，混球？

我正忙活着，镜子四周的屏幕中有一面亮了起来。画面里的年轻女子嫣然一笑，她有着漂亮的金发，眉毛生得很高，脸蛋圆圆的。她跟我长得可真“像”啊。一行字徐徐掠过屏幕：玛丽·卡特琳娜·桑德加德，生于新泽西州特伦顿，1979年，年龄：25岁。宝贝儿，今天你可算是交上好运了。

电脑程序溶解了她的面部皮肤，好让我看清骨骼结构，头骨旋转着，横截面一览无余。我细致地研究了它与我颅骨的相同之处，又记下了有差别的地方。不错，比我之前分配到的有些模仿对象强多了。

我给自己装了一副假牙，上门牙上还有条细缝儿。脸颊也用油灰填充了，隐形眼镜从分配器上落下来，被我一把戳进眼眶里。至于鼻孔，用鼻塞撑大就好，耳朵就没必要装了，反正它们会被假发挡住。我又在脸上覆了一张空白的塑料肉质面具，在它融合之前我得等那么一会儿，好在只是一分钟，它已经完美地完成了塑形。我冲镜子里的自己笑了笑，有嘴唇的感觉真好。

传送槽哐当一下将一顶金色假发和一套粉红套装抛到我的腿上，假发刚从造型机里出来，还是热的。我戴上假发，之后开始穿连裤袜。

“曼迪吗？你拿到桑德加德的个人资料了吗？”我没抬头，我认出了这个声音。

“拿到了。”

“我们已经锁定了她的位置，就在机场附近。我们可以在飞机起飞前将你塞进去，这样你就可以充当她的替身了。”

我呻吟着抬头望向屏幕中的那张脸，埃尔弗蕾达·巴尔的摩-路易斯维尔，作战小队的总指挥，她的面容全无生气，眼睛的位置看上去更像是两条细缝。但对于一个全身肌肉已经坏死的人，我还能指望什么呢？

“好的。”她说怎么样就怎么样吧。

她的影像从屏幕上消失了，接下来的两分钟里我一边穿衣服一边紧紧盯住屏幕，我得记下机组乘员的名字和样貌，当然还有关于他们的一些已知信息。末了我才匆忙追出去，好赶上其他人。从第一声警报到现在，已经过去了 12 分 7 秒。我们得赶紧行动起来。

“该死的太阳带。”克里斯塔贝尔一边发着牢骚，一边钩住她的胸罩搭扣。

“至少他们已经没让空姐穿高跟鞋了。”戴夫指出。要是放在一年前，我们还得踩着三英寸高的鞋跟在机舱过道里摇摇欲坠呢。此时我们穿着清一色的粉色衬衫，前衿缀着蓝白相间的斜条纹，还背了与衬衫相称的肩包。我慌手慌脚地将一顶滑稽的圆筒形帽子别在了头上。

我们小跑着进到黑漆漆的作战控制室，在传送门前排成一排。此时事情已经超出了我们的掌控范围，在传送门准备就绪之前，我们唯一能做的只有等待。

我排在了队伍的最前面，传送门就在几英尺之外，但我不得不转身背对它，因为它让我感到头晕目眩。我的目光转向坐在控制台边的侏儒，屏幕发出的亮光在他们身上晕上了一层金黄。这帮人里可不会有谁会回头看我一眼，他们不喜欢我们，当然，我们也没太喜欢他们。一群形容枯槁、憔悴不堪的家伙。相比之下，我们丰腴的大腿、翘起的臀部还有丰盈的胸部，无疑是对他们的羞辱，要知道绑架小队队员每天的进食量是他们的五倍，只有这样我们装扮起来才能像模像样。然而终有一天，我也会坐到控制台前。终有一天我也会被安装进控制台里，五脏六腑全都暴露在外，浑身上下臭烘烘的一团。见鬼去吧侏儒们。

我把枪埋在了手提包里杂乱的纸巾和口红下面，埃尔弗蕾达正从屏幕里望着我。

“她在哪儿？”我问道。

“汽车旅馆房间里，有飞行任务的时候她会从晚上10点独自待到第二天中午。”

飞机起飞的时间是下午1点15分，她把时间卡得很紧，这意味着她会很匆忙。对我来说这是好事。

“你们能在浴室里抓住她吗？最好是在浴缸里下手。”

“我们正在想办法。”她用指尖划过毫无生气的嘴唇，扯出一个微笑。她知道我喜欢什么样的行动方式，但她还是告诉我应该顺应局势。不过要求一下总不是坏事，毕竟人在水里摊开四肢仰着脖子的时候是最没有防备的。

“行动！”埃尔弗蕾达吼道。我穿过传送门，但事情就从这里开始乱了套。

我出来的方向不对，面朝着卧室踏出了浴室门。我转过身，透过门的雾气看到了玛丽·卡特琳娜·桑德加德，我必须穿回去才能接近她，我甚至没法开枪，因为子弹会误伤传送门另一边的人。

桑德加德正对着镜子，那绝对是最糟糕的位置。很少有人能够迅速地认出自己，但她一直都在望着镜子里的自己，此时她再看到我，不由瞪圆了眼睛。我闪到一边，蹿出了她的视线。

“什么鬼……嘿，你他妈是谁？”我留意着她的声音，这恐怕是最难弄对的东西了。

与其说是害怕，我觉得这会儿她更多是感到好奇。我的猜测没错。她穿过传送门走出了浴室，传送门对她形同虚设，确实也就是如此，因为它只能从一个方向进入。她身上裹着一条浴巾。

“我的天呐，你在干吗，为什么在我的……”显然语言已经无法表达她的惊讶，按理说她应该说点什么，但说些什么呢？总不能说，*不好意思我是不是在镜子里看到你了？*

我换上乘务员般殷勤的微笑，向她伸出了手。

“请原谅我的突然闯入，我可以解释这一切，你看，我正在……”我一拳击中了她的脑袋侧面，她踉跄了几下，重重摔倒在地，浴巾也随之落到了地板上，“打工赚钱付大学学费。”她试着爬起来，于是我用人工膝盖压在了她的下巴下面。她终于老实地倒在那儿不动了。

“去他的标准石油公司的油！”我揉着受伤的指关节，嘶嘶倒吸着冷气。但没有时间了，我跪在她身边，检查了她的脉搏。她会没事的，但我估计自己打松了她的几颗门牙。我顿了一下，天啊，看看她，没有化妆，也没有假体。这样的她几乎令我心碎。

我抓住她的膝盖下方，使劲把她向传送门的方向拖去。她全身软趴趴的，就像一袋软乎乎的面条。有人穿过传送门抓住了她的脚，一把拉了过去。*再见了，亲爱的！你乐不乐意来一场长途旅行啊？*

我坐在她租来的床上，试着调整呼吸。她的手提包里装着车钥匙和香烟，真真正正的烟草，绝对的价值连城。我点燃了其中的六支，心想这是只属于我自己的五分钟。房间里弥漫起甜美的青烟，今时今日已经没有人生产这样的香烟了。

赫兹牌轿车就停在汽车旅馆的停车场。我钻进车里，向机场驶去。我深深呼吸着饱含碳氢化合物的空气，甚至可以看到数百码以外的东西。眼前的景象让我感到眩晕，同时令我雀跃不已。妄图描绘前机械世界是何样貌简直就是不可能的事。太阳如同一颗耀眼的黄色球体，任凭光线穿越雾霭。

其他的乘务员正在登机，他们中有些人认识桑德加德，所以我还是少开口为妙，佯装出一副宿醉的样子。这一招很有效，顺便也招来了不少心领神会的笑声以及窃窃私语。显然，我的这个借口相当符合桑德加德的个性。我们登上了 707 飞机，准备迎接羊牯们的到来。

一切都进行得很顺利。传送门的另一边，四名突击队员已经装扮成了此时正与我共事的乘务员的样子，那模样简直可以说是别无二致。在起飞之前的这段时间里，除了扮演乘务员我倒是无事可做。我只是希望不要再出什么岔子，在汽车旅馆的房间里搞反一个传送门让替身跑进去是一回事，在两万英尺高空的 707 飞机上，就是另外一回事了。

机舱差不多坐满了，那个将由平奇假扮的女人关闭了前方的舱门。飞机滑行到跑道的末端，之后我们起飞了。我开始接收头等舱乘客的饮料点单。

就 1979 年的情况来说，这群羊牯倒是极其普通的一群人，一个个身材臃肿粗鄙不堪，他们并没有意识到自己正生活在天堂里，宛如鱼儿不知自己身居于大海中。女士们先生们，诸位对就此开启一段通往未来的旅程意下如何？不用了？不得不说，你们的决定让我觉得诧异，如果我说这架飞机将会……

当飞机到达巡航高度的时候，我的警报再次响了起来。我查看了宝路华牌女士手表下的指示器，瞥向其中一间洗手间的门。我察觉到一阵振动正在贯穿机体。*该死，不该这么快的*。

传送门就在洗手间里。我快步走出来，示意黛安娜·格利森——戴夫将要假扮的那个姑娘——到机舱前面来。

“你得看看这个。”我装着一副恶心不已的样子对她说。她推门进了洗手间，接着在传送门的绿光前停住了脚步。我踩着靴子狠狠在她屁股上踢了一脚，同时撞了她一下。完美！戴夫应该有机会在穿越过来之前听到她的声音。不过说真的，在她望向四周的时候，除了尖叫也确实没什么事可做了……

戴夫穿过传送门时还在调整他那顶傻里傻气的小帽子。我猜，黛安娜必定是狠狠地挣扎了一通。

“真是讨厌。”我低声说道。

“确实一团糟。”他说着，从洗手间里走了出来。他说这话时的口气无疑像极了黛安娜，尽管口音有点儿不对。不过这种事也无所谓了。

“那是什么？”一个经济舱的乘务员问道，我跟戴夫退到一边好给她腾出地方好好看个清楚，接着戴夫把她也推过了传送门，平奇则快速地从传送门里跳了出来。

“我们的时间变短了，”平奇说，“我们在那边损失了五分钟。”

“五分钟？”戴夫，不，黛安娜尖声叫道。而我也有同样的想法，毕竟我们有一百零三位乘客需要处理。

“对，就在你把我要代替的那个姑娘推过去之后，传送门的连接断掉了，他们用了五分钟来恢复。”

我们已经习惯了这种情况。在传送门的两侧，时间会以不同的速率流逝，尽管时间总是保持连续并且指向未来。一旦我进入桑德加德的房间开始这次绑架行动，任何一边的时间就都无法再退回到更早的时刻。在1979年的这一边，我们必须在九十四分钟内搞定所有事情，而另一边，传送门的维持时间无法超过三个小时。

“你走的时候，距离警报响过了多久？”

“二十八分钟。”

听上去不妙。光是按需改造废人就要至少两个小时的时间，假设1979年这条时间线不再发生时间滑动，我们兴许还能刚好完成任务。遗憾的是，这种滑动是始终存在的。一想到这种不确定性，我竟不寒而栗起来。

“没有时间再耍那些小把戏了，”我说，“平奇，你回经济舱去，叫另外两个姑娘都到这儿来，告诉她们一次来一个人，就说我们碰到了点儿麻烦。你知道怎么办的。”

“知道了，先收收你的眼泪吧。”她匆忙向机舱后方走去。不一会儿，第一个姑娘出现了。她的脸上正绽放着友好的太阳带航空公司式的微笑，但过不了一会儿她的胃里就该翻江倒海了。天呐，只能这么干了。

我抓住她的手肘，把她拉进了机舱前部的门帘后头。她的呼吸变得急促。

“欢迎来到迷离时空。”我说着，将枪抵在了她的头上。她瞬间就瘫倒了，我慌忙接住了她。平奇和戴夫帮着我把她推进了传送门。

“该死！那东西在闪。”

平奇是对的，这是一个非常不祥的迹象。但当我们再望过去的时候，传送门的绿色亮光已经稳定了下来，谁也不知道另一边时间发生了多少滑动。克里斯塔贝尔低着头穿了过来。

“距离警报响已经过去三十三分钟了。”她说。此时再去讨论我们每个人的想法已经没有意义了，事情正在顺着我们的预测发展，它在一步步地变糟。

“回经济舱去，”我说，“勇敢点，对每个人都报以微笑，但是活要干得漂亮，明白吗？”

“知道了。”克里斯塔贝尔说。

我们又快速地解决了另一个姑娘，一切顺利。已经没有多余的时间去讨论其他事了，再过八十九分钟，无论我们能不能处理完所有乘客，128 次航班的残骸都会散落整条山脉。

戴夫走进驾驶舱，以免其他机组成员给我们再添点儿什么麻烦。按照计划，我和平奇应该先处理掉头等舱的乘客，接着去经济舱给克里斯塔贝尔和莉萨帮忙。“咖啡，茶，还是牛奶？”我们操着标准的乘务员式开场白向他们靠近，之后就只能仰仗我们的速度和对方的迟钝了。

我在左边最前排的两个位子前俯下了身。

“你们对本次航班还满意吗？”砰，砰，我对着那两只脑袋扣动了扳机，而这一幕可绝不会让其他羊牯看到。

“嗨，各位，我是曼迪。跟着我飞吧。”砰，砰。

距离厨房还有一半的距离，有几个人正带着好奇的神色望向我们。但除非是自己碰上麻烦了，否则人们一般不会大惊小怪。后排有一个家伙站了起来，我没去管他。这会儿只有八个人还醒着，我收起笑容，快速地开了四枪。平奇处理了剩下的几个，我们匆忙穿过门帘，时间刚刚好。

经济舱里，已经有大约 60% 的羊牯被处理了，此时，机舱的后部陷入了骚动。克里斯塔贝尔瞥了我一眼，我冲她点点头。

“好吧，伙计们，”她大声喊道，“我希望你们保持安静，冷静下来，听我说。你，蠢货，别吵吵了，不然我就要踹你的屁股了。”

无论如何，由她的发言而在人群中滋生的震惊足以为我们争取些时间，我们在飞机的一头拉开了一条散兵线，拔出枪，架在座椅靠背上，瞄准了眼前这三十头不明所以、急得团团转的羊牯。

只要不碰上那种特别莽撞的家伙，此时这些枪的威慑力已经足够了。实际上，这些不过是标准配置的致昏器，由一根塑料杆，还有两块相隔六英寸的电池组成，里面的金属含量低到甚至不足以触发劫机警报。从石器时代到 2190 年，对于无论何时的人们而言，它看起来都不太像一件武器，反而更像是一支圆珠笔。于是装备部门干脆用塑料壳把它们包裹起来，做成了一支真正的巴克·罗杰斯[1]式电光枪，配着十几个旋钮、闪光灯，还有像猪鼻子一样的枪管。没有人会想靠近这么一个玩意儿。

“我们现在的处境非常危险，而且时间紧迫。你们必须完完全全照我说的做，这样才能平安无事。”

不能给他们太多的时间思考，当下我们必须奠定自己的权威地位。反正无论我们怎么解释，此时的情况都会令他们感到一头雾水。

“稍等一下，我觉得你们欠我们……”

说话的是一名律师，我当机立断，拨动了枪上的烟火弹开关，朝他射去。

枪发出了奇怪的声音，听上去像是一架得了痔疮的飞碟，还吐出了零星的火花和小小的火焰喷射。射出的绿色激光指向了他的前额，他随即瘫倒在地。

当然，这一切纯粹是在虚张声势，却绝对令人印象深刻。

这一招很冒险。但我必须做出抉择，要么是让那个蠢货引发人们思考此刻的处境，继而导致恐慌，要么是让枪上的闪光制造些许慌乱。要知道，一旦让某个来自 20 世纪的人开口谈起“权利”还有他被“亏欠”的东西，局势可能就要失控了。这种言论往往具有很

1. 美国著名科幻漫画 / 影视剧主角。是一名 20 世纪的美国士兵，因故进入休眠状态（在不同版本故事中他的身份和经历有所变化），在公元 25 世纪醒来，卷入到一系列太空歌剧式冒险故事中。

强的煽动性。

我的办法奏效了。人们发出惊叫，钻到座位后面低头躲起来，没有人到处乱跑。我们本可以把他们都解决掉，但要想完成这次绑架行动，我们不得不让其中一些人保持清醒。

“起来，起来，你们这些懒虫！”克里斯塔贝尔嚷嚷着，“他只是晕过去了，死不了。不过如果有谁再不老实，我就直接干掉他。现在都站起来，照我说的办，孩子走在最前面。快快快，越快越好，到飞机的前部去。按照乘务员的指示行动，来，孩子们，动起来。”

我赶在孩子们的前头跑回了头等舱，在敞开的洗手间门前转过身，跪下身来。

他们却僵在了那里。一共五个孩子，其中有几个正在哭，那哭声让我的喉咙也有些哽咽。他们左右来回望着，望着头等舱座位上的一堆“死人”，挪不动步子，全然陷入了恐慌。

“来吧，孩子们。”我向他们喊道，一边露出一个温柔的笑容，“你们的父母一会儿就过来了，一切都会好起来的，我向你们保证。过来吧。”

我将他们中的三个推过了传送门，第四个孩子犹疑着，最终决定拒绝穿过那道门。她伸长了手脚，让我没法将她推进去。我可没法对孩子动手。她又挥着指甲来抓我的脸，我的假发掉了，她目瞪口呆地望向我的秃头，我趁机将她撞进了传送门。

第五个孩子坐在过道上，放声痛哭着。他大概 7 岁，我不得不跑回去把他拽起来，又是抱又是亲的，再一把将他丢进门里。天呐，真想休息一会儿，可我知道经济舱还需要我。

“你，你，你，还有你，好吧，你也是。过来帮把手。”平奇总是能一眼看出那些对他人甚至对自己都毫无用处的人。我们把他们赶到了飞机前部，接着我们沿左边散开以便控制那些帮忙的家伙。

逼着他们动起来并没有花费太多时间，我们让他们尽快将那些软绵绵的“尸体”拖到前头。我和克里斯塔贝尔在经济舱，而其他人都在前面。

此时肾上腺素正在我的体内分解代谢，激烈的动作停止后我开始感到异常疲惫。到了行动的这个阶段，我无可避免地开始对眼前倒霉愚笨的家伙产生了恻隐之心。是的，他们能下飞机就更好了，是的，如果他们不下飞机他们会死。然而等他们看到另一边的时候，他们会很难相信这一点的。

第一拨搬运“尸体”的人正要回去开始第二拨搬运，却被眼前的景象给惊呆了：几十个人被塞进了一个拥挤的小隔间里，而这个小隔间本来是空的，现在却非常拥挤。一个大学生看起来像是被击中了腹部，他在我身边停下来，眼中流露出恳求的神色。

“你看，我想帮你们的忙，只是……这里到底出什么事了？难道说这是某种新的营救方式？我是说，这架飞机是不是要坠毁了……”

我把枪调到了戳刺挡，在他脸颊上扫了一下。他倒抽了一口气，向后跌坐下去。

“闭上你的臭嘴，赶紧滚蛋，否则我杀了你。”他的下巴得好几个小时才能恢复，那之前他甭想再提出更多愚蠢的问题了。

我们清理完经济舱，继续向前移动。负责搬运的好几个人已是精疲力竭，要知道他们壮实得跟马一样，可此时却连一段楼梯都爬不上去。我们让他们中的几个从门里穿过去，其中还包括一对50多岁的夫妻。天呐，50岁！我们留下了看起来身强力壮的四男两女，迫使他们拼命干活，直到他们差点儿撑不下去了。但我们总算在二十五分钟内处理完了所有人。

当我们正脱着衣服的时候，补给罐穿过传送门飞了过来。克里斯塔贝尔敲了敲驾驶舱的门，戴夫走了出来，赤裸着身子。这可不是一个好迹象。

“我把他们给锁起来了，”他说，“那个该死的机长恨不得冲进机舱来场游行，我已经尽力了。”

有些时候我们不得不这样做。飞机此时处于自动驾驶模式，就跟它平日里这个时候的情况一样。如果说我们中的任何一个人可能做出对飞机不利的事，会无意间改变事件的既定进程，那就是这一举动了。这种意外一旦发生，我们之前所有的辛苦都会白费，我们都无法再进入 128 次航班，无论是在哪一条时间线上。我不懂什么时间理论，我只知道在实际操作中，当我们身处过去时我们只能在无法对未来造成影响的时间、地点采取行动。我们必须隐匿我们的行踪，当然这事儿也不那么绝对，有一次一个绑架小队队员把她的枪落在了飞机上，枪最终和飞机一起消失得无影无踪。没有人找到那把枪，又或者即使他们找到了，他们也绝对搞不明白那是个什么东西，所以我们总算是平安无事。

128 次航班是因为机械故障坠毁的。这是最好的一种情况，意味着我们没必要一直等到飞机接近地平面才让飞行员搞明白舱内的状况。我们可以把他们关起来，自己驾驶飞机，反正在这期间无论他们采取什么措施都无法挽回局面。碰上飞行员操作不当造成的坠机，要执行绑架几乎不可能。我们干活的背景多半是空中撞击、炸弹，或者是飞机结构缺陷。而这些事故中，哪怕是有一名幸存者，我们都不能插手。它无法与时空结构相契合，时空是不可变的（尽管它能稍稍延伸），但凡碰上这种情形绑架小队全员会逐渐消失，最后重新出现在备战室里。

头痛欲裂。此时我迫切地渴望着那个补给罐。

“谁在 707 上待过的时间最长？”

是平奇。所以我让她去了客舱，还有戴夫，他能假装飞行员的声音和空中交通管制沟通。我们得在飞行记录器中留下一个可信的记录。他们从补给罐中拖出两根长管，我们剩下的人则凑在了一起。我们站在那儿，每个人都抽起了一大把香烟，一边想快点把它们抽光，一边又希望抽完的时刻永远不要到来。在我们将衣服和机组人员丢过传送门的刹那，门消失了。

我们没有为此忧愁太久。绑架这活儿甜头不少，而其中最过瘾的部分莫过于将自己连接到补给罐。抢救病人时也不过是给他们输送富含氧气和糖分的新鲜血液，而此时我们获得的却是疯狂的美妙精酿，混合了浓缩肾上腺素、过饱和血红蛋白、去氧麻黄碱、自制威士忌、TNT 炸药和基卡普快乐水。这种感觉就像是在心脏里炸了一枚鞭炮，让你脚下呼呼生风。

“我的胸上正长着毛呢。”克里斯塔贝尔严肃地说道，其他人发出咯咯的笑声。

“有谁能把我的眼球递给我吗？”

“蓝的，还是红的？”

“我感觉我的屁股刚刚脱落了。”

这些鬼话我们早就全部听过了，但是我们还是照样大叫着。我们变得强壮，强壮，而在某个高光时刻我们将远离所有纷扰。世界变得荒谬而有趣，我感觉这会儿我能用睫毛撕碎金属板。

在被输进这种混合剂后，我们变得极度亢奋。门没有出现，门迟迟没有出现，门去他妈的还是没有出现，我们开始变得焦躁不安。之前门从来没有消失过这么长时间。

终于，它出现了。我们重新兴奋起来。第一个废人被送了过来，穿着从之前被选中模仿的乘客身上扒下来的衣服。

“那一边时间已经过了两小时三十五分。”克里斯塔贝尔宣布。

“天呐。”

之后是烦死人的常规工作，我们会先确认废人前额上画的座位号，然后抓住捆在它肩膀上的绑带，沿着过道把它拖到对应的位子上。画座位号的颜料只能显色三分钟。把废人放好在座位上，给它系上安全带，拆开绑带，把它拿回门那里扔回去，顺便抓住下一个废人。我们会理所当然地认为另一边的家伙们已经一丝不苟地完成了他们的工作：给废人装好牙齿，弄好指纹，身高、体重、发色也都与被模仿对象保持一致。大多细节其实并不太重要，特别是在128次航班这种事故中，飞机坠毁并发生了爆炸。到时候只会有零星的碎片残留下来，而且也早已被烧成了脆片。但我们决不能因此掉以轻心。营救人员会对他们所能找到的残留物进行彻底的查验，牙科记录和指纹尤为重要。

我讨厌废人们。我真的很讨厌它们。每一次，如果我抓住的绑带下头刚好是个孩子，我都会怀疑这个会不会是爱丽丝。*你是我的孩子吗，你这个小呆瓜，小懒蛋，黏人虫？*噬脑虫盘踞在她的脑中，啃食了她的生命，在那之后没多久我就加入了绑架小队。我不忍去想她是最后一代人类，是这世上仅剩的最后的人类，将以脑中无物的姿态存在。他们已经死了，即便按照1979年的医学标准也是如此。他们只能靠着计算机保持肌肉运作，以维系身体的状态。我们长大成人，进入青春期，具有生殖能力——每一千人中有一人——然后在第一次来潮后怀上了孩子。可之后我们发现，自己不知是从父母中的哪一个身上遗传到了某种病源直接与基因结合的慢性病，而我们的下一代对它无法免疫。我非常熟悉轻麻风病[1]是怎么回事儿，它让我在长大的过程中脚趾渐渐腐烂脱落。可现在这也太过了。但我们能做些什么呢？

1. 过去对某些病征类似麻风病的神经性病变的俗称。多见于营养不良的发展中国家居民身上。

十个废人中仅有一人会被赋予定制的面容，毕竟，塑造一张经得起医生解剖的新面孔得耗费大量的时间和技术，而剩下的那些则会在被送来之前预先就给弄坏。废人有好几百万个呢，想找到身型匹配的并不难。他们中的大多数还在呼吸——他们太蠢了，甚至不知道怎么停止呼吸——直到跟着飞机一起消失得无影无踪。

飞机剧烈颠簸着，我瞥了一眼手表，距离撞击还有五分钟。我们应该还有时间。我在搬运我的最后一个废人，我能听到戴夫正在发狂般地呼叫地面指挥中心。一枚炸弹被从传送门送过来，我将它抛进了驾驶舱。平奇打开炸弹上的压力传感器，慌忙从舱里跑了出来，身后还跟着戴夫。莉萨则已经穿过了传送门。我抓起那些穿着乘务员制服的四肢瘫软的娃娃，一把扔在了地板上。发动机损毁，一块碎片穿过了机舱。我们开始失压。炸弹炸飞了一部分驾驶舱（我们希望地勤救援人员能认为是穿过机舱的那部分发动机导致了机组人员的死亡，飞行记录仪上再没留下飞行员的话），我们在旋转，慢慢地，向左，再向下。我被气浪向着飞机侧面裂口的方向吹了起来，但我成功地抓住了一个座椅。克里斯塔贝尔就没那么幸运了，她被向后吹了过去。

飞机微微上升，逐渐失去速度。克里斯塔贝尔躺在过道里，突然间，她躺的地方翘起形成一个向上的斜坡。鲜血从她的太阳穴渗了出来。我向后瞥了一眼，所有人都已经走了，只剩三个穿着粉红制服的废人叠在地板上。飞机开始失速，机头朝下坠去，我的脚也随之离开了地板。

“快过来，贝尔！”我尖叫着。传送门离我只有三英尺远，我开始向她飘浮的地方攀爬过去。飞机颠簸了一下，她撞在了地板上。不可思议的是，这一撞似乎使她清醒了过来，于是她开始向我的方向游动，在地板再次拍到我们身上前，我抓住了她的手。飞机正在经历最后的垂死挣扎，我们弓身爬向洗手间的门，却发现传送门不见了。

没什么可说的。我们惨了。想在一架沿直线飞行的飞机上将传送门稳定在一个地方已经够难的了，何况是现在，我们就好比一只正在螺旋飞行、即将支离破碎的小鸟，数学计算会变得无比艰难。反正他们是这样跟我讲的。

我抱住克里斯塔贝尔，托住她血迹斑斑的脑袋。她昏昏沉沉的，但还是硬撑着笑笑，耸了耸肩。顺应局势。我匆忙冲进洗手间，让我们两个坐到了地板上。我的背朝向前舱壁，克里斯塔贝尔被夹在了我的双腿间，背朝我的前面。就像训练时一样，我们将脚抵在了另一面墙上。我紧紧抱住她，把头搁在她的肩膀上哭了起来。

然后它就出现了。一道绿光在我的左侧亮了起来。我拖着克里斯塔贝尔，低着头猛力冲向传送门，与此同时，两个废人越过我们的头顶被丢了过去。几双手抓住我们，把我们拉了过去。我又在地板上爬行了足足五码，我把腿留在那一边了，而我已经没有备用的腿了。

我坐起身的时候，他们正要把克里斯塔贝尔抬去医疗室。她躺在担架上，经过我身边时我拍了拍她的胳膊，不过她已经晕过去了。事实上，我完全不在意自己也在这会儿晕过去。

还得再等一会儿我们才能确认一切确实成功了。有时候，事情并不能如我们所愿，有时候，当我们回过神时，会发现所有的羊牯们已经静静地蓦然消失了，因为时空统一体无法承载我们强置于其中的变化和佯谬。这意味着我们费尽千辛万苦救出来的人会像番茄一样撒满卡罗来纳州某个操蛋的山坡，只余下一堆被毁了的废人和一支精疲力尽的绑架小队。好在这次并没有发生这种情况，我看到那些人正来回转着圈，浑身赤裸，比任何时候都还要困惑不解。这会儿他们真正开始感到害怕了。

从埃尔弗蕾达身边经过时，她碰了碰我，冲我点点头。这在她极其有限的几种姿势中代表了干得好的意思。我耸耸肩，疑惑着自己是不是应该把这当回事，但剩余的肾上腺素还在血管里起着作用，等我反应过来时自己已经咧开嘴朝她笑起来。于是我也向她点了点头。

吉恩正站在围栏旁。我向他走去，抱了抱他。我感到血管中的燃料在流动。该死的，就让我们浪费那么一小点儿补给，好好享受这个美好的当下吧。

有什么人在敲打着围栏的无菌玻璃墙。那个女人大声喊着，对着我们破口大骂。怎么回事？你们对我们做了什么？那是玛丽·桑德加德。她哀求着我这个秃着头、还缺了一条腿，却跟她长得一模一样的"双胞胎姐妹"给她一个解释。她以为自己惹了什么麻烦，天呐，她真漂亮，我真是恨死她了。

吉恩将我从玻璃墙那儿拉开了。我双手发疼，尽管并没有去抓挠玻璃，我的假指甲也已经全部掉落了。此时桑德加德正坐在地上，低声啜泣着。我听到外面的扬声器里传来简报员的声音。

"……半人马座三星环境舒适，拥有和地球非常相近的宜人气候。这里我说的地球指的是你们的地球，而不是变成现在这样的地球。往后你们会知道得更多的。以飞船时间来计算的话，这趟旅程将耗时五年。一旦着陆，你们将有资格获得一匹马、一把犁、三把斧头、两百公斤谷物种子……"

我靠着吉恩的肩膀。即便在他们处于生命最低点的时候，此时此刻，他们也比我们要好得多了。过去的十年，其中大概有一半的时间我都是一个四肢不全的人。他们就是我们最好的，最光明的希望。一切都指望他们了。

“……我们不会强迫任何人踏上这趟旅途。我们希望再次指出，当然也不会是最后一次，如果没有我们的介入，你们都会死去。然而，有些情况你们还是应该知道，你们是呼吸不了我们的空气的，如果你们执意待在现在的地球，你们可能无法活着离开这幢建筑物。我们和你们不一样，我们是基因遴选的产物，那是一种突变过程。我们是幸存者，但是我们的敌人也和我们一同在进化。他们在逐渐占据上风。不过，你们对我们所患的疾病是具有免疫力的……”

我畏畏缩缩地转过了身。

“……另一方面，如果你们选择移居，你们将有机会开启新的生活篇章。这不会是一件容易事，但作为美国人，你们应该为你们骨子里的先行者精神感到自豪。你们的祖先幸存了下来，你们也将如此。这将是一次有益的经历，所以我力劝你们……”

当然当然，吉恩和我互望了对方一眼，相视而笑。听我说，各位，在之后的几天里你们中5%的人会饱受精神衰弱的折磨，无法离开；大约相同数量的人会在这里，或是旅途中选择自杀。而等你们抵达了目的地，60%到70%的人会在最初的三年中死去。你们会在分娩的时候死去，或被野兽吞食，埋葬三分之二的新生儿，抑或在干旱无雨的时候慢慢饿死。倘若你能躲过这一切继续活着，也将从早到晚终日扶犁苦耕。各位，新地球可真是个天堂啊！

天呐，我真希望自己也能跟他们一起去。

（非淆　译）

科幻小说，异化者与异化

写小说这事只有一个困难，就是很难写好。科幻小说所需要的理解力，不仅仅包括洞悉人性，也包括对于科技及社会的洞察，更包括能够创造可信新世界的能力，所以想把科幻小说写好就更难了。但科幻小说又有着另一个特点，它的读者是普通公众。科幻小说要让人读得赏心悦目、妙趣横生，这才能覆盖广大读者群体，但严肃创作却并不总是那么有趣。

和所有小说创作差不多，科幻小说稿酬很低。但其相对庞大且忠实的读者群体又不断地需要读到新作。一些作者写得够快，还能写出不错的类型小说，即使读者不多，他们也能维持生计。除此以外，一些作者还吸引了科幻范畴以外的读者，甚至他们还能发一笔小财。但是如果那些作家想要做些新的尝试去娱乐读者，他们就必须小心翼翼地带领读者，双方一起去寻找到一个新的方向写下去。

严肃的作家往往面临两难选择，科幻读者可以养活相当多的作家，他们读得颇为认真，甚至可以容忍更严肃、更具实验性质的作品。但归根结底科幻作品对于读者来说，仍然是一种阅读乐趣所在。

作为读者、作家、类型写作的学生来说，巴里·N. 马尔兹伯格对科幻小说所知甚多。他出生于纽约市，1960 年在锡拉丘兹大学获得学士学位，随后在纽约市福利局和心理卫生部工作。1964 年回到锡拉丘兹大学，攻读硕士学位。在那期间，他还是舒伯特基金会的戏剧创作研究员，同时也是科妮莉亚·沃德创意写作协会研究员。但他最终决定，自己并不想成为一位“从没出版过作品的英语副教授”，于是他离开了锡拉丘兹大学，成为一名自由撰稿人。他通过担任斯科特·梅雷迪斯文学代理公司的助理，同时作为《惊奇故事》和《奇妙故事》杂志的编辑，以及作为男性杂志《恶作剧》的执行编辑获得的收入，维持家人生计。

马尔兹伯格很早就开始失望了。他曾想写点文学作品、主流小说，但在 20 世纪 60 年代早期，他发现市场已经日益萎缩，新手根本无法以此谋生。但科幻小说却点燃了他长期的创作激情。他一开始就明白，他不仅会写科幻小说，而且还能卖掉赚钱。如果他写得够快，也足够养家糊口了。他的第一个故事《我们正从窗户里出来》(“We’re Coming Through the Windows”)，在 1967 年 8 月的《银河》杂志上发表，以 K. M. 奥唐奈（K. M. O’Donnell）的笔名出现。他的第一部长篇小说是《千手神谕》(*Oracle of the Thousand Hands*, 1968)。直到 1969 年，他仍然在使用奥唐奈作为笔名，兴许他仍然对主流文学创作抱有梦想。他在他的第一个短篇小说集《最终战争和其他幻想》(*Final War and Other Fantasies*，1969）的介绍中写道：“……文学的未来……在科幻小说中。……文学市场已经枯竭……但是［科幻领域中］，那些能触动作者的素材和观念，有 98% 还从没有人写过。”

在接下来的十五年里，马尔兹伯格触及了各式各样的题材，发表了二百五十多篇短篇小说，二十七部科幻小说，八部短篇小说集，以及其他四十部小说，其中包括一些用化名写的色情小说，以及用麦克·巴里（Mike Barry）这个名字发表的十四部悬疑小说。其中七十本书出现在 1968 年至 1976 年这八年之间，另外二十七本书发表于 1972 年至 1975 年的三年里。在他的第一部作品出版后不到十年，马尔兹伯格就宣布退出科幻小说写作。回想到他对于微薄稿酬的抱怨，以及对于出版商和读者缺乏鉴赏力的不满，这一切也就不足为奇了。他写过一些关于科幻小说的富有洞察力的文章，其中一些收录于 1982 年出版的《夜间引擎：80 年代的科幻小说》（*The Engines of the Night: Science Fiction in the Eighties*），还有他参与编辑的七本选集的注解中。他抱怨说，在为其他作家的短篇小说集撰写的众多导言中，他一直作为代表，帮其他科幻作家说话。

在某些方面，马尔兹伯格的职业生涯与罗伯特·西尔弗伯格的职业生涯颇为相似，西尔弗伯格比他大 4 岁，但大体属于同一代人。西尔弗伯格可比他早十三年就开始发表作品，同样高产。但直到十年后，他才写出公式化的作品，还赚了一大笔钱。然后西尔弗伯格转向精心构思的科幻小说，赢得了许多奖项。或许是对自己的读者缺乏鉴赏力而不满，或许是写作强度太大，大约与马尔兹伯格差不多的时间，西尔弗伯格同样宣布退出科幻小说创作。但和西尔弗伯格一样，马尔兹伯格最终又回归写作。

马尔兹伯格的作品获得了许多奖项：他的小说《超越阿波罗》（*Beyond Apollo*，1972）作为年度最佳小说，赢得了首届约翰·W. 坎贝尔纪念奖。他的两个短篇小说和一部长篇小说，入围星云奖最终的提名名单。他的《格尔尼卡之夜》（*Guernica Night*，1974）被乔伊斯·卡罗尔·奥茨[1]（Joyce Carol Oates）在《纽约时报》上作为一

1. 美国女作家，1963 年出版首部短篇小说集《北门边》，代表作品有《人间乐园》、《他们》和《奇境》等。1970 年获得美国国家图书奖，2005 年获得法国费米纳文学奖。

部文学作品进行了评论。同时，他的短篇小说集《梦之区》(*Down Here in the Dream Quarter*) 也在《纽约时报》得到了评论。文学评论家们也赞扬了他的其他作品，如《坠落的宇航员》(*The Falling Astronauts*，1971)、《覆盖》(*Overlay*，1972)、《赫罗维特世界》(*Herovit's World*，1973)、《银河系们》(*Galaxies*，1975) 和《斯科普》(*Scop*，1976) 等。在他"重返"科幻小说写作后，他创作了一本颇有见地的文集《夜间引擎：八十年代的科幻小说》。书中的一些作品，经常获得雨果奖和星云奖的提名。此外，他还创作了《燃烧的十字架》(*The Cross of Fire*，1982) 和《再造弗洛伊德》(*The Remaking of Sigmund Freud*，1985)。

马尔兹伯格着迷于科幻小说的无限可能，他痴迷于科幻小说，这一切都促使他继续创作。但他的个人气质和艺术观，也促使他使用科幻小说的创作套路，作为一面反映人类更黑暗困境的镜子，创作出另一些作品。从马尔兹伯格的作品中，我们能感受到对于信仰的渴望，而这种渴望总是和他与生俱来的怀疑、无处不在的悲观主义进行斗争，这种悲观主义是对于实现任何目标的可能性的怀疑，尤其是那些与人类沟通和爱情有关的目标。就像道格拉斯·巴伯[1] (Douglas Barbour) 在《20 世纪科幻作家》中写的，他笔下的人物沮丧、压抑、无助又痛苦，却仍然痴迷于自己的目标。"他将科幻小说中的阴暗面暴露于艺术之光下。"因此，传统科幻读者并不那么喜欢马尔兹伯格。他的一些作品，包括《聚集在行星大厅》(*Gather in the Hall of the Planets*，1971，由奥唐奈这个笔名创作)、《银河系们》和《赫罗维特世界》，探讨了科幻作家的困境，特别是他们的工作条件和工作要求，这些要求是如何耗尽了作家们的精力，故此马尔兹伯

1. 加拿大诗人、学者、科幻评论家。

格认为，这样根本没法写出好的科幻作品。

《剥离》（“Uncoupling”，1975）首次发表于《反乌托邦视野》（*Dystopian Visions*，1975）上。《剥离》探讨了马尔兹伯格几个永恒的主题。一个是反乌托邦式的未来，这里是一个人口过剩的世界（“人口超标五倍之多”，叙述者重复得出奇准确）。第二个是无处不在的官僚习气（也许是马尔兹伯格曾为两家纽约市公共机构工作所保留的经历），主人公起初遵守规则，进而也只能屈服。第三个主题是痴迷，在这篇小说里，性成为故事中的中心隐喻。性为主人公的强迫行为和他的反社会行为（甚至是自我异化）提供动机，直到高潮时刻，然后是其后果，消退（剥离）。这一切导致出一种情绪，让主角随时准备与控制他世界的力量合作，这力量规范一切，也包括性事。

在文体上，这个故事证明了马尔兹伯格对语言、句子结构和节奏的关注，以及对典故、意象、明喻等的使用。就像他在《巴里·马尔兹伯格精选集》（*The Best of Barry Malzberg*，1976）前言中所指出的那样，他自己也非常欣赏阿尔弗雷德·贝斯特的作品，《剥离》一文也是对贝斯特作品的一种模仿。他尤其喜欢贝斯特的《5,271,009》，他从中学习了贝斯特那种脆弱的叙事风格、对话方式、怪得恰如其分的名词和动词，以及不时出现的法语。他也喜欢贝斯特的《可爱的华氏度》，从中他吸收了第一人称和第三人称之间叙述角度的转换的写法，但马尔兹伯格的借鉴另有所图。贝斯特运用叙述观点的转换，表现了主人和机器人之间的误会越来越大。马尔兹伯格用此手法，表现主人公由于丧失做爱这种每月一次的义务和权利后，所产生的剥离感。而法语的出现，即所谓爱的语言的运用，乃是主人公所声称神经衰弱的结果。

最终这个故事是关于互相理解的。在某个时刻，主人公一度认为他理解这一切：“理解力就像一个灰色的水潭，躺在我脚下。里面满是眨巴着眼睛的知识之鱼。我用力跳进去，水花四处飞溅，飞溅出蹩脚的法语来。”但最终主人公却拒绝了沟通和互相理解的可能性，这主要并不是因为官僚机构的威胁，更多的是由于这种理解仅仅是一种生理上的需要。

（朝朝暮暮　译）

剥离

［美国］巴里·N. 马尔兹伯格

我怒气冲冲地来到高塔之前，一路步行穿过城镇，这让我呼吸急促、浑身战栗、神情恍惚（我太经常倾向于想些多余的话了，但敬请见谅，这是个老毛病了），但身体却另有所图，全身颤抖停不下来。我在空旷的接待台前站了一会儿，大口吸着加氢的 O_2[1]（高塔的一个重要迷人之处就是这里的空气可都是纯氧，在如此艰难困苦之世，殊为不易）。我大喊着，想要得到服务："来个人！"我对着闪闪发光的墙壁、一尘不染的走廊、充满氧气的荧光通道喊道："我需要服务。我一直都在等。我需要做爱。"[2]

一个接待员走了过来，接待员穿着飘逸的长袍，不辨男女。高塔里的一切都是表面文章，往里深入一分便是一片空无。然而，我们还得这么过活，世界是一堆塑料而已，世界变得腐败不堪。可除此之外，我们别无选择。

"对不起，先生，"接待员说着一口令人生厌的法语，"我愿意为您服务，但我不太明白您想要什么。"

1. 氢气有轻微的麻醉作用。
2. 本篇楷体字部分原文为法语。——中文版编注

"说英语！"我咆哮着，撞在柜台上。这里站着一个30多岁的高个子男人，他有些疲惫，但并不蠢笨。他满面愁容，像是有许多条蛇在脸上爬来爬去。（请原谅，我常想失去自我个性，会不由自主使用第三人称来称呼自己，尤其当我绝望地想要从"自我"的幻象中挣脱之时。）"说英语！"那个又修长又苦涩的男人叫喊着，他的声音在高塔的大厅里回荡、放大。接待员有些发抖，把他/她的长袍往身上裹得更紧了些。

"是的，"接待员说，"我会帮助您的，我们所有人都会帮助您的。但您必须明白，这道理浅显易懂。为了给您帮助，您必须小点声说话……"

"我不要小声说话！"我尖叫着，狠狠地用拳头砸向桌子，桌面闪闪发光。"我不需要小声说话。给我服务，好好听我说话，明白我需要什么，这些都是我的权利——你们这些小丑难道不明白吗？——此外。"我的语气赶快平静下来，接着补充道。这时出现了几个吓人的机器警察，它们悄悄溜进了接待处，手里拿着几个梅斯催泪喷雾罐，随时准备动手，我赶快用平静些的语气补充了一声。我低声对接待员说话，尽量摆出最温柔迷人的表情，把所有的蛇都从脸上给赶跑了："今天我要做爱，这是我的权利，我得好好享受。时间就是金钱，金钱不就是物质之间的交换。要是没有了时间和金钱，这一切又有什么意义呢？我是来这儿放松的，我只想规规矩矩地跟异性做爱。"我用胳膊肘支在桌子上，对接待员和善地眨了眨眼睛。"请原谅我的粗鲁，"我补充说，"请原谅我的粗鲁，我太需要了。"

接待员在桌子下面找了一会儿，变出一份标准格式的申请表递给我。机器警察们喋喋不休地交谈着，它们的触须前后摆动，像是在互相讨论着什么。然后它们悄无声息地退了出去，接待处再次变得空空荡荡，毫无破绽。我尊重这些机器警察维护安全的手段。高塔其实也很不容易，它必须满足人类各种正常或不正常的需求。（20世纪中叶的预测完全正确，现在政府管理着一切。）幸好我不用管理高塔，如果让我来，我得采取更强力的手段才行。人类必须学会接受眼前的这一切。他们必须明白，这个世界已经污染不堪、人口过剩、社会动荡不安。原本只够一个人生存所需的资源，现在必须分给五个人使用。紧张的局势不断升级，唯有自上而下的强硬管理方式，才能使世界避免彻底毁灭。每个人都必须安分守己。（我以前写过一篇关于新法西斯主义的论文，而在我自己居住的小间里，收藏了一套便携式鞭子，有些戏谑的时候我很想让它们快活地落到我自己和所有访客身上。）

“先填这张表，先生。”接待员对他说道。他就站在桌旁，这个法西斯分子身材高大却一脸苦涩。接待员接着说道：“姓名、地址、地区、地域、授权信息、性交欲望和信用凭证。”接待员意味深长地指了指身后，那里有一台放在矮架上的小机器，“然后，我们会把申请表交给银行，如果一切检查结果都令人满意的话。”接待员停顿了一下，挑了挑眉毛。它看上去有些神情紧张，隐藏在苍白长袍之下的接待员，出人意料地流露出渴求的神色来：“我随叫随到。”

我匆匆忙忙地填着表格：姓名——无关紧要，年龄——无足轻重，住址——血区的低处住所，授权信息——F-51条款：变态性交和异性性交，性交欲望——急不可耐。输入信用信息之后，我赶紧把表格递回给了接待员，它接过表格，冰冷的手指快速划过我的手指。这再次激起了我汹涌的性欲。“我在想，”我贴近接待台说道，“我在想，你自己是否能够……呃……”

“绝不可能，先生。”接待员说道。它脸上一阵温和的红晕迅速掠过，就像刚才愤怒撕裂我的脸庞那样：“在任何情况下，我们都只接待客人，别无他途。您是来要求与异性做爱的，难道不是吗？”

“没关系，”男人尖叫着，再次导致机器警察的喷雾罐被放下来贴近地板，“根本没关系，而且……”

“我没法和您做爱。”接待员说完转过身，生气地拿起我的申请表，塞进机器里。它在申请表吞下去的时候，把纸撕了下来。它继续说道：“我是中性的，因此无法满足您的要求。”

“你不明白，”男人说道，“在我们血区，我可不会，我绝对不会忍受接待员这样对我。”他把手放在腰带上，里面藏着武器，“你这样对我，我真受不了……”

一群机器警察全副武装地出现了，我赶紧闭嘴。高塔里的灯光像许多颗小小心脏，不停跳动着。嘀嗒，嘀嗒，绿色的灯光，像是一支利箭，笔直射向大脑深渊。我突然就明白了一切。对做爱的剥离，才导致了这一切，紧张情绪不断累积：反社会行为、对接待员的粗鲁行为、不时冒出的蹩脚法语、视力障碍。站在那里，我感到一种危险的平静正在恢复，我既不害怕，也不渴望地望着接待员。“请原谅我，”苦闷的男人对接待员说道，“我太激动了。”

“没事了，现在没事了。”接待员一边说，一边向机器警察做了个手势。刚才这么一闹，它们已经靠了过来。现在它们足有二十个还是五十个，穿着有徽章的政府制服，愁眉苦脸地盯着我。离得最近的，显然是一名机器警察主管，它意味深长地把一支钨棒在手中传来递去，把电路调整成了橙色。

“没事了。”我说着，做出和善又通情达理的样子，向机器警察主管伸出一只手。我一直相信，人与机器可以在技术统治下共存。我自己的法西斯主义披着变态外衣，但这件变态外衣里，可从来没有对机器的恐惧或厌恶之情。我和机器人相处得很好。如果没有它们，世界早就沉入大海了。这世界需要控制，绝对的控制。

“没事了。”机器警察主管发出一阵金属般的咯咯声，它挥舞着触手，转身离开了。机器警察们又一次结束了它们之间的讨论，消失了。我打了个寒战，终于放松下来。这时我才发现身上的衣服都湿透了，我暗自警告自己，别再丢人现眼了。警察可不会手下留情。无论如何都要避免正面冲突，世界人口超标五倍之多。

“评定结果出来了，您能够做爱。”接待员说。玫瑰色的红晕又回到了它的脸上。它正看着我的打印报告，这又让它看上去显得有些阴郁。机器发出呼哧呼哧的声音，正不断吐出我的报告，我所有可怕的小秘密都被它看了个一清二楚，但我又能抱怨什么呢？我恢复了理智，甚至不可思议地朝接待员笑了一下。我同时想象着上衣口袋里躺着一朵水仙花，能让我嗅出一丝没有闻到的气味。“根据这些报告，您已经两个月没有做爱了。所以今天的服务是免费的。您的信用评级也合格了。”

两个月。整整两个月！理解力就像一个灰色的水潭，躺在我脚下。里面满是眨巴着眼睛的知识之鱼。我用力跳进去，水花四处飞溅，飞溅出蹩脚的法语来。两个月没有做爱！怪不得我的剥离反应如此强烈。怪不得我竟然不止一次，甚至两次召来了机器警察。“整整两个月！”我说道，“但根据我 23 岁时的医疗记录，我必须每月进行一次异性交合，每个月一次。光阴易逝啊。上个月我一定是忘记履行我的权利了，”我对接待员倾诉道，“我最近忙疯了。”这千真万确。我一直在专注一个关于疼痛诱导的大型研究项目，这工作让我聚精会神，废寝忘食。

“您一定是忘了。”接待员同意道。它眼里充满渴望，把打印出来的报告放进碎纸机里，撕成碎片。它似乎还有些不太舍得：“但现在一切都重回正轨了。高塔会为您服务的。政府竭诚为您服务，您能得到很好的服务。”

高个子男人从柜台边转过身，另一个接待员已经一把抓住了他。

那个接待员强壮得多，它用两根锋利的手指夹住了男人的前臂。柜台后的接待员说："请走吧，您会得到满意的服务的，我向您保证。"

"好的，我马上就走。"高个子男人回答道。那个魁梧的接待员猛地一拉，男人感到自己瞬间失去了平衡。他被拽着穿过后面摇摇晃晃的大门，进入高塔更深处。他重新适应了新的景象、新的声音。"这工作没意思透了吧？"他对较强壮的接待员说，"把客人从接待处送到做爱房间去。你肯定也很不满，我没说错吧？你想啊，眼前这些客人都有权做的例行公事，你却永远都没有份，你肯定很痛苦吧。当然啦，你的工作又必须界限分明。我可不想打听什么，我不是那个意思。"男人紧接着闭上了嘴。

"没关系，"接待员说，"我只能听懂简单的语言命令。"接着它带我进入高塔的走廊和通道深处。现在我能看到左右两侧的房间都向高塔深处移动而去。一些房间的门开着（理所当然。谁又会打搅好事？），我隐约看到一些人在房间里挣扎，有些成双成对，有些成群。精心制作的设备、闪闪发光的器具、做爱所发出的叫喊声充斥其中。我们越走越远，也许是因为我变得越来越兴奋，也许是因为我的渴求，也许是因为我彻底的剥离感，总之我变得两腿发软。接待员使劲把我抓得更紧，我需要接待员尽力帮着我，才能继续这段迅速而又变得分崩离析的旅程。我们走得匆匆忙忙，但这在我意料之中，政府要管着太多事情，我们都应该守时行动。我们总算停了下来。这时我才发现自己已经气喘吁吁，左前臂上有一块很深的乌青。但我们终于在"异性性交"区域停下脚步。门又一次打开了，一个干净、素雅、明亮的地方。我要是进入集中营，那里一定也像这样，都必须经历一段漫长而艰难的行程。那个壮实的接待员把我推进一个小间里，一个女人已经坐在那里等着。她的双手交叠在一起，全身几乎一丝不挂。那个高个子男人，终于注意到青紫的地方已经肿得厉害。在恐慌和压力下经常会变成这样；人们必须接受现实。

“你有五分钟。”接待员说。它走到门口，抄起胳膊，转过身去。我在后面可以看到一根细小的金属线，从它脑后的黑发中伸出来。我明白那是个机器人。我当然明白高塔受到的压力，会让运作方式发生改变，这一切没法避免。但我曾经期盼（当然，这是侥幸心理），我不会遇到这些事情。“五分钟，”机器人说，“你分配的全部时间就这些了。”

“真荒唐。”高个子男人说。他已经从衣服里跳了出来，这里的光线强得像是能穿透一切。他把富有光泽、平滑的四肢暴露出来：“我一向有十分钟的。”

“新规定。”接待员说道。头发下面的电线似乎在发光，一下子变成了橙色。“如果你不喜欢，”它说，“你现在就能终止这一切。”

“哦，不，”高个子说，“哦，不，不，不。”他一丝不挂地转向那女人，伸出双臂，好不容易才朝她走去。他向女人问道：“你说话吗？”

“不。”

“你随便说点什么吧，”高个子男人说道，“你们以前会和我说点什么。我是说，不是要探询什么，随便这样那样的说点……”

“不许说话！”接待员说。高个子男人看着女人，似乎在悲哀地确认着这一点。女人凄惨地慢慢点了点头。她的眼里出现了痛苦，然后消失了。她站起来，伸出双臂。她冷漠地做了个手势，高个子男人朝她走过来。

其实不应该谈论这一切，这些事情谈得越少越好。性幻想在2010年的伟大法案中，被宣布为非法。我可不会对政府的睿智提出异议，而且也真没有什么可讨论的。都是差不多的，一堆灰白的肉体在灯光下摩擦摩擦，可政府一口咬定有必要针对个人进行人格档案分析。我也不打算与政府争论这些东西，我可不会在任何情况下与政府发生冲突。因此，对这一切说得越少越好。只要指出一点，那种剥夺感立刻就消失了，我再也不想讲法语了。当我完事的时候，我心里甚至连一丁点可怜的法语——他们称之为爱的语言——也没有留下。

我慢慢地从那女人身上下来，穿上自己的衣服。她依旧倒在地板上，带着一种赞美的目光望着我，这种赞美也许是另一种形式的厌倦，也许是另一种形式的同情。“我很满意。”她说。

“算了吧，”我说，“我现在什么也不想听。”我穿好衣服，走到接待员跟前，它又抓紧了我的手臂。我对接待员问道：“你还要这样吗？”

“恐怕必须如此。”它像是带了一丝遗憾的口吻，“客人必须有人陪同。”

“我自己会跟你走。”

“我知道您自己会走，”接待员说，“但根据您的资料来看，对您施加一点暴力，也是让您总体满足的服务内容之一。别再跟我说话了，我跟你说过我听不懂。”它又一次用可怕的力道抓住我，拽着我穿过走廊。

返回去时，我们走了不同的路线。最后，我们又回到接待区，我从触角的形状认出了那个机器警察主管，它正在和接待员闲聊，开着玩笑。

“他来了。”那个魁梧的接待员说着，把我从它的手里放开。我突然倒了下来。瘀伤向上蔓延，像是个污点在我的前臂上倾斜过来，疼得我头皮一阵发麻。我摔倒在地板上，一定是这一摔让我苏醒过来。但当我恢复知觉时，只有那个魁梧的接待员独自一人。机器警察站在一旁，一脸关切。

“你没事吧？”它问道。

“我挺好的。”我尽量保持着自己的尊严。慢慢从地板上站起来，然后从衣服上擦掉一块块的污垢和粪便。（高塔都是表面功夫，实际保养得很差。）我补充道：“我只是摔了一下。”“如果你不马上离开，”机器警察主管显得毫不客气，“我就必须逮捕你。”“我完全明白。”我说。显而易见，客人不能在高塔内停留。每个人都心知肚明，世界人口超标五倍之多。如果客人都赖着不走，这情况简直难以想象。懂得合作，才是技术统治下生存的关键。作为人类，我们要么学着合作，要么接受灭绝。我可非常愿意遵守规定。“我就要走了。”我说着，把衣服裹在身上，尽可能保持尊严。仿佛头顶上显出一轮光环，我继续说道：“等我缓口气。”

“您现在想安排下一次性交吗？”接待员问。它鼓励地朝我眨了眨眼。总而言之，高塔追求效率，但这背后是肮脏的暗示、来自深渊的诱惑。只有疯子才会以为，高塔并不建立在这种暗示和诱惑之上。绝对只有疯子才会这么想。“您可以免费再做一次。因为您……嗯……被剥夺了。”

“没有必要。”我回答道。机器警察突然朝我脑袋上揍了一拳，把我打晕了。我摇摇晃晃倒在地板上，它把我举了起来，口气咄咄逼人：“我命令你离开。”

“荒唐透顶！我是人类，你们只是一堆机器，你们不能这么对我……”

“我们得想办法把他弄走。”警察对接待员说。看上去难辨男女的接待员缓缓点头，表示同意，脸上像是还有些悲伤。机器警察又一次用巨大的、紧抓不放的力量抓住了我。我被拖着穿过整个接待区，朝一个出口走去。“这太丢脸了，”我嘀咕着，“你不可以这样对我。”

“不，我们可以这样。”警察说，“是的，我们拥有权限。”然后我就被推出了舱门，掉在路边，喘着粗气。我掉到了街边的橡胶传送带上，下落距离只有区区三尺，但我的身体状况相当糟糕，因此还是摔得够呛。路人迅速地打量着我，然后他们又收起目光，考虑起自己的事来。传送带悄无声息，带着我们所有人向前而去。在一个人口超标了五倍之多的世界里，人性只在好友间有用，其他时候人性一文不值。高塔就是一个最好的例子，要是用人性互相打交道，高塔早就关门大吉了。

传送带载着我飞快地穿过威尔伯，经过马赛，来到血区。我的这次离开短暂而富有戏剧性，但已经够让我觉得看到熟悉的屠宰场轮廓出现在地平线上真好，看到断头台和场地上的小绞索真好，听到动物尖叫声真好，闻到屠宰场的气味，真好。到了我自己的位置，我很快从传送带上下来。我感觉身上的肿块在我的衣服里摆动，就像口袋里放着一张信用卡：轻巧，充满力量。我调整好自己到那个位置，然后上去第九十六层，回到自己简陋的房间。我太专注于手上这个研究项目了，这个地方看上去活像个屠宰场。金窝银窝，不如自家草窝。我松开衣服，检查自己身上是否有烧伤或留下疤痕，是否染上梅毒或是淋病（这一切当然用眼睛看不出来，可我多多少少有些强迫症）。我叹了口气，坐在椅子上。周围像是扬起一小团灰尘，正绕着我打转。被剥夺异性做爱的压力消失不见，这些日子以来，我总算能够平心静气一些。我对面的房间里一片昏暗，借着窗户的灯光，我看到有个女人坐在那里。大约四十五分钟前，我和她还在高塔里交合来着。

我并不感到惊讶，这种事情屡见不鲜。我没碰到过这种情况，但我早有准备。有时候，这些员工会因为自己的工作过于表面和仪式化，而感到沮丧和失落。她们会偷偷溜出高塔，跟着客户回家，试图建立某种人性上的关联。当然，这种情况下我只有一件事可做。那么做，对这些女人也最好。“请听我说，”她说，“我在等你，我一直在等你。”“枉费心机，”我说，“我对法语不感兴趣了。只有当我神经衰弱时才会这样。”

“你必须听我说，”她有些激动，“我们不能再这样下去了。我们之间必须真正地交流，彼此了解。”

我已经启动了通信器。她停了下来，忧郁地看着我。我按下了塔台的按钮，熟悉的机器警察主管出现在屏幕上，认出了我。“有什么事吗？”它面无表情地说。我付给这些机器不少钱。它们可不在乎什么人性，它们只是简简单单做必须要做之事。我们都该羡慕这些机器，好好向它们学习。

我离开了屏幕，让机器警察看到我身后的女人。“你明白发生了什么事吗？”我说。

“是的。”

“我拒绝和她说话，我正在配合你们的工作。”

“的确如此。”机器警察说。即使在黑白屏幕上，我也能看到它眼中流露出赞许的绿光：“我们会在十五秒内派人过来。”

关掉监视器，我转过身去对着那个女人。回收人员即将到来，我再也没有必要对她提心吊胆了。“我们必须用心去感受，”她说，“我们可是活生生的人啊。我们必须分享我们共同的人性。你和我，我们是人啊。”

我只是耸了耸肩。我从不锁门，这样既方便也安全。门开了，那个魁梧的接待员走了进来，它一定是跟着我回了家。这是标准程序，防止高塔提供的服务不会导致客人过度兴奋。所以现在这种跟踪是强制性的，以避免客人回家以后变得残暴血腥。“你，”它对女人说，

“过来。”它走过去，拽住她的胳膊。我可知道那一拽的力道，这使我不由自主地笑了。看到笑容，她抬头看着我，眼睛已经开始变得呆滞。接待员把她带出去时，她朝我嚷道：“你根本不理解。”

恰恰相反，我早就理解了这一切。

（朝朝暮暮　译）

外星寓言

情节，或者说发生的事情，是科幻小说传统的侧重点。情节向读者尽可能清晰地表述了文章的意义。意义的其他载体，比如角色、环境、气氛、措辞以及间接的注释、象征及隐喻，可以向读者传达小说许多方面的情况。它们或者作为情节的补充，或者代替情节，但是它们所传达的意义很少能如情节那样精确。然而，如果这是小说为了加入生活元素、文学典故、原型、寓言和童话所必须付出的代价的话，人们经常能容忍甚至欢迎这种含混不清的手法。

当科幻作家开始从人文领域而不是自然科学领域中涌现出来时，他们的文学模式变得在文学意义上丰富多彩，而不是在科学意义上清晰明确。他们变得不太注重陈述而更注重暗示。

迈克尔·毕晓普（Michael Bishop）出身于人文领域。他出生于内布拉斯加州林肯市，在佐治亚大学学习，于 1967 年获得英语专业学士学位，于 1968 年获得硕士学位。他先后于 1968 年到 1972 年在空军学院的预科学校、1972 年到 1974 年在佐治亚大学执教英语，此后他成为一名专职自由作家。

毕晓普的处女作《矮松的采伐》（“Piñon Fall”）发表于 1970 年 10 月刊的《银河》杂志上。他的短篇小说常常入围许多奖项的终选名单：《阿萨迪人的死亡和名称》（“Death and Designation Among the Asadi”）与《童年的白水獭》（“The White Otters of Childhood”）均入围 1974 年雨果奖和星云奖的终选名单；《在巨蛇座的街道上》（“On the Street of the Serpents”）入围 1975 年星云奖的终选名单，《卡瑟多尼亚的奥德赛》（“Cathadonian Odyssey”）入围同年雨果奖的终选名单；《阿拉肯的血迹》（“Blooded on Arachne”）入围 1976 年星云奖的终选名单，《异种番茄》（“Rogue Tomato”）入围同年雨果奖的终选名单；《武士和柳树》（“The Samurai and the Willows”）入围 1976 年雨果奖和星云奖的终选名单；《春日的早晨》（“Vernalfest Morning”）入围 1980 年星云奖的终选名单。毕晓普的一部分短篇小说已经结集出版于以下选集中：《阿拉肯的血迹》（1982）、《伊甸园的一个冬天》（*One Winter in Eden*，1984）、《城市之中的命运极限》（*At the City Limits of Fate*，1996）和《堪萨斯的蓝天》（*Blue Kansas Sky*，2000）。

毕晓普的第一部长篇小说《火眼的葬礼》（*A Funeral for the Eyes of Fire*）出版于 1975 年，这篇小说在 1980 年以《火眼》（*Eyes of Fire*）为名出版了修订版。随后他出版了《在伊克巴坦陌生的树林里》（*And Strange at Ecbatan the Trees*，1976），这部长篇小说以《在破损的月球下》（*Beneath the Shattered Moons*）为名重印了平装版。他之后出版的长篇小说还有《被偷的脸》（1977）、《一点知识》（1977）、《地下墓窟年》（1979）、《改变容貌》（1979）、与伊恩・沃森合著的《在天桥下》（1980）、《除了时间没有敌人》（1982）、《谁造成了斯蒂维・克赖伊》（1984）、《往昔的日子》（1985）、《秘密攀登》（1987）、《双角兽的山》（1988）、《盖格的忧伤》（1992）和《轻松的赛局》（1994）。《除了时间没有敌人》曾获星云奖。

毕晓普的小说将他对于人类学的关注、语言的文学性应用以及一系列修辞手法结合在一起，他对于人类学的关注通常表现在外星人、异样感与外星环境方面。在《火眼的葬礼》中，外星人的世界被命名为“特罗普”（Trope）。这个词在英语之中有“比喻”的意思。伊恩·沃森将毕晓普的作品称作“外星寓言”。

其中一例可以展现毕晓普这种策略和技巧的故事是原发表于《新维度》第五卷（1975）的《异种番茄》，尽管这篇短篇小说的风格比毕晓普一贯的阴郁风格要轻松一些。这篇小说的开头类似弗朗茨·卡夫卡的《变形记》（“Metamorphosis”），即一个正常的人类变成了一种荒诞的东西。在这篇小说之中，这个东西是一颗火星那么大的番茄。为了让读者做好读到一篇超现实主义小说的准备，毕晓普不仅仅让自己的开头类似《变形记》，还用“变形记”这个词作为第一段的小标题，并且还利用了主人公的名字。菲利普·K. 这个名字让人想起卡夫卡的长篇小说《审判》的主人公约瑟夫·K.。

毕晓普的这篇小说在情节上很容易概括，但这篇小说在其他层面上还有着独到的效果。首先是措辞的层面。这个故事的措辞不是菲利普·K. 作为前航天工作人员的措辞，而正相反，是一种乐于运用多音节和老式词汇的文人的措辞。比如说“两侧对称的”、“滚圆滚圆而没有四肢的”、“沉溺于酒精”、“放荡行为”以及“猝然而不公的”。这些词为读者做好了接受后文中一些词汇的心理准备，比如“本体论”、“圣餐一般的”、“被食之性幻想”、“曼陀罗”和“天使报喜”。

其次是文学和宗教方面的引用这一层面。这个故事不仅仅致敬了卡夫卡，还毫无疑问地致敬了菲利普·K. 迪克[1]（Philip K. Dick，

1. 美国科幻小说家，曾获 1963 年雨果奖。其著作《流吧！我的眼泪》（*Flow My Tears, The Policeman Said*, 1974）中描绘了一位举世闻名的人物在一个平行世界之中醒过来，并发现在这个世界中没有人认识他的故事。他善于营造这种将角色置身于一个虚幻世界之中的情节，以此引发读者对于“何谓客观世界”这个问题的思考。

他也写了关于幻想中的现象与现实的本质的作品）、威廉·巴勒斯[1]（William Burroughs）的作品《新星快车》（*Nova Express*）和《2001：太空奥德赛》（*2001: A Space Odyssey*）中的“星门”以及库尔特·冯内古特的作品《泰坦星的海妖》（*The Sirens of Titan*，1959）中的“时间同向漏斗区”[2]。第三个层次是对于词语的摆弄，如：“全角度的”、“密耳弥多涅鳞翅目昆虫”和“被食之性幻想”。

这些不寻常的措辞和对于词语的摆弄强调了这种情况的滑稽可笑，但与格里高尔·萨姆沙[3]不同，菲利普·K.对于答案的关注预兆着更为严肃的结局。这些答案引导他一步步地走向他在最后“报喜”的情节（就像大天使加百列向圣母玛利亚报喜那样），而且他还没有找到报喜的方法。菲利普·K.一开始为自己上面无人居住而惋惜，这导致他产生幻想，想象自己被已经失去的心上人吃掉，这可以类比圣餐。他将自己比作代表爱情的苹果，由此引出他又将自己比作知识树[4]之果的比喻。密耳弥多涅鳞翅目昆虫的到来引出他对于被人类所吃的希望，这又引出他与奥西里斯[5]、基督和绿衣骑士[6]这些人一样会复活的类比。密耳弥多涅鳞翅目昆虫也可以类比守护天使。最后是获得救赎的方法——“人获得如上帝一般的全知全能和微妙的欢愉之感，并不是靠着吃掉知识树的果实，而是成为果实本身后被吞噬”——而这种方法正是由一颗异种番茄带到地球上来的。

（赵佳铭　译）

---

1. 美国实验小说家、散文家，“垮掉的一代”代表作家。
2. 冯内古特的科幻小说《泰坦星的海妖》中所提到的科幻概念，描述了一种奇异的维度，人在其中可以同时身处很多地方，也可以身处很多时间之中。
3. 卡夫卡小说《变形记》的主人公。
4. 此处指《圣经·创世记》中上帝种植在伊甸园的知识树，又称知善恶树，吃下后可以知晓善恶，懂得羞耻。亚当和夏娃因为吃了知识树的果子而被上帝逐出伊甸园。
5. 古埃及神话中的冥界之王，同时也是农业和丰饶之神，曾被人杀害后复活。
6. 中世纪英国诗歌《高文爵士与绿衣骑士》中人物，登场于亚瑟王传说中，被斩首而未死。

异种番茄

[美国] 迈克尔·毕晓普

菲利普·K. 的变形记

菲利普·K. 一觉醒来，发现自己从一个体形匀称、两侧对称的人类变成了……一个滚圆滚圆而没有四肢的形体，正绕着一个巨大而透亮的红色星星旋转。事实上，凭借简单的感觉，以及投射到他心灵之窗的所有光线，菲利普·K. 得出结论：自己是个番茄——一个直径与质量和火星差不多的番茄，而且正是那种温室培育出的种类。菲利普·K. 绕着一条与垂直方向有七八度倾角的自转轴慢悠悠地旋转着，沐浴着远处那颗红色巨星的炫目光辉。与此同时，他不得不承认自己很困惑。他之前可从没遇到过这种事情。他是个正派的人，没有沉溺于酒精或其他放荡行为的习惯。突然变成了一个火星大小的番茄，这种猝然而不公的变化让他深受打击。为什么是自己？这又是怎么转变的？“至少，”他想，“我还知道我自己是谁。”即便他的外观变成了巨大的番茄，并且正围绕着一颗陌生的恒星旋转，他的意识仍然是人类的意识，而且仍然是他自己的意识。“我是菲利普·K.。不知道为什么，我仍然在呼吸，这件事儿一定有什么科学的解释。”这句话可以相当精准地概括他在之后几个小时之内（当然了，一小时是按照二十四分之一个菲利普·K.的自转周期来计算的）的想法。

既然我还活着

几个菲利普·K.日过去了。这位变形事件的受害者发现他有着宜人的大气，一层至少一英里厚的地理学意义上的外皮（或者叫地壳，虽然地壳这个词对于一个无人居住的番茄属番茄种植物的表皮来说，似乎不完全合适），大气中还形成了气候变化。菲利普·K.吸入二氧化碳，呼出氧气，进行光合作用。清晨的露水沿着他极其柔嫩的曲面滑落，下午的露水同样如此。有一些露珠大如海洋。云层在菲利普·K.的赤道圈生成，洒下成吨成吨清凉的雨水。这些气象现象和他自身的轴向旋转而产生的风吹来吹去，吹上吹下，拂过他紧绷而成熟的表皮。活着真好，即便是处于现在这种令人不快的形态之下。更何况，和柏拉图的牡蛎[1]不同，他的愉悦不是盲目无知的。菲利普·K.体验着风吹雨打、自身宏伟的旋转、汁液在体内的滋生、呼吸的甜美，他也冥思静想着这一切。他的上面无人居住，这真是太可惜了（这是他经常思考的事情之一），他白白释放了这么多丰富的氧气。短期内有殖民到来的希望也不大，人类不会很快就去其他恒星冒险。就在变形事件的两年前，菲利普·K.曾经是得克萨斯州休斯敦市航空工业领域的一名员工。被解雇之后，他一直没有找到另一份工作。实际上，在过去的四五个星期，菲利普·K.只能靠着

1. 柏拉图在《斐莱布篇》中提到，如果在生活中只有快乐而没有智慧和思考，这就并不是人的生活，而是牡蛎的生活。

热水和一点点番茄酱做成的汤维生。反复考虑后，他感觉当个番茄是一种积极的解脱。菲利普·K. 吸着气、呼着气、进行着光合作用，他有了一种快乐的存在主义观点：他再也不需要那些中间过程了。

情节复杂起来

几个菲利普·K. 月过去了。因为在那颗炽热的红巨星周围不断摄动，他开始担心自己的轨道正在衰减，他正在无可避免、不可阻挡地坠入熔炉般的主星之中，并在那里过早地被炖烂。他的太阳已经变得这么老大了。最后，在他作为一颗行星级番茄的第一年年末，菲利普·K. 意识到他的轨道并没有衰减。不。正相反，他正在长大，变得丰满，产生无尽的生机。然而，因为他的橘红色表皮包含了一层连在一起的感光细胞，即他的"眼睛"，或者说这个眼睛就是他本身（取决于你想怎么看待这个事情），它们欺骗他去相信最差的情况。他现在很欣喜地知道他只不过是长到了天王星的大小，这使得他的视觉器官更靠近太阳。全角度的视觉尽管有多方面的好处（比如能在同一时刻感受到白昼和黑夜，360 度警戒以及身处宇宙中心的愉悦错觉），但有时也有明显的不利之处。但即便他的轨道没有衰减，危机也依旧存在。他会长到多大？菲利普·K. 可不想在太阳烤箱里遭受日全食。

人际关系

除了担心跌进主星之外，菲利普·K. 偶尔也会想一些别的事情。或者说，当这种占据他思维的担忧逐渐消退时，他会想到作为植物生活的优越之处。他想到他抛弃了的女孩（她快到更年期了，不是那种男人们会爱称为小番茄的女孩）。实际上，所谓他抛弃了的女孩已经在他经历他生命中这种离奇的变化很久之前就抛弃了他。“啊，莉迪娅·P.。”尽管如此，他仍然在他最深处那充满果香的内核中念叨着，之后又重复了一遍：“啊，莉迪娅·P.。”他原谅了他抛弃了的女孩对他的抛弃，在他丢了工作后紧随而来的抛弃。他原谅了她……他沉迷于无耻的幻想之中：或者莉迪娅·P.——随着来自地球的首批星际殖民者——在他上面登陆，或者他缩到正常的大小（对于番茄而言），来到她位于休斯敦的狭小寓所之中，然后飘浮在她酣睡的脸庞上方，将自己奉献给她。爱之苹果[1]，菲利普·K.从他那装满了鸡毛蒜皮的脑海中回忆起这个词，并为之感到欣慰。那些法国人相信番茄可以催情，于是当他们从南美洲引进番茄时这么称呼它。爱之苹果。代表爱情的苹果。没准儿这正是知识树的果实呢。但是在一个血肉组成的女人和一个天王星那么大的番茄之间能存在什么有意义的关系呢？菲利普·K.越来越频繁地产生幻觉：星际殖民者莉迪娅·P.在他那枝繁叶茂的果柄南边某处跪下，把她小小的牙齿咬进他成熟的表皮，之后又用纤细的叫喊去赞叹他那纯粹而甘美的滋味。这个幻想让菲利普·K.不安又兴奋，以至于他就这么干自转了好几天，不去思考、不去期盼，也不去渴求任何其他的事。

本体论的思考

当他没有产生那种他心爱之人享用他躯体的、如圣餐一般的幻觉时，菲利普·K.会严肃地思考“他的存在”这个问题。“缘何是

1. 原文为法语：Pomme d'amour，后文中所有的“爱之苹果”原文均为法语。

番茄呢？”他这样表述他的思虑。他本来也可以简简单单地变成一个轴承滚珠、一个黑八号台球、一个金属球、一个气球、一盏日本灯笼、一个球形皮纳塔[1]或者一个钟形潜水器。但是这些东西都不会呼吸，也没有生命。那么为什么不变成一粒葡萄、一颗樱桃、一个橙子、一个哈密瓜、一个椰子或者一个西瓜呢？它们也都差不多是圆形的，都喜欢沐浴阳光，都会生长，也都饱含富有生命力的汁液和多汁而甜美的生命。但不管是谁或者什么导致了这种转变——菲利普·K.认为他的变化都是智能干预的结果，而不是偶然或者一些因为化学因素而导致的自发的结构调整——让他没有成为这些受人喜爱的水果中的任何一种。他们让他成为一颗番茄。“缘何是番茄呢？”*爱之苹果*。代表爱情的苹果。知识树之果。啊哈！菲利普·K.茅塞顿开。涉及莉迪娅·P.的那种被食之性幻想和他现在的情况有一种微妙的联系。一个计划在他面前逐渐显露出来。操控着他的人不辞劳苦地让他相信，这个计划是他在自己的意识活动之下一点点看清楚的。噢，多么具有启发意义的骗局！关键在于*爱之苹果*，他之所以是番茄而不是什么其他的东西，是因为番茄正是那传说中的知识树之果。（请忽略番茄并不长在树上这一点。）毕竟当菲利普·K.还是人类的时候，他曾经和一些宗教信徒进行过讨论，这些信徒来自一个正在北美洲发展壮大的宗教流派。这个流派认为，《圣经》中的伊甸园实际上位于新世界[2]。嗯，番茄原产于南美洲（距离那些教徒们精确指出的伊甸园所在地不远，他们争辩说伊甸园在欧扎克地区[3]），而他，菲利普·K.，*正是*一个新的世界。尽管答案仍然显得模糊不

1. 一种起源于欧洲的彩绘容器，内装有糖果、玩具等物品，在节日或生日庆祝时将其打破，里面的物品就会掉落出来。
2. 新世界是一种地理学上的称呼，指的是欧洲人在大航海时代发现的美洲、澳大利亚等地。而传统的基督教观点一般认为伊甸园位于中东地区。
3. 美国地区名，指密苏里州西南、阿肯色州西北和俄克拉何马州东北部的高地。

清、遥不可及、支离破碎，他仍然开始感觉他接近了关于他个人本体论的问题的答案。“缘何是番茄呢？”不久之后他当然会了解更多，他当然会得到他的答案……

必死命运的简短暗示

在菲利普·K.围绕着那颗遥远的红巨星旋转的第二年，他推断出他已经不再生长了。他已经进入了味道醇厚、身形饱满的成熟期，更多的阳光雨露也没办法让他再长大了。新的担忧困扰着他。他现在还能指望什么呢？他会变得软烂、开始腐败吗？他会开裂而后形成黏糊糊的、疤痕一样的损伤，然后死在那如无形藤蔓一般的轨道上吗？无疑，他遭受这种变形事件可不是为了落得这样的下场的。然而当菲利普·K.在天鹅绒一般的外太空中旋转时，当他只需要用自己那全方位的视觉瞥一眼就可以看得到整个天空和其中所有天体（恒星，星云，星系，暗星云，那些太空之中不重要的碎石块）时，他也想不出其他的可能了。他将会腐烂，这就是即将发生的一切：他将会腐烂。如果仅仅为了腐烂，缘何要变成知识树的果实呢？他打算自杀。他可以用自己的意志力停止轴向自转：一个半球将会变得焦黑沸腾，另外一个半球将蒙上一层白霜织就的绣花，之后结冰，冰冻一路深入核心。或者，他可以屏住呼吸，停止光合作用。对于菲利普·K.来说，这两种境况都比成为一团溃烂、恶臭的糊状球体有吸引力得多。于是在他达到自然成熟的顶点时，他变戏法一样考虑了多种多样的自杀方式，思维开阔，甘之如饴，就像他巨大美味的身体一般。我们自己必死的命运就这样催促着我们去面对它那无可置疑的证据。

密耳弥多涅鳞翅目昆虫的来临
（或者说，情节又一次复杂起来）

在一个晴朗的白天与夜晚，当然也可以说是夜晚与白天，在这些病态的思虑之中，菲利普·K. 外皮上的感光细胞告知他（你瞧，“心灵之窗”并不仅仅是一个隐喻），大量金属外观的机体正从宇宙的四面八方而来，正在侵占他的太阳系。他看到了这些机体。他看到这些机体在爸爸（菲利普·K. 把他围绕着旋转的那颗红巨星称为爸爸，因为采用拟人化的称呼来考虑问题既方便又令人愉悦）那昏暗的光芒中闪闪发亮，但是它们离得太远了，以至于菲利普·K. 对它们的形状和大小毫无概念。这些外来机体中的大部分已恰好移动到了爸爸和与其相邻的三颗恒星之间。三颗恒星组成等边三角形，爸爸大概就在它们的中心。一开始菲利普·K. 以为这些入侵者是星际飞船，他一遍又一遍地嘟囔着“莉迪娅·P.，莉迪娅·P.”，直到自己都开始因为这种荒唐可笑的行为而感到厌烦。来自地球的远征军是不可能派出这么多飞船的。这些金属形体从无处不在的漆黑深空之中向他飘来，越来越近，在爸爸暗淡的光线之中闪耀着金光或银光。八九个菲利普·K. 日过去了，他现在可以看清楚那些入侵者了，清楚到足以辨认出它们的一些情况。每一个机体都有一对弯曲的翅膀，像帆一样笼罩着悬挂式的躯体，或者说是机身。这些帆都有地球上最大的摩天大楼那么大。这些翅膀都是金色或者银色的。翅膀并不拍击，而是在必要的时候巧妙地倾斜一下，以便捕获太阳光并将其转变为推动力。看着这些闪闪发亮的生物——它们不是人造物品而是有生命的——在宇宙的微风之中飘荡摇曳，实在令人赏心悦目。秋季降临了菲利普·K. 的太阳系。那些金的、银的，如同闪着微光的枫、清脆作响的铬。这些伟大的生物，这些由神圣的金属所制成的帝王蝶，它们来自四面八方，它们的翅膀布满天空，如同珍宝制成的叶子，又如同层层叠叠、叮当作响的硬币。“啊，”菲利普 · K. 嘟囔着，“啊……密耳弥多涅鳞翅目昆虫。”这个名字在他的内心爆发出来，带着复苏的神话之力：密耳弥多涅[1]和鳞翅目的结合。这种不太可能的结合正是那一大群平静的来访者留给菲利普 · K. 的印象。

猛 攻

那些密耳弥多涅鳞翅目昆虫，或者它们中的第一拨，终于逐渐进入了菲利普 · K. 的大气层。现在它们那巨大的银色、金色的翅膀或者不断拍击，或者在因为他的表面不均匀受热而产生的上升气流中伸展开，以图翱翔。那些密耳弥多涅鳞翅目昆虫降落下来。菲利普 · K. 感觉到了金属的切削，金色的粉尘粗暴地落入他的眼睛，也就是他本身之中。这些入侵者掩盖了天空，甚至遮蔽了闪亮而硕大的爸爸——现在爸爸看起来只是一团红色的光晕，而不是一个宏伟硕大的圆球。眼前只能见到闪耀的光芒、辉映的华彩以及漫天的混乱。这次入侵会带来什么样的后果呢？菲利普 · K. 向上看去——朝着他身体的所有方向——仔细观察着那些正在降落的密耳弥多涅鳞翅目昆虫。正如他给这些昆虫所起的名字的前一半所暗示的那样，它们的躯体或者说机身类似于蚂蚁的身体。准确地说，是红火蚁。在地球上，这种生物可以造成有毒的蜇伤，而这种外星生物具有口器，即金色或者银色的颚（总是和它们翅膀的颜色相反）。它们是来

1. 古希腊神话中忒萨利亚地区的部落居民，原是一群蚂蚁，被宙斯变为人。在特洛伊战争中，密耳弥多涅人跟随阿喀琉斯远征特洛伊。常用来代指忠实的侍从。

吞食他的吗？如果它们开始吃他，他会觉得疼吗？“不，滚开！”他想要叫喊，但他只能抖一抖，并在他的南半球释放一阵微弱的表皮震动。它们并没有注意到这些震动。那些密耳弥多涅鳞翅目昆虫降落下来。因为它们的降落，菲利普·K. 从北极到南极都被黑暗笼罩了。在他的一生中，不管是作为人还是作为番茄，他第一次彻底变瞎了。

忒瑞西阿斯[1]综合征

一在肉体上失明，菲利普·K. 就感觉到他在超自然和心灵层面上的障眼之物消失了。（实际上，这是一种在盲眼先知潜意识中的想象所孕育出的幻觉；忒瑞西阿斯、俄狄浦斯、荷马，也许还有约翰·弥尔顿[2]，都是这种典型形象的绝佳范例。但对于菲利普·K. 来说，具备新的洞察力的幻觉压倒并埋没了他的这种洞察力本身。）在充满世界、充满自身的黑暗之中，他意识到他有伦理上的责任去保全自己的生命，去抵抗被吞噬的命运。“毕竟，”他自言自语，“我有了这具新的化身——或者应该用个其他什么专有名词来称呼这种番茄的形态——我可以阻止人类世界的大饥荒。就是说，如果我可以用某种方法出现在我原本的太阳系之中，在地球所发射的火箭的合理行程之内的话。”他想象着航空巴士从地球前来，在他的表面上下开采挖掘，并把他富有营养的身体（在冷藏舱中储存）带回他的母星，最后把他的精华光荣地分享给地球上那些营养不良、忍饥挨饿的人。当然，这种持续性的掠夺会置他于死地，但他会知道，自己将成为全人类的救星，并因此心满意足。更何况，就像奥西里斯、

1. 希腊神话中来自底比斯的一位盲人预言者，在双目失明后拥有了预言能力。
2. 俄狄浦斯：古希腊神话人物；荷马：古希腊诗人；约翰·弥尔顿：英国诗人、思想家。以上人物同忒瑞西阿斯一样，均为盲人。

基督、绿衣骑士以及其他拯救世界和/或经世济民的代表人物一样，他有可能复活，特别是如果有人有远见，把他的嫁接苗同他的果肉和汁液一起带回家的时候。但这些都只是徒劳无用的想象。无论他是不是双目失明，菲利普·K.都不是先知。而且那些密耳弥多涅鳞翅目昆虫丝毫不善解人意，已经开始吃他了。“啊，莉迪娅·P.。”在他被它们整齐划一地咬了第一口的时候，他嘟囔着，“啊，人类。”

并没有上瘾
（或者说，令人迷醉的唾液）

菲利普·K.就这样被啃食着。那些密耳弥多涅鳞翅目昆虫翅膀交叠在一起，遍布在他行星一样大的身体上大快朵颐。它们有滋有味地撕咬着他。但是……这不疼。实际上，伴随着不断增强的疑惑，菲利普·K.意识到它们的啃食、撕咬以及它们上颚那残酷的咀嚼并没有向他体内注入毒液，反而注入了一种唾液，这些唾液向他那已经退化了的（从他还是人类的时候就开始退化了）快感中心发出一阵阵电流。上帝啊，真不敢相信！从它们持续不断的咀嚼中所获得的快乐和他曾经在地球上经历过的快乐全然不同。这种快乐和动物或者植物都没有关系，和理性或者非理性也毫无关系。注意这一点：如果密耳弥多涅鳞翅目昆虫的啃咬所造成的令人迷醉的效果无论怎样都不减少，菲利普·K.简直想得出来自己会感觉多么美好。可惜才过了不一会儿，它们就不继续吃了——它们只吃掉了他大概几百米深的橘红色表皮（顺便提一下，这个过程花费了一整个菲利普·K.月，但因为他什么也看不见，他也说不好过了多长时间）。但那些吃他的虫子一飞回空虚的宇宙，给了他瞥见爸爸、几颗星星以及蚁蛾复合体健壮躯体的间隙，另一拨密耳弥多涅鳞翅目昆虫就马上从太空飞来，降落在他已经被破坏的表面上，然后开始更为津津有味、更为急不可耐的吞噬。这持续了一年又一年，两拨密耳弥多涅鳞翅目昆虫交替而来，直到菲利普·K. 重新变成了只比火星大一点的番茄，不过已经是一个烂乎乎、被蛀坏了的番茄了。但他又在乎什么呢？时间对他来说没有任何意义了，对死亡的恐惧也是如此。如果他要死去，这也会是那些昆虫的意愿，他崇拜它们的翅膀，欢迎它们的下颚，渴求它们的唾液——不是那种成瘾的渴求，而是如同虔诚的信徒在接受圣餐时对酒和饼的渴求。因此，尽管数十年过去了，菲利普·K. 仍然对它们放任不管。

时空之弧之外的某处

那些密耳弥多涅鳞翅目昆虫是从哪里来的？它们是谁？即便在妙不可言的幸福安乐中，菲利普·K. 也在深思着这些问题。当他被啃食时，他的意识变得更为敏锐、更为清晰，还具有不可思议的推断能力。他找到了一个答案……至少是第一个问题的答案。密耳弥多涅鳞翅目昆虫来自宇宙那象征性的地平线之外，来自宇宙最终弯曲的地方之外，在那里空间弯折回来，和自身重叠。菲利普·K. 明白这里牵涉到一个悖论，甚至牵涉到一个令人困惑的谜题，语言、数字和符号都没有办法将其转变为一个与清晰明了的现实世界相符的解释。算了，不管它了。密耳弥多涅鳞翅目昆虫看起来似乎从每一个方向而来，从空间中的每一个可以想得到的位置而来，接近菲利普·K.。这个事实很重要。这象征着这种生物的习性独立于连续而统一的时空。我们的宇宙，那可以用自然法则所描述的宇宙，属于这种时空。“是的，”菲利普·K.心中承认，“它们在合乎自然的宇宙之中行动，它们甚至需要满足自然需求——它们来吞食我，这就可以说明这一点。但是它们其实属于……神之造物的外层私域，那是一个无何有之乡，在那里有一种虚无缥缈的物质，而合乎自然的宇宙（它们偶尔就得去这里冒险）之中总是掺杂着这种物质。”菲利普·K.是怎么知道的？他就是知道。那些密耳弥多涅鳞翅目昆虫就是要吃东西，因此，他就是知道。

迁徙之日

而后它们就停止进食了。一拨儿昆虫从他残破的身体上起飞，毫不费力地摆脱了他的引力，然后散布在……唔，漆黑深空的最大范围之内。金色的银色的，银色的金色的——直到菲利普·K.再也看不到它们为止。它们消失得太快了，比他认为可能达到的最快速度还要快。刚刚还在那儿，可一转眼就消失了。他本来指望着第二拨儿密耳弥多涅鳞翅目昆虫会降落，但它们之中只有十二只留了下来，在他上方的外太空中不同的位置盘旋。他现在能清楚地看到它们，因为他清楚，他的感光细胞现在连续不断地分布于整个身体之中，而不仅仅分布在那已经被吞噬了很久的表面上了——这个成果应该归功于他的访客那奇妙的唾液以及与此相关的后果，即他慢慢开始进入玄妙深奥的境界。这十二个大天使开始倾斜它们的翅膀，以此来操纵他，菲利普·K.，脱离围绕正在剧烈膨胀的爸爸运行的轨道。“爸爸要塌了。”他对自己说，“他要经历一系列的塌陷，这些塌陷如此迅速，以至于几乎是同时发生的。”（再次强调：菲利普·K.知道这件事，他就是知道。）密耳弥多涅鳞翅目昆虫采用一种晦涩难懂的技术，将他移得越来越远了，他对那种技术的秘密只有一种模模糊糊的直观感受。与此同时，它们用巨大的翅膀，将来自那颗红巨星的温暖光线反射到他每一英寸的表面上。它们不让他爆炸，也不让他冻结。菲利普·K. 被它们打动了，这个“打动”具有双重的含义。但这种不顾一切的战略对它们有什么好处呢？如果爸爸变成超新星并最终爆发，甩出那些在他一千亿度高温的熔炉中制造出的矿渣一样的成分，他们都逃脱不了。不管是他自己还是那十二个操纵他持续向外移动的守护天使都难逃一死。他被保护起来以免腐烂，他的肉体像奥西里斯一样重获新生（对于菲利普·K. 来说，他现在又是一个完整的番茄了，虽然大小仍然和火星差不多），这些难道只是为了在闪光中被汽化，或者躲过这一劫之后被爸爸喷发出来的碎片射成烂泥吗？不，那些密耳弥多涅鳞翅目昆虫不会允许这种事情发生的，无疑，它们不会允许的。

新星快车

爸爸爆炸了。但在菲利普·K. 那年老而且在很多方面都深受喜爱的主星以致命的射线或碎片轰掉他和他的护卫者之前，密耳弥多涅鳞翅目昆虫在他外面滑翔而过，在他的北极（也就是有果柄的那一极）上方排列成一个光环一样的圆圈。随后它们倾斜双翼，用猛烈的太阳风同它们自身的意志相结合后折射出的能量，将菲利普·K. 推到了太空中一个不可见的狭缝之内。然而，在彻底消失在狭缝之前，他回过头去，看到那十二个大天使伸展开它们令人炫目的翅膀，随后就……不复存在了。至少，在我们的物质宇宙之中不复存在了。之后，菲利普·K. 自己置身于另外一个时空连续体之中，即置身于另一个现实之中，还能感觉到自己正在其中掉落，就像牛顿那伟大的爱之苹果那样。在那十二个密耳弥多涅鳞翅目昆虫消失之后，爸爸立刻就爆炸了。而即便是身处新的现实之中，菲利普·K. 也在某种程度上被这桩事件带来的巨大冲击所推动。他带着相当的不情愿，搭便车坐上了这趟新星快车之旅。但他想知道的是，这是要去哪儿？又为什么要走？

独特的效果只能自己去体会

从他那已经死去的红巨星所处的行星系统到他现在碰巧要去的某个地方的迁徙之路上，菲利普·K. 身处于其他的事物之中，看着种种色彩从身边流过。色彩、光辉、拉长了的星星，烧灼的气味、火热的锣声、潺潺的水流、一段段令人陶醉的时间。用言语中使用的词汇列成清单没有意义，或者只有极小的意义。因此，请想象一种不用言语来表达的经历，这种经历包含着那些可能的确是用上面清单中的词所构成的感觉。灯光秀、穆格[1]电子乐器的声音以及电影特效是一个很好的起点。不要让我说得更具体了，即便我可以做到也不要。提及其他的作品、其他的媒介，最多也就是个冒险的事情，而你可以出色地发挥你的想象力，在脑海中构造一幅图景，一幅如同菲利普·K. 所陷入的无穷无尽的现实那样的图景。你可以称之为星门之上的大道，可以称之为时间同向漏斗区的内部，可以称之为人们可通过黑洞进入的神秘主观之井，也可以称之为次空间、外空间、曲空间、反空间、对空间甚至是表面空间。很多称呼都可以。然而，这些命名都无法公正地反映这种无穷无尽的现实本身。在这

1. 一家美国电子乐器公司。

无穷无尽的现实之中，菲利普·K.发现他完全领悟了那些谜团。在他作为番茄的时候，密耳弥多涅鳞翅目昆虫就曾想让他领悟。当他坠落的时候，或者说当他被推动的时候，又或者说他只是保持静止而新的时空连续体从他身边激烈地呼啸而过的时候，他都沐浴在不可言喻的喜乐之中，如同他曾被许多金色银色的蚁蛾复合体咬食时所体会到的一样。同时，他开始明白以下几点：一、这些生物的身份；二、他的目的地；三、他的使命的本质；四、这种奇异的变形所具有的光荣而又可怕的含义。对他而言，一切都变得清晰明了了，一切的事物都是。这一次他所受到的启示并不是一场幻觉，不是如同忒瑞西阿斯综合征那样用来转移注意力的、超自然的东西。因为你知道，菲利普·K.已经进化了，他超越了自我，超越了幻觉，超越了时间和空间的界限——实际上已经超越了一切，除了没有超越自己那大号异种番茄的状态之外。

曼陀罗[1]如何轮转
（或者说，菲利普·K.所学到的东西）

尽管人们应该记住，菲利普·K.的学习过程是从那些蚁蛾复合体的第一次盛宴开始的。但在两种现实之间迁徙的过程中，菲利普·K.却发现了这一点：人获得如上帝一般的全知全能和微妙的欢愉之感，并不是靠着吃掉知识树的果实，而是成为果实本身——以一种有自我感知的、不断演化的星球的形式——而后被有着天使般的翅膀、美丽绝伦的银色、弥赛亚一般的金色的密耳弥多涅鳞翅目昆虫所吞噬。当然，它们是宇宙的最高神灵化身（可以这么比喻）的

1. 佛教和印度教用语，指象征宇宙的图案，通常为圆形。

信使。通过被吞噬这一过程，人们得到了救赎，得到了神化，并被提升到人之进化发展的终点。这是人类的命运。而他，菲利普·K.，就在很短的时间之前——在绝对而超宇宙的尺度上来说——还是一个无足轻重的人，天赋平平、无关紧要，而现在他已经被密耳弥多涅鳞翅目昆虫选中，去向他本身的物种之中苦苦挣扎的芸芸众生做出启示，启示他们不可避免的命数。菲利普·K.又一次被深深打动了，天堂中回响着向他吟唱祈祷的和撒那[1]之音，一切神的造物都似乎向他敞开，如同血红色的蓓蕾。而后，菲利普·K.饱含着欢欣的敬畏，也饱含着自己那刺激而甜蜜的汁液，突然回到了我们这个物质宇宙之中，回到了地球的紧邻之处（顺便把月球从它本来的主人那里抓走）。随后，他停在北美洲的天空之中，就好像他一直在那里一样，他所在之处的人们大感惊异。他不幸引发潮水暴涨，造成了数百万人的死亡，但这都在最高神灵的进化性策略之中，菲利普·K.感到狂喜而非悔恨。（他确实短暂地想过休斯敦是不是被淹没了，莉迪娅·P.是不是溺死了。）没错，他是一颗异种番茄，但他不是末日的预兆。他是新的天使报喜之使者，已经前来向他的民众报告这个喜讯了。他在地球上空三十五万英里的地方飘浮，不知道怎么去传达这个讯息：代表无知、知识以及终极感知的曼陀罗将要完成他的第一次轮转。完全没有办法，一个办法都没有，彻底没有。

尾　声

但正如俗话所说，他会想出一些办法来的。

（赵佳铭　译）

1. 犹太教和基督教用语，赞颂时的祝词。

劳动节集团

20世纪30年代到50年代，约翰·W.坎贝尔主编的《惊异》杂志主导着科幻领域，这一时期又被称为科幻小说的黄金时代。其后的十二年，科幻文学的影响力被分散于《惊异》(后改名为《类比》)、鲍彻的《奇幻与科幻杂志》和戈尔德的《银河》之中，这段时期又被称为“破灭的繁华”“虚假的春天”，或者用巴里·N.马尔兹伯格的话说，叫作“盛夏的终结”。20世纪60年代中期的科幻文学以迈克尔·摩考克编辑的《新世界》杂志和哈伦·埃利森编辑的《危险幻象》小说集为代表，这一时期被称为“新浪潮”。那么，我们又该如何合适地称呼这个时期，又该如何精确地形容其后的时代呢?

要为这些问题下一个定论，需要等到未来才可以。但托马斯·迪什在《奇幻与科幻杂志》1981年2月刊上发表的一篇评论文章中，将一群似乎已经主宰了雨果奖、星云奖和多次入选年度最佳科幻小说选集的作家称呼为“劳动节集团”(The Labor Day Group)，因为这些作家最有可能在世界科幻大会集体露面，而根据传统，世界科幻大会往往在劳动节那一周的周末举行。迪什继续写道：

> 我并不是说他们组成了秘密团体，只是说现在确实存在一代联系密切的作家……另外，我认为这些作家作为一个团体，比那些被归类为“新浪潮”（我本人也是其中之一）的作家有着更多的共同点。他们无疑拥有一些非常接近的特质，就像未来主义流行时，那批未来主义作家那样。

在被迪什归类为“劳动节集团”的作家中，有一位就是乔治·R. R. 马丁（George R. R. Martin）。马丁于1948年生于新泽西州贝永市，1970年在西北大学获得了新闻学学位，又在1971年获得了硕士学位。马丁于1972年至1974年在库克郡司法协助基金会工作，1973年至1975年担任国际象棋比赛的负责人，1976年至1978年在艾奥瓦州迪比克的克拉克学院担任新闻学教师（并在暑期担任科幻作家写作营的组织者），此后他成为一名自由作家。20世纪80年代后期，马丁搬到了洛杉矶，并成为新版《黄昏区域》（*Twilight Zone*）电视剧的撰稿人，他还为“美女与野兽”（*Beauty and the Beast*）系列做撰稿人和剧本编辑。他在1980年创作的短篇小说《夜行者》（“Nightflyers”）在1987年被改编为同名电影。马丁还撰写了一系列共享世界观的科幻小说，名为“百搭牌”（*Wild Cards*），这个系列讲述了一个平行宇宙，其中超级英雄扮演了重要角色。

马丁的第一篇短篇小说《英雄》（“The Hero”）发表在1971年2月刊的《银河》杂志上。自《清晨雾起》（“With Morning Comes Mistfall”，1973）和《莱安娜之歌》（“A Song for Lya”，1974）起，马丁的小说开始屡获各种奖项提名，而《莱安娜之歌》获得了雨果奖。《沙王》（“Sandkings”）和《十字架与龙的道路》（“The Way of Cross and Dragon”）为马丁在 1980 年赢得了两个雨果奖，《沙王》还同时获得了星云奖，《子女的肖像》（“Portraits of His Children”）在 1985 年为他赢得了另一次星云奖。1977 年，马丁参加了面包与条形面包作家写作营[1]。他的短篇小说结集收录于以下选集中：《莱安娜之歌与其他短篇小说》（*A Song for Lya and Other Stories*，1976）、《星辰与阴影之歌》（*Songs of Stars and Shadows*，1977）、《沙王》（1981）、《亡者吟唱之歌》（*Songs the Dead Men Sing*，1982）、《夜行者》（1985）和《子女的肖像》（1987）。

像很多科幻作家一样，马丁并没有很快就在长篇小说上施展自己的才华。《光逝》（*Dying of the Light*）发表于 1978 年，与丽莎·塔特尔合著的《起风天堂》（*Windheaven*）发表于 1980 年，他还创作了《热夜之梦》（*Fevre Dream*，1982）、《末日狂歌》（*The Armageddon Rag*，1983）、《图夫航行记》（*Tuf Voyaging*，1986），与约翰·J. 米勒（John J. Miller）合著了《死者之手》（*Dead Man's Hand*，1990）。1996 年起，马丁以《权力的游戏》[2]（*A Game of Thrones*）开始了一系列广受欢迎的争夺王权题材的奇幻小说的创作。他也编辑了一系列科幻小说选集，其中有一部收录了获得约翰·W. 坎贝尔纪念奖最佳科幻新人奖提名的作家的作品，这部选集题为《科幻新声》（*Now Voices in Science Fiction*），第一卷出版于 1977 年。

迪什在他的论文中写道，“劳动节集团”是 20 世纪 70 年代“幻灭和萎靡”带来的结果，因为“劳动节集团”的成员见证了新浪潮作家在艺术和商业上的双重失败，因此选择创作旨在吸引读者、获

1. 美国最古老的作家交流工作坊之一。自 1926 年起，每年夏天在佛蒙特州米德尔伯里市的面包与条形面包旅馆举办，旨在为年轻作家提供写作交流、写作知识讲授的机会。
2.《权力的游戏》为马丁所著的奇幻小说，出版于 1996 年，属于“冰与火之歌”（*A Song of Ice and Fire*）系列的第一卷。后来美国 HBO 电视网将“冰与火之歌”改编为电视剧，电视剧名为《权力的游戏》。

得奖项、有市场化前景的小说，其特点是“让个性阳光、受人喜爱的角色清晰明了地解决简单的问题”。

在1981年12月刊的《奇幻与科幻杂志》中，马丁做出了回应。他同样认为确实存在一个作家群体，包括爱德华·布莱恩特、冯达·麦金太尔、塔尼斯·李、杰克·丹恩、迈克尔·毕晓普、奥森·斯科特·卡德、约翰·瓦利和他自己，但是对于迪什的其他观点，马丁大部分都不认同。马丁写道，“劳动节集团”作家们所具有的共同特点来源于他们是“60年代两种针锋相对的阵营的混合”。他们“一只脚坚定地踏入了传统科幻小说的阵营之中”，但是与此同时他们也是“越战的一代”。他继续写道，新浪潮的失败并没有让他们完全成为“大量按照标准模板炮制文章的文学雇工”，“真正的小说总是在常见主题、反常主题和综合主题中选择其一的”。马丁认为，“劳动节集团”在内心中的真正目的是“将传统科幻小说中最优秀的色彩、活力和潜在的力量与新浪潮所体现出的对文学的关注相结合，将诗人和火箭专家相结合，在两种文化之间架起桥梁”。大概二十年后，一群获得各类奖项的新作家开始涌现，但马丁的“冰与火之歌”系列最新一卷[1]仍然获得了2002年的星云奖提名。

《灰烬之塔》(“This Tower of Ashes”)首次发表于1976年的《〈类比〉杂志年选》(*Analog Annual*)上，在这篇小说中，马丁为他所声称的观点提供了证据。这篇小说在基础架构上很传统：地球人遭遇了外星世界，但麻木的地球人没能看出外星世界的美，也没有意识到这个世界中可能存在着更古老的文明。而小说的情节比文章架构还要传统，甚至回到了科幻小说出现之前的模式：一段三角恋情，男孩失去了女孩的欢心，但仍然希望能让女孩回心转意。但这

1. 此处指的是出版于2000年的《冰雨的风暴》(*A Storm of Swords*, 2000)，为“冰与火之歌”系列的第三卷。

一切都只不过是马丁套在另外一个故事之上的躯壳，在纷繁复杂的躯壳之下，故事体现出在已知和未知之间的差异：生活与虚构、实用与美感、熟悉与陌生、真实与梦幻。在《星辰与阴影之歌》(*Song of Stars and Shadows*）的序言之中，马丁写道："爱情与孤独可能是我最喜欢的主题之一，但是到目前为止我最喜欢表现的主题还是现实对浪漫的探寻和侵蚀，这是我在作品中一再表达的主题。"

为了表现上文中提到的那些差异，马丁不仅运用了非常精妙的语言、有创造性的细节描写和突发情节，还使用了富含情感的意象、象征和隐喻。那座破败的外星砖塔、发着蓝色幽光的苔藓、梦蛛和它们闪闪发光的蛛网，都饱含着超越它们自然表象的深远内涵。

（赵佳铭　译）

灰烬之塔

［美国］乔治·R. R. 马丁

我住的这座塔是用砖头砌成的，煤灰色的小砖头混着一种黑色亮晶晶的物质。在我这普通人的眼里看来，这种物质特别像黑曜石，不过它显然不可能是黑曜石。这座塔坐落在瘦海一个峡湾旁，二十英尺高，摇摇欲坠，离森林的边缘只有几英尺远。

我发现这座塔是在近四年前，当时“松鼠”和我坐着那辆银色的飞车离开了杰米森港。现在，这辆车停在我家门口的杂草丛中，已经面目全非。时至今日，我对这座塔的结构几乎仍然一无所知，但我有我的看法。

首先，我不认为它是人类造的。很明显，它比杰米森港还要古老，而且我经常怀疑它比人类太空飞行的历史还要早。砖块（这些砖块非常小，不到普通砖块的四分之一大小）都已经磨损、风化，古老陈旧，我一脚踩上去就掉渣。灰尘到处都是，而我知道这是从哪来的，因为我不止一次地从塔顶的扶栏上撬下一块松动的砖头，徒手将它随意地捻成细小的黑色粉末。每当带着咸味的海风从东边吹来，塔上就会飞起一片灰烬。

塔内的砖块状况较好，因为没有怎么经受过风吹雨打，但条件也是差强人意。塔内只有一个充满灰尘和回声的单间，没有窗户，唯一的光源来自屋顶中央的圆口。塔内的楼梯呈螺旋形，由和其他地方一样的古砖砌成，它依墙而建，像螺丝钉上的螺纹一样盘旋而上，直至塔顶。这楼梯对于“松鼠”这只体积相当小的猫来说，也许很容易爬，但对于人类的脚来说，很是狭窄局促。

但我依然热衷登上塔顶。每天晚上，我从阴冷的森林里回来，我的箭被梦蛛的血染黑，我的袋子里装满它们的毒囊，我放下弓，洗手，然后登上塔顶，度过黎明前的最后几个小时。海峡的那头，杰米森港的灯光在岛上闪烁，从塔顶上看起来和我记忆中的那个城市不尽相同。一幢幢方形的黑色建筑在夜色中晕着淡淡的浪漫光芒；柔和的橘光和暗淡的蓝灯诉说着神秘的故事，哼唱着无声的歌谣，散发着孤独的气息。星舰在星空中起起落落，就像我童年时在老旧的地球上见过的那不知疲惫的流浪萤火虫。

“那边有故事，”在我什么也不懂的时候，我曾经这么对柯贝克说过，“每一盏灯的背后都有一个人，每个人都有自己的生活，自己的故事。只不过他们过着的生活与我们毫无交集，所以我们永远不会知道这些故事。”我想，我当时大概手舞足蹈的，当然，我当时已经很醉了。

柯贝克露齿一笑，摇头作为回答。他是个深肤色大块头的男人，胡子像打了结的铁丝。每个月他都会开着他那辆破旧的黑车从城里出来，给我送补给品并带走我收集的毒液，每次我们都会到塔顶一起喝酒。一名卡车司机，这就是柯贝克的全部身份，顶多算是一个廉价二手彩虹梦的贩售人。但他自诩为一名哲人，一名研究人类的学者。

“别自欺欺人了，”他当时对我说，他的脸浮现在黑暗中，由于酒精的作用，被染红了，“你并没有错过什么。生活中净是屁事，你知道的。真正的故事通常都有一个情节——开始，发展，目标达成时，故事就结束了，除非后面还有一个续集。可是人们的生活不会这样，生活只是毫无目的地走下去，走啊走，没有什么结局。”

“死亡，”我说，“这算是个结局，我认为是。”

柯贝克发出了很大的声音。“当然，但你知道有谁在正确的时间死去吗？没有，人生不是那样运作的。有些人在生活还没好好开始之前就倒下了，有些人正在最好的阶段突然死了，还有些人则在一切都结束后还在世上徘徊。”

每当我一个人坐在塔顶，身边放着一杯酒，“松鼠”暖暖地躺在我的腿上时，我就会想起柯贝克的话，还有他说这些话时沉重的语气，他那粗糙的声音温柔得有点怪。他不是个聪明人，柯贝克，但我想那晚他道出了真理，也许他自己从未意识到这一点。他当时带给我的这种令人厌烦的现实主义，是将我从梦蛛编织的梦境中解救出来的唯一解药。

但我不是柯贝克，也不能成为柯贝克，虽然我承认他的真理，但我无法活在他的真理中。

他们来的时候正值傍晚时分，我只穿了一条短裤，背着箭筒，其他什么也没穿，在外面练习射箭。当时黄昏将尽，我正在放松，准备晚上到森林里去试手气呢——那时候，我甚至也像梦蛛一样，昼伏夜出。光脚踩在草地上的感觉很好，银木反曲弓在手里很顺手，我的准头也不错。

然后，我听到他们来了。我回头朝海滩看了一眼，看到深蓝色的飞车在东边的天空中迅速变大。格里，当然，听声音就知道了，他的飞车从我认识他开始就一直这么大声。

我背对着他们，又抽出一支箭——很稳——正中红心。

格里把他的飞车停放在了塔基附近的草丛里，离我的飞车只有几英尺远。克丽丝特尔和他在一起，清瘦优雅，她长长的金发在午后的阳光下闪闪发光。他们下车，向我走来。

"不要站在靶子附近。"我对他们说，然后搭上另一支箭，拉弓。"你们是怎么找到我的？"话音未落，箭矢砰然中靶的颤音将我的问题切作几段。

他们绕到了一边。"你曾经提到过在飞行中发现了这个地方，"格里说，"而且我们知道你不在杰米森港的任何地方。所以觉得这里值得一试。"他在离我几英尺远的地方停了下来，双手叉着腰，仍是我记忆里的样子：大个子，深色头发，非常健壮。克丽丝特尔走到他身边，一只手轻轻搭在他的手臂上。

我放下弓，转身面对他们。"那么，你们找到我了。有什么事？"

"我很担心你，乔尼。"克丽丝特尔轻声说。但当我看向她时，她的眼睛躲开了。

格里用手搂着她的腰，展示他的占有。我内心翻腾。"逃避永远解决不了任何问题。"他对我说，他的声音奇怪地混杂了友好的关心和高人一等的傲慢，就像之前几个月一样。

"我没有逃避。"我说，我的声音很紧张。"该死的，你们根本就不该来。"

克丽丝特尔瞥了一眼格里，看起来非常难过。显然，此时他们突然想到一起去了。格里皱了下眉。我觉得他从来都不理解我，我为什么要说那些话，以及我为什么要做那些事。每当我们讨论这些话题时——当然也没有几次——他总是令人费解地跟我说着如果我们的角色互换他会怎么做。就好像对他来说，不同的人在同一位置上做出不同的选择是非常奇怪的事。

他只不过皱了下眉，而我已经感到非常受伤了。我在塔里自我放逐的一个月里，一直在尝试接受我的行为和情绪，而这远非易事。克丽丝特尔和我在一起很久了——差不多四年——那时我们一起来到杰米森这个星球，追寻我们在巴尔德尔星发现的奇特的银器和黑曜石工艺品。我一直都很爱她，即使是现在，在她为了格里而离开我之后，我仍然爱着她。当我自我感觉良好的时候，我觉得驱使我离开杰米森港的是一种高尚而无私的冲动。我的想法很简单——我想让克丽丝[1]幸福，而她和我在一起不可能幸福。我的伤口太深了，而我不善于掩盖它们；她和格里在一起发现了新的快乐，而我的存在让她因内疚而压抑。既然她不忍心把我完全割断，我就必须自己割断。为了他们。为了她。

或者说，这只是我对自己说的理由。但也有那么一些时刻，当这种冠冕堂皇的自我合理化崩溃的时候，是黑暗的自我厌恶时间。那些想法是真正的原因吗？还只是因为幼稚的一时之气而伤害自己，并以此来惩罚他们？——就像一个任性的孩子，把自杀的念头当作一种报复的方式。

老实说，我也不知道。一个月来，我在各种信念之间摇摆不定，我试图了解自己，并决定下一步该怎么做。我想把自己当成英雄，愿意做出牺牲来让心爱的女人幸福。但格里的话让我明白，他根本不这么认为。

“你为什么总是这么小题大做？”他说，一副要干架的样子。他一直以来都决心要做一个非常文明的人，但似乎永远对我感到恼火，因为我不会修复、治愈我的伤口然后让大家就此成为朋友。没有什么比他的恼怒更让我恼火的了，我认为我处理得很好了，所有的事情都考虑到了，所以我受不了别人以为我没有考虑过。

---

1. 克丽丝特尔的昵称。

但格里决心让我改变主意，我做出的轻蔑表情对他都是白费。“我们要待在这里把这事说开，直到你同意和我们一起飞回杰米森港为止。”他用他最强硬的“现在我可不好搞了”的语气告诉我。

“扯淡。”我说，转身离开他们，从箭筒里拽出一支箭。搭箭，拉弓，离弦，太着急了。箭偏离靶心足足有一尺远，一头扎进了我那座破塔的松软的黑砖里。

“话说回来，这到底是什么地方？”克丽丝问。她看着塔，仿佛是头一回见到。也有可能吧——毕竟我的箭射入了石砖，这一奇景很难不让她注意起这座古老的建筑。不过，更有可能的是，她这是特意转移话题，试图平息格里和我的争论。

我又放下了弓，走到靶子前回收射出的箭。“我真的说不好。”我说，平静而又急切地接过她扔给我的问题。“一个瞭望塔，我认为，不属于人类历史。杰米森星球从未彻底探索过，这里可能曾经有过一个智慧种族。”我绕过靶子走到塔前，从残破的砖头上拽出这最后一支箭，“可能现在还有人幸存，其实，我们对大陆上的情况知之甚少。”

“在这地方活着可真让人抑郁，如果你问我的话，”格里打量着塔说，“它随时有可能就这样塌下来。”

我对他淡然一笑。“这个念头我也曾想过。但我当初来到这里的时候，根本不在乎。”话一出口，我就后悔了，克丽丝的表情明显地抽搐了一下。我在杰米森港的最后几周就是如此情形。虽然我已尽力为之，但摆在我面前的似乎只有两个选择：要么撒谎，要么伤害她。两者都让我不快，所以我来这了。但他们也来了，所以又回到了完全无解的状态。

格里还准备了另一句话，但还没来得及说。“松鼠”就从草丛间蹿了出来，直奔克丽丝特尔。

她冲它笑了笑，半跪了下来，瞬间它就依偎在她脚边，舔着她的手，轻咬着她的手指。显然，“松鼠”的心情很好，它喜欢塔附近的生活。在杰米森港的时候，它的生活范围受到了限制，因为克丽丝特尔担心它会被“巷吼”吃了，被狗追赶，或被当地小孩吊起来取乐。在这里，我让它自由奔跑，它就喜欢这样。鞭子鼠占领了塔楼周围的灌木丛，这是一种本地啮齿类动物，没有毛的尾巴是身体的三倍长。尾巴有轻微的一层倒刺，“松鼠”倒是不以为意，不过它每次碰到都会肿起来，然后变得很暴躁。它一天到晚就想着偷袭鞭子鼠。“松鼠”总是自诩为一个伟大的猎人，而追逐一碗猫粮对它来说可谓大材小用了。

它和我在一起的时间甚至比克丽丝特尔跟我相处的时间还长，但我和克丽丝特尔在一起的时候，她非常喜欢它。我经常怀疑要不是不想离开“松鼠”，克丽丝特尔早就离开我去找格里了。它貌不惊人，是一只又小又瘦又邋遢的猫，耳朵像狐狸的，毛色是灰褐色的，毛茸茸的大尾巴显得大了两圈。在“阿瓦隆”那会，把它送给我的那位朋友很严肃地告诉我，“松鼠”是一只基因改造过的灵能猫和一只癞皮野猫的非法后代。但即使“松鼠”能读懂主人的心思，它也不会太在意。当它想要人类挠它，就会做一些事情——比如直接爬上我正在看的书，然后把它打掉，开始咬我的下巴；而当它想独处时，试图抚摸它可就是高危行为了。

当克丽丝特尔跪在它身边抚摸，而它依偎着她的手时，她又变成了那个女人，那个伴我同行、与我相爱、有说不尽的话、每晚同床共枕的女人。我突然意识到我是多么想念她。我发现我笑了，再次见到她，即使在这种情形下，仍然给我带来了黯淡的喜悦。也许撵他们走是我在犯傻犯浑，我想着，毕竟他们是远道而来的客人。克丽丝还是克丽丝，格里也不可能坏到哪里去，因为他是她爱的人。

我无言地望着她，突然做了一个决定：让他们留下来，看看会怎么样。“天快暗了，”我听到自己说，“你们饿了吗？”

克丽丝抬起头，还在抚摸着“松鼠”，笑了笑。格里点了点头：“当然。”

“好吧。”我说。我从他们身边走过，在门口转过身，顿了一顿，示意他们进去：“欢迎来到我的废墟。”

我扭亮几盏火炬式电灯，开始做晚饭。那时候我的储物柜里有很多东西，还没有开始依靠森林资源生活。我把三只大沙龙化冻，这种银壳的甲壳类动物被杰米森渔民毫不客气地用拖网捕获，我把它们和面包、奶酪、白葡萄酒一起端上来。

用餐时的交谈很有礼貌，也很谨慎。我们谈起了在杰米森港的共同朋友，克丽丝特尔告诉我，她收到了我们在巴尔德尔认识的那对夫妇的来信，格里则大谈政治，以及港口警察打击贩卖梦境毒液的努力。“委员会正在赞助研究某种超级杀虫剂，可以消灭梦蛛，”他告诉我，“依我看，在海岸区集中喷洒杀虫剂就能切断大部分的供应。”

“当然。”我说，酒喝得有点高，也有点被格里的愚蠢激怒了。听了他的话，我发现自己对克丽丝特尔的品位又一次产生了怀疑。“不用考虑会对生态环境有什么其他影响，对吧？”

格里耸耸肩：“那块大陆。”言简意赅。他已经是一个彻头彻尾的杰米森人了，这句话的含义便是“谁在乎？”。历史上的种种偶然导致杰米森星球的居民对他们星球上的这块广袤大陆抱有漫不经心的态度。最初的定居者大多来自旧海神星，在那里，他们世世代代与海洋打交道。所以，在这颗新星球上，丰饶的海洋和宁静的群岛，比起大陆的黑暗森林更吸引他们。他们的孩子慢慢长大，也逐渐形成了同样的态度，不这么想的只有少数走上贩卖梦蛛毒液这条非法赚钱路的人。

“不要这么不以为意。”我说。

“现实一点吧，”他回答说，“除了捕蛛人，大陆对任何人都没用。有什么关系呢。”

“该死的，格里，你看看这座塔！它是从哪里来的，你告诉我！我告诉你，那片森林里可能有智慧生物！而杰米森人甚至都没有费心去瞧瞧。”

透过酒杯，我看到克丽丝特尔在点头。“乔尼可能是对的，”她说，看了看格里，“这就是为什么我来到这里，还记得吗？那些手工制品。巴尔德尔那里的商店说，这些制品是从杰米森港出来的，但他无法追溯到比这更远的地方。还有那种工艺……我处理外星艺术品多年了，格里。我了解芬迪的制品，还有达姆士的，我见过所有其他的。但这些制品与众不同。”

格里只笑了笑。“这证明不了什么。在遥远的星系中心，也许还有其他种族，数以百万计的种族，我们距离太远了，所以我们不经常听到他们的消息，只有各种传言而已。但完全有可能，隔三岔五，就会有些艺术作品流转过来。”他摇了摇头，“不，我敢打赌，这座塔是某个早期定居者建造的。谁知道呢？可能在杰米森之前还有另一个发现者，他从未报告他的发现。也许他建造了这个地方。但我不会去信什么森林里有智慧生物这种鬼话。”

“你当然不会信，除非你把那该死的森林熏透了，让它们都挥舞着长矛出来。”我语带讥讽。格里哈哈大笑，克丽丝特尔则冲着我微笑。忽然，一刹那间，我有一种强烈的欲望——我想赢得这场辩论。我的思绪既朦胧又清晰，虽然是酒发挥了作用，但确实也有道理。我知道自己明明是对的——我的机会来了，我正好可以趁此让格里这个什么也不懂的乡巴佬出出洋相，赢得克丽丝的赞赏。

我向前倾了倾。“如果你们杰米森人愿意去瞧瞧，你们就会发现智慧生物。”我说，“我才来大陆一个月，就已经发现不少证据了。你根本不知道你侃侃而谈说要消灭的是多么美妙的东西！这儿有一个完整的生态环境，与岛屿完全不同，这里有很多很多的物种，大部分很可能还没有被发现。但你对它又了解多少？你们有人知道吗？”

格里点了点头。“那么，给我看看，”他突然站了起来，“我一直抱有求知欲，鲍文。你为什么不带我们出去转转，向我们展示大陆的种种奇特之处呢？”

我想，格里也只是想占上风，他可能从没想过我会接受他的提议，但这正是我想要的。外面一片漆黑，我们借着火炬式电灯的光说话。头顶的星光从塔顶上的开口倾泻下来。森林现在正生机勃勃，阴森而又美丽。我突然很想去那里，带上弓箭，那里是一个新世界，在那里，我充满力量、值得信赖，而格里则是一个笨拙的游客。

“克丽丝特尔？”我说道。

她看起来兴致勃勃。“听起来很有趣——如果安全的话。”

“安全的，”我说，“我会带着弓箭。”

我们都站了起来，克丽丝看起来很高兴。我想起了我们两人一起勇闯巴尔德尔荒野的时候，突然间我觉得很开心，确信一切都会顺利的。格里只是一个不太美好的梦而已。她不可能爱上他的。我先找了一些醒酒片——虽然我感觉不错，但还不足以面对森林，毕竟我酒还没醒。克丽丝特尔和我马上吃下了药，几秒钟之后，我的脸就开始褪红了。格里却摆手拒绝了我给他的药片。“我还没喝多少，”他坚持说，“不需要它。”

我耸了耸肩，觉得这下可越来越顺利了。如果格里在树林里跌跌撞撞，只会让克丽丝离他更远。“随你的便。”我说。

他们两个穿的衣服都不太适合到野外，但我希望这不成为一个问题，因为我并不打算带他们去森林深处。我估计这将是一次简短的出行，沿着我的林中小路逛一逛，给他们看看灰尘堆和梦蛛峡谷，也许射一只梦蛛给他们瞧瞧。这没什么，就出去遛一圈就回来。

我穿上一件深色的工装服，套上厚重的越野靴，背上我的箭囊，递给克丽丝特尔一个手电筒，以防我们在蓝苔地区迷路，然后拿起我的弓。

“你真的用得着那个？”格里问道，语带讽刺。

“防身。”我说。

“不至于有那么危险吧。”

是不至于，如果你知道自己在做什么的话，但这话我没有告诉他。“那你们杰米森人为什么总要留在岛上？”

他笑了笑。“我宁愿相信激光枪。”

“我不喜欢赶尽杀绝。弓箭给了猎物一线生机，算是吧。”

克丽丝给了我一个微笑，表示她想起了一些我们的往事。“他只猎杀掠食者。”她告诉格里。我欠身表示感谢。“松鼠”答应守护我的城堡。我又系上了一把猎刀，然后便胸有成竹地，带着前妻和她的情人出发，进入杰米森星球的森林里。

我们鱼贯而行，互相挨得很近，我拿着弓箭走在前面，接着是克丽丝，她后面是格里。从我们出发时起，穿过海边像一堵墙一样茂密的箭林时，克丽丝就一直打着手电筒探路。这些树木箭一般高耸直立，树皮呈灰色，有的像我的塔一样高大。它们一直延伸到荒唐的高度，才开始长出稀疏的枝条。这些树一团一团地簇拥在一起，甚至快把我们脚下的道路都挤满了。路上还有不止一处看起来无法通过的树篱突然出现。不过每次我在前面停下来稍作指点，克丽丝就能照到通行之路。

离开塔楼十分钟后，森林的情况开始有了变化。这里的地面和空气都比较干燥，风很凉爽，没有盐分的味道。渴求水分的箭林已经吸干了空气中大部分的水分，它们渐渐长得越来越矮小，越来越稀疏，树与树之间的空间越来越大，也越来越显眼。其他种类的植物开始出现：发育不良的小哥布林树、枝蔓丛生的仿橡树；还有优雅的乌木火树，当克丽丝特尔的手电筒发出的光晃到它们时，红色脉络就在黑暗的树林中跳动着，非常耀眼。

还有蓝苔。

起初只有一点点。它们像一张网，长在小哥布林树的枝丫，或者地面上的一小块，顺着乌木火树——或是一棵枯萎零落的尖头箭树——的一侧爬上去。然后就越来越多了。它们在脚下长成了厚厚的毯子，头顶的树叶上也覆盖了一层苔藓，网状的蓝苔沉甸甸地悬挂在树枝上，随风起舞。克丽丝特尔把着手电筒四处探照，找到了一团团更大更茂密的这种柔软的蓝色真菌，与此同时，我开始看到了周围奇异的光芒。

“足够了。”我说，克丽丝关掉了手电筒。

黑暗只持续了一会儿，我们的眼睛很快适应了那种微光。在我们周围，森林被一种柔和的光芒所包围，蓝苔将我们浸泡在它幽灵般的磷光中。我们靠近一块小小的林间空地，头上是一棵闪亮的乌木火树，但即使是它的火焰——那树干上布满的红色脉络——在这幽蓝的光下也显得凉爽起来。苔藓接手了灌木丛，取代了当地所有的草，并将附近的灌木变成了一团团蓝色圆球。它们爬上了大部分树木的四周，当我们透过树枝仰望星空的时候，我们发现这些蓝苔给树林戴上了一个发光的冠冕。

我把自己的弓小心翼翼地靠在乌木火树的暗面，弯下腰，然后起身递给克丽丝特尔满手“蓝光”。我把它放在她面前时，她又对我粲然一笑，她的神情因我手中的清凉魔法而变得柔和。我还记得那时的美好感觉：是我让他们看到这等美景。

但格里只对我咧嘴一笑。“这就是我们要面对的危险吗，鲍文？”他问，“一片长满蓝苔的森林？”

我松手扔掉了蓝苔。“你不觉得它很漂亮吗？”

格里耸了耸肩。“当然，它很漂亮。它也是一种真菌，是一种危险的寄生体，总会侵占和排挤所有其他形式的植物生命。蓝苔曾经在霍洛斯塔和巴比斯群岛上非常茂密，你知道。我们把它们全部铲除了。它能在一个月内吃完一片玉米地。”他摇了摇头。

而克丽丝特尔点了点头。“他是对的，你知道的。”她说。

我盯着她看了好一会儿，忽然觉得自己真的清醒了，醉酒的感觉早已消失。突然间，我明白了，我已经不知不觉地又给自己建立了一个美好幻想。在这里，在一个我已经开始独处的世界里，一个充满了梦蛛和神奇苔藓的世界里，不知为何，我以为我可以重新夺回早已逝去的幻梦——我那美丽独特的灵魂伴侣。我以为在这片洪荒大地上，她会以全新的视角看待我们，会再次意识到她爱的是我。

所以，我编织了一张多么漂亮的网啊，明亮、诱人，一如梦蛛的陷阱。克丽丝一句话就扯碎了这脆弱的细丝。她是他的。不再是我的了。现在不是，永远也不是了。如果格里对我来说是愚蠢、迟钝或过于现实的，那么，也许正是这些品质使克丽丝选择了他。也许不是，我没有权利去猜测她的爱，可能我永远也不会理解。

我拂去手中最后一片发光的苔藓，而格里从克丽丝特尔手中接过沉重的手电筒，再次点亮。我的蓝色仙境消失了，被他的手电筒的光照出的白亮的现实烧掉了。“现在呢？”他笑着问。他毕竟不是很醉。

我把放在一旁的弓拿了起来。“跟我来。”我快速、简略地说道。他们两个人看起来都还兴致盎然，但我自己的心情却已经发生了戏剧性的变化。突然间，整个旅行似乎变得毫无意义。我希望他们已经离开，而我回到塔里和“松鼠”待在一起。

我心绪沉郁……

……如坠深海。在苔藓密布的树林深处，我们遇到了一条幽暗的小溪，手电筒的光亮惊扰了一只正在喝水的离群铁角。它迅速地抬起头来，惊恐万分，然后在树丛中逃窜而去。有一瞬间它看起来有点像旧地球传说中的独角兽。我习惯性地望向克丽丝特尔，但她大笑的时候却在看着格里。

后来，我们爬上一个岩石坡，旁边就是一个山洞。从气味判断，是一个“林吼”的巢穴。

我转过身去警告他们，却发现我并没有听众。他们在我身后十步远，在岩石的底部，走得很慢，悄悄地说着话，手拉着手。

我心情沉重、带着怒火、一言未发，又转身离开了，继续往山那边走。一直到我找到灰尘堆之前，我们都没再说话。

我在灰尘堆的边缘停了下来，把靴子踏进灰色的细粉中一英寸深，他们在我身后慢悠悠地走了过来。

“来，格里，”我说，“用手电筒照照这里。”

光线漫无目的地游移着。山丘就在我们的背后，嶙峋的山脉上好像到处都闪烁着模糊的冷火，这都是被蓝苔覆盖的植被。但在我们面前的，只有荒凉，一片空旷的平原，黑漆漆的，毫无生气，向星空敞开。格里来回移动着手电筒，冲着旁边灰尘堆的边界推进，当他把手电筒直直地照向灰色的远方时，光线暗淡了下来，唯有风声大作。

“所以呢？”他最后说。

“摸摸这种灰尘。”我对他说。这次我不打算弯腰了。“当你回到塔里的时候，捏碎我的一块砖头，感受一下。这两种是相同的东西，一种粉状的灰烬。”我做了一个张开的手势。“我猜这里曾经有一座城市，但现在都碎成灰了。也许我的塔是建造它的人建的前哨，明白了吗？”

“森林里消失的智慧生物，是吧？”格里说，仍然微笑着，“好吧，我承认岛上没有这样的东西。这是有原因的——我们从不让森林大火肆虐，失去控制。”

“森林大火！别扯了。森林大火不会把所有东西都烧成细粉好吗，你总会剩下一些黑乎乎的树桩什么的。”

“哦？你可能是对的。但我所知道的所有被毁的城市都有几块还堆在一起的砖头供游客拍照。”格里说。手电筒的光束在灰尘堆上闪来闪去，表示它不值一提。“你所拥有的只是一个垃圾堆。”

克丽丝特尔什么也没说。

我开始往回走，而他们则默默地跟着。我每一刻都在丢分，把他们带到这里来真是太愚蠢了。那一刻，在我的脑海里再也没有什么比尽快回到我的塔里，把他们一起打包送到杰米森港，继续我的放逐生活更重要的事了。

在我们翻过山头进入蓝苔森林之后，克丽丝特尔拦住了我。“乔尼。”她说。我停下来，他们赶上来，克丽丝手指向某处。

“把手电筒关了。”我对格里说。在蓝苔的微弱光亮中，它更容易被发现：梦蛛那错综复杂的、色彩斑斓的网，挂在一棵仿橡树的低枝上，垂向地面。我们周围斑驳的蓝苔那点微弱的光芒跟它比起来不值一提。蛛网的每根网线都像我的小手指一样粗，油亮亮的，闪着彩虹色。

克丽丝朝它走了一步，但我拉住了她的胳膊，阻止了她。“梦蛛就在附近，”我说，“别走得太近。雄蛛从不离网，但雌蛛夜里会在树上转来转去。”

格里有点忧虑地向上看了一眼。他没有打开手电筒，突然间，他看起来似乎没有那种万事了然于心的感觉了。梦蛛是危险的捕食者，我想他从来没有在陈列柜之外的地方见过它们。它们不是岛上的原生物种。

“这网相当大啊，”他说，“这梦蛛的个头肯定不得了。”

“相当大。”我说。突然间，我想到了一个好主意，如果像这样一张普通的网都能唬住他，那我还有更厉害的东西可以刺激他。而他已经刺激了我一晚上。“跟我来吧，我让你看看真正的梦蛛。”

我们小心翼翼地绕蛛网转了一圈，始终没有看到蛛网的雌雄守卫。我把他们带到了梦蛛峡谷。

那是沙地上一个巨大的 V 字形，也许曾经是一条小溪的河床，但现在已经干涸，杂草丛生。白天的时候，这条峡谷并不深，但在晚上，当你从两边的树林里往下看的时候，它就显得很可怕了。底部是一片漆黑的灌木丛，活泼地闪烁着小小的幽光，在高一点的地方，各种树木都向峡谷中倾斜，几乎在中心相接。事实上，其中有一棵树确实横跨了峡谷。那是一棵古老的、腐烂的箭树，因缺乏水分早已枯萎倒下，成为一座天然的桥梁。“桥”上长满了蓝苔，泛着光。

我们三个人走在那幽光笼罩的弯曲树干上，我打着手势示意他们往下看。

在我们下面几码远的地方，流光溢彩的蛛网从一个山头挂到另一个山头，每根网线都像缆绳一样粗壮，并泛着黏稠的油光。它把所有低矮的树木捆绑在了一起，形成了一个扭曲复杂的怀抱，在峡谷上方建造了一个闪亮的仙女屋顶。这太美了，让人想伸手去触摸。

当然，这也是为什么梦蛛要织这些网。它们是夜行性捕食者，这些流光溢彩的网在夜色中有一种诱人的吸引力。

“看，”克丽丝特尔说，“梦蛛。”她指了指网中一个黑暗的角落，那里被一棵从岩石上长出来的哥布林树七扭八歪的树枝半遮半掩。一只梦蛛正坐在那里。借着蛛网的流光和蓝苔的光亮，我隐隐约约地看到了它，一个巨大的八条腿的白色生物，有一个大南瓜那么大。静止着。等待着。

格里再次不安地环顾四周，抬头看了看我们头顶一棵弯曲的仿橡树的树枝。“雌蛛就在附近，对吧？”

我点了点头。杰米森星球的梦蛛并不和旧地球的蛛形动物一样。雌蛛确实是这个物种中最致命的，但它并不会吃掉雄蛛，而是与雄蛛建立了永久的特殊伙伴关系。因为这只迟钝的、体格健壮的雄性会喷丝，它编织着流光溢彩的网，用它的油脂使之黏稠，它把被流光溢彩的网捕获的猎物捆绑起来。同时，体形较小的雌蛛在黑暗的树枝上游荡，毒囊里装满了黏稠的梦境毒液，它能让猎物产生明亮的视觉幻觉和愉悦，最后陷入一片黑暗。雌蛛会叮咬比自己体形大很多倍的生物，然后把它们拖回网中，作为食物储藏。

梦蛛是温柔、仁慈的猎手。即使它们喜欢活的食物，这句描述也没毛病——被捕获的猎物可能也喜欢被吃掉。杰米森人的传说有言，梦蛛的猎物在被吃掉时，会快乐地呻吟。像所有杰米森人的传说一样，这太夸张了。但事实是，这些俘虏从不挣扎。

只是那天晚上不同，有什么东西正在我们下面的网中挣扎着。

“那是什么？”我眨了眨眼睛问。斑斓的网上还有好些东西：一具被吃掉一半的铁角的尸体就在我们下方，某种大黑蝙蝠被明亮的蛛丝绑在稍远处，但这两者都不是我方才看见的那个东西——在雄蛛对面的角落里，靠近西边的树上，有什么东西被抓住了，在挣扎着。我记得我瞥见了飞舞的苍白的肢体，发光的大眼睛，还有类似翅膀的东西。但我没有看清楚。

这时格里滑倒了。

也许是酒让他站不稳，也许是我们脚下的蓝苔太滑，也许是我们立足其上的树干不够平整。也许他只是想绕到我前面来，看看我盯着看的是什么。但是，无论如何，他滑倒了，失去了平衡，大叫一声，突然间他就在我们下面五码的地方了——掉进了网里。整张网都因为他的摔倒而摇晃起来，但它并没有一点要破裂的样子——梦蛛的网足够坚固，毕竟它可以抓住铁角和“林吼”。

“该死的。”格里叫道。他看起来很滑稽：一条腿直接从网眼中插了下去，两只胳膊半截露在网外半截无望地纠缠着，只有他的头和肩膀还能自由活动。“这东西很黏。我动不了了！”

“别挣扎了，”我告诉他，“不然会越来越紧。我会想办法爬下来，把你救出来。我带刀了。”我环顾四周，想找到一根树枝把我荡下去。

“乔。”克丽丝特尔的声音很紧张。

那只雄蛛已经离开了它所在的哥布林树，雄赳赳气昂昂地向格里走去；恶心的白色身影发出的聒噪响声，盖过了蛛网异乎寻常的美丽。

“该死的。”我说。我并没有真的很害怕，只是觉得麻烦。这只大雄蛛是我见过的最大的梦蛛，杀了它我有点不忍心。但我好像别无选择。雄蛛没有毒液，但它是肉食动物，它的咬伤是很致命的，尤其是个头这么大的。我不能让它走到能咬到格里的地方。

稳稳地，小心翼翼地，我从箭筒里抽出一支灰色的长箭，搭在弓弦上。没错，现在是晚上，但我并不担心。我是个好射手，而且我的目标的轮廓已经被它发光的蛛丝清晰地勾勒了出来。

克丽丝特尔尖叫起来。

我停了一下，恼怒于她的惊慌失措，明明一切都在掌控之中。但我一直都知道，她不是这样大惊小怪的人。是因为别的什么东西。一时间，我想象不出来会是什么事。

然后我看到，当我循着克丽丝的目光看去——一只犹如大块头男人的拳头一般大小的圆滚滚的白色梦蛛从仿橡树上悬降到我们站着的这根树干，离我们还不到十英尺远。克丽丝特尔，感谢上帝，她还是安全的，因为有我在她身前。

我愣在那里——到底多久？我也不知道。如果我刚刚就动手了，没有停顿，没有思考，我可以处理好一切。我应该先用早已搭上的箭干掉那只雄蛛，然后还有足够的时间朝这只雌蛛射第二支箭。

但我却愣住了，陷入了那瞬间的晦暗不明，一时间我感到无从下手，我的弓在手上，我却无法行动。

突然间，情况变得非常复杂：这只雌蛛向我飞奔而来，比我想象的要快得多，而且比下面那个慢吞吞的白色玩意儿看起来迅猛且致命多了。也许我应该先干掉它。我可能会失手，然后我需要时间去拿我的猎刀或第二支箭。

只不过这样一来，格里就会暴露在向他无情袭来的雄蛛的大颚下，束手束脚、孤立无援。他会死。他会死。而克丽丝特尔绝不会责怪我。我必须先救自己，还有她。她会明白这一点的。这样我就能重新拥有她了。

是的。

不!

克丽丝特尔尖叫着，不停尖叫着，突然间，一切都清晰了，我知道了这一切意味着什么，为什么我会在这个森林里，以及我必须要做的是什么。这是一个充满光辉的神圣的时刻。我已经失去了让她快乐的能力，我的克丽丝特尔，但现在，在这静止的一刻，这种能力回到了我的手中，我可以给予她快乐，或者阻止它直到永远。用一支箭，我可以证明我对她的爱，格里永远无法相提并论。

我想我当时微笑了。我很确定。

我的箭暗暗地飞过清冷的夜色，找到了它的目标，那只臃肿的白色梦蛛，正在光亮的网上飞驰。

那只雌蛛爬到我身上，我既没有踢它，也没有踩它。我的脚踝处传来一阵剧烈的刺痛。

梦蛛编织的网真是光华万丈、流光溢彩。

每天晚上，当我从森林里回来时，我仔细清洗我的箭，然后取出我的大号猎刀，用它那细长的锯齿刀刃，割开我收集的那些毒囊。我把它们依次割开，就像我之前从梦蛛一动不动的白色身体上切开一样，然后我把毒液一滴不漏地倒到一个瓶子里，等待着柯贝克过来收毒液的日子。

之后，我摆出那只用银和黑曜石精巧锻制的小高脚杯，上面有明亮的梦蛛图案，倒满他们从城里给我带来的浓黑葡萄酒。我拿猎刀在杯子里搅动，一圈又一圈，直到刀刃又变得光亮干净，酒的颜色也变得更深。然后我登上塔顶。

每每那时，柯贝克的话就会回到我的脑海里，随之而来的还有我的故事。克丽丝特尔吾爱，还有格里，一个充满光彩和梦蛛的夜晚。当我站在长满蓝苔的“桥”上，手里拿着一支箭，决定要做什么的时候，那一瞬间，一切似乎都很正确。而这一切都错得离谱……非常离谱……

……在经过一个月的发烧和幻觉后，我醒来的那一刻，发现自己在塔里，克丽丝和格里一直照顾着我，直到我恢复。我的决定，我的那个神圣的抉择，并不像我想的那样重大。

有时我甚至想，到底有没有过那个选择。当我恢复体力后，我们经常谈论这个问题，而克丽丝特尔告诉我，故事并不是我记忆中的那样。她说，我们根本没注意到那只雌蛛，等它悄悄地落在我的脖子上时已经来不及了，当时我正射出杀死雄蛛的那支箭。然后，她说，她用格里给她的手电筒砸死了雌蛛，而我迷迷糊糊跌进了网里。

事实上，我的脖子上的确有一个伤口，而我的脚踝上没有。她的故事应该是真的。因为那晚之后，我在缓慢流淌的岁月里更加了解了梦蛛的习性，我知道雌蛛是隐蔽的杀手，它们会在猎物毫无防备的情况下落下。它们不会像失控的铁角一样冲过倒下的树木向你而来，梦蛛不会这样做。

而且无论是克丽丝特尔还是格里，都完全不记得蛛网中有个扑腾着翅膀的苍白东西。

但我记得很清楚……就像我记得那只雌蛛在我愣住的无尽岁月里向我飞奔而来……但他们说，梦蛛的叮咬会影响你的大脑。

也可能是这样，当然。

有时候，当“松鼠”在我身后登上塔顶，用它的八条白腿蹭着这些黑砖时，我就会猛然发觉一切都不对，我知道我沉湎于梦里太久了。

然而，梦往往比醒着的好，梦里的故事比真实生活美妙得多。

克丽丝特尔没有回到我身边，永远也不会了。他们在我痊愈后离开了。我所做的那个不是选择的选择，付出的不是牺牲的牺牲，给她换来的幸福，永远的礼物——只持续了一年。柯贝克告诉我，她和格里很难看地闹掰了，她从此离开了杰米森星球。

如果你能信柯贝克这样的人，那这勉强也能算是真相。这事情我不想多想。

我现在的生活就是每天猎杀梦蛛，喝葡萄酒，逗逗“松鼠”。然后每天夜里登上这座灰烬之塔，遥望远方的灯光。

（东方木　译）

小说与科学

20 世纪 40 年代末至 50 年代，科幻小说渐渐走出低俗杂志的“贫民窟”。当时，低俗杂志像恐龙一样濒临灭绝；而讽刺的是，科幻杂志生存了下来，从 20 世纪六七十年代直至如今，正如一些恐龙一直存活到现在，像尼斯湖水怪从雾气弥漫的湖面探出头来。实际上，科幻杂志是曾经统治报摊的那些多产品种里，唯一的幸存者。而它们过去所提供的娱乐消遣，已经被许多人视为文学陶冶。

随着科幻小说的读者群体日渐壮大，作家的秉性也发生了变化。20 世纪 30 年代的作家被科学、思辨思想和奇境历险所吸引；60 年代的作家被传统手法和隐喻所吸引，但被当作信念乃至希望的科学所排斥；70 年代的作家被科幻小说在文学方面的潜力所吸引，承认科学作为一种人类活动，至少和艺术一样有意义。

当然，像这样的观察过于笼统；各个时代总是有交叉的；不存在一致的意见，只有一种倾向。然而，20 世纪 70 年代的一些作家重新统一了文学与科学。有些人，例如格雷戈里 · 本福德（Gregory

Benford)，从科学的角度出发，学习如何写出精美的小说，将科学知识转变为深入人心的短篇故事和长篇小说；另一些人，例如爱德华·布莱恩特（Edward Bryant），学习了充足的科学知识，将他们的写作技艺转变为意义重大的科幻小说。

爱德华·布莱恩特出生于纽约州白原市，但在怀俄明州的一个牧场长大，他在那里上小学和高中，最终，他于 1967 年和 1968 年在怀俄明大学先后取得英语学士和硕士学位。也许在他所接受的教育生涯中，更重要的就是参加 1968 年和 1969 年的号角科幻作家写作营，以及他后来与哈伦·埃利森结下的友谊。他卖出的第一篇短篇小说是《10 : 00 报告由……呈交给你》（“The 10 : 00 Report Is Brought to You by ... ”），四年后刊登于《又见危险幻象》上。他发表的第一篇故事《致以最好的》（“Sending the Very Best”），刊登于 1970 年 1 月的《新世界》杂志上。他曾担任过各种各样的工作，但自 1969 年以来，他一直是一名全职自由作家。

他在各种杂志和选集上发表过大量短篇小说。事实上，他的作品几乎都只有短篇小说的篇幅。它们往往具备获奖的水平。《鲨鱼》（“Shark”）于 1973 年获得星云奖提名；《粒子理论》（“Particle Theory”）和《核爆幸存者[1]画廊》（“The Hibakusha Gallery”）于 1977 年获得星云奖提名；《石头》（“Stone”）于 1978 年获得雨果奖提名，荣获星云奖；《巨蚁》（“giANTS”）于 1979 年获得雨果奖提名，荣获星云奖。他的小说被收录于《在死者之中》（1973）、《朱砂》（1976，这是一系列围绕着时间尽头一座传说中的城市展开的故事，布莱恩特称之为“马赛克小说”），还有《怀俄明太阳》（1980）、《粒子理论》（1981）、《比特三叠》（1987）、《氖气暮光》（1990）、

1. 作者借用了日语，指的是 1945 年日本广岛和长崎遭原子弹轰炸后的幸存者。

《未来之人》(1990)、《卡特尔》(1991)、《恋物癖》(1991)、《情欲热流》(1991)和《暗黑情欲》(1992)中。

布莱恩特写过《一尘不染的凤凰》(*Phoenix Without Ashes*, 1975),该书原是哈伦·埃利森为时运不济的“星际迷踪”(*Starlost*)电视系列创作的原创剧本,布莱恩特将它扩写成小说。他编辑过一本选集,题为《2076:美利坚三百周年》(*2076: The American Tricentennial*, 1977)。他还经常讲课,参与驻校作家项目,撰写电影评论,并曾担任一部故事片的合作编剧。

《粒子理论》,巴里·N. 马尔兹伯格称之为“历来发表过的科幻小说中的十佳作品之一”,最初刊载于1977年2月的《类比》杂志上。它涉及三个不同的主题:天空中的超新星、癌变的前列腺、科普工作者即主角的情感生活及其损失。这三个主题以几种富有意义的方式联系在一起:在最简单的层面上,在主人公的头脑中,但更重要的是在行动、意义和意象的层面上,达成了三者的统一。其中一个元素是概率:它决定了猎户座 β 会爆发成超新星,主角比常人早二十年患上前列腺癌;它甚至在主角妻子的死亡,以及原子核结合力转变为物质的方式中起到了作用。在另一个层面上,治疗前列腺癌的 π 介子也可能参与恒星和超新星的燃料供应。在接受辐射治疗期间,主角对天空中所发生的事情深有领悟。所有这些元素以及更多的元素,都被故事开头发生的事件联系在一起。故事以一系列倒叙展开,倒叙在时间顺序上就像“生命回顾”一样混乱,即“死亡过程中可以清晰定义的三个步骤中的第二步”;倒叙的作用是将事件在空间中而非时间中并置,就像主人公和读者的思想串联起来的一系列图像。

最后,故事的各个部分通过意象结合在一起:光焰、辐射风暴、正午时分、超新星、燃烧的气球。文中第一段赞颂了世界末日充满诗意的景象："艾略特错了；弗罗斯特是对的。"布莱恩特在他的小说集《粒子理论》的序言里，将20世纪70年代看作"创新的、多种文学元素互相融合的十年……新浪潮者正在克服对一切科技事物的下意识的恐惧，开始对物质世界的运作产生一种自然而然的好奇。同时，传统主义者发现，用复杂深奥微妙的散文表达他们的绝妙想法，并未致其丧失魅力"。在《粒子理论》中，布莱恩特贡献了自己的范例，将科幻小说的所有元素——语言、意象、思想和科学——结合成为一个整体，他自己提供了一种措辞，称这种结合乃是："赞美新技术的诗歌。"

（唐伊豆　译）

粒子理论

[美国]爱德华·布莱恩特

我看见自己的影子投射在墙上，像一块黑色烙铁一样。不合时令的酷暑中，我的日光浴阳台仿佛在熊熊燃烧。艾略特错了；弗罗斯特是对的[1]。

几毫微秒……

死亡就像其他所有显而易见的常数一样具有相对性。我疑惑着：我要死了吗?

我还以为死是人们口中的陈词滥调，不隐含任何潜在的真理。

“在将死之人的眼中，他的生活确实会在极短的瞬息之间闪过。”阿曼达说。她又给我倒了一杯勃艮第红酒，跟她的头发颜色相仿。火光照耀中，两种红色辉映着。“一名叫诺伊斯的心理学家——”她顿了顿，笑道，“你真的想听吗？”

“当然。”壁炉的火光使她紧绷的脸皮变得柔和起来。有一瞬间，我瞥见她露出略显温柔的美感，那是她在三十年前曾经拥有的一种美丽。

---

1. T. S. 艾略特，英国诗人、剧作家和文学批评家，诗歌现代派运动领袖。罗伯特·弗罗斯特，20 世纪最受欢迎的美国诗人之一，曾获得四次普利策奖和许多其他的奖励及荣誉。

“诺伊斯在70年代初就把死亡之门现象的鉴定证据罗列出来了。他称之为‘生命回顾’，是死亡过程中可以清晰定义的三个步骤中的第二步；它就像一部电影，未必是线性的。”

我喝着酒，因为量浅有些醉意，随口闲谈起来。“这种现象为什么会发生？怎么发生的？”我不喜欢自己声音里的迫切感。我们之间的距离忽然间拉开了，比桌子两端的地理距离还远得多。我凝视着阿曼达的眼睛，寻找丽莎的一点音容笑貌。“生命好像子弹飞驰——或者说我们与它渐行渐远——就像地球与一艘星际探测器断然分割，无法挽回。它们以光速互相远离，黑暗填补了其间的空隙。”我捏着红酒杯座，转动杯子，端详着杯中晃荡的酒。

松木燃烧，噼啪作响。阿曼达转过头去，她的瞳孔印着火苗的闪动，渐渐碎裂。

耀眼的光，耀眼的光——

在30岁的时候，我感觉愤愤不平，因为我已经鬼混了十年，该做的工作几乎一事无成。丽莎只是嘲笑，我一时火冒三丈，继而则陷入一种持续的郁闷中。后来我才意识到，她的嘲笑是唯一合适的反应。

“真傻啊，真傻，”她说，“一个打了折扣的拜伦式人物，充满自怜和凄凄惨惨的自我谄媚。”她挡在厨房的门口，几乎贴着我的脸说道，“你现在30岁了，却似乎还没有清醒过来，发现只有五十六个人听说过你的尊姓大名。”

我结结巴巴地勉强反驳了一句。

“有五十七人？”她哈哈大笑，我也笑了。

然后我40岁了，经历了老一套的伪更年期创伤。不可否认，我已经将近一年没做过任何工作了，两年没做过任何好事了。丽莎这次不嘲笑我了，她做了她力所能及的——主要是当我在波特兰市西南海岸的房子四周，一会儿闷闷不乐，一会儿狂暴愤怒的时候，避着我一点。我那本核聚变突破领域的书所得的版税，让我们足以维持食品杂货和按揭贷款上的开支。

“听着，如果我得离开一阵子的话——”她说道，“也许让你独处会有帮助。”对我们的婚姻来说，暂时的分居并不罕见。我们曾经计算过，如果我们有大约60%以上的时间一同度过，婚姻关系就会变得相当不稳定。那是个漫长的冬天，我们早该分开了。可是当时丽莎目不转睛地看着我的脸，决定不离开我。两个月之后，我反复思索着脑袋里的那些问题，恳求她让我单独待着。她很了解我——以至于她又笑了起来，因为她知道我正从又一次精神冬眠中苏醒过来。

她在一个灰暗的冬日登上了一架喷气式飞机，向东飞往我父母位于科罗拉多州南部的旧居。当天下午，飞机的登机桥损坏无法使用，所以航空公司的工作人员只好推出一部旧的舷梯。就在丽莎钻进机舱之前，她停下脚步，站在舷梯最上头转过身来向我挥手；她的黑发在风中拂动，贴到她的脸上。

两个月后，我初步草拟了我论述生殖革命的第一本书的大部分初稿。我每周至少给丽莎打一次电话，她会跟我聊她在冰雪覆盖的科罗拉多河或普拉特河上，顺河漂流时所拍的照片。然后，我会向她咨询，讨论我关于体外发育、异雌性，或即将出现的受利用人类宿主母体纲的推测。

“那么，尼克，你写完初稿后我们去做什么呢？”

“也许我们会在跨加拿大铁路上悠闲地度过一个月。”

“乡下的春天……”

之后，我的初稿写完了，丽莎在科罗拉多的冒险也结束了。“你知道我有多渴望见到你吗？”她说。

“几乎和我想见你一样迫切。”

“哦，不，”她说，“让我告诉你——”

她告诉我的事情无疑违反了州和联邦政府的法律，可能也违反了电话公司的收费标准。只能隔着电话线听到她的声音，这种挫败感让我像个柔术演员一样扭曲折磨着自己的腿。

“尼克，我要订一张从丹佛起飞的机票。到时候我会告诉你的。”

我觉得她是想给我个惊喜。丽莎没有告诉我她什么时候订的航班。航空公司通知了我。

如今我 51 岁了。情况已然不同了，我又一次痛恨自己没有取得更大的成就。我还有那么多的工作没有完成；即便我还能活几个世纪，我仍然无法完成。然而，这并不是问题。

我被告知，我那该死的血液中该死的酸性磷酸酶水平升高了。这件事情听起来多么乏味，多么平庸，而这措辞又是多么自怜。丽莎，难道我还不能奢侈地大哭一场吗？丽莎？

死亡：我希望决定自己的死期。

“令人迷醉[1]，”很久以后我说，“世界末日。”

我的朋友丹顿，年轻的射电天文学家，她说：“万能的上帝！你这该死的笑话。你怎么能对这种事说双关语呢？”

“这样我才不会哭出来，”我平静地说，“号啕大哭和捶胸顿足都无济于事。”

“冷静，如此冷静。”她用奇怪的目光看着我。

---

1. 原文“charming”，所谓双关，因为这个词还可以理解成“使人变成粲粒子”。

“我已经见过死神，”我说，“我曾花时间考虑过这件事了。”

她面露沉思，目光注视着这间凌乱的办公室之外的某个地方。“如果你是对的，”她说，“这可能会是科学家所能观察和记录到的最难以置信的事件。”她的眼睛重新聚焦，与我的相会。“或者，这可能是最可怕的事件；终极的恐怖。”

“选一个吧。”我说。

“但愿我相信你所说的一切。”

“我是在做投机买卖。”

“你这是幻想。”她说。

“随便你想怎么称呼。”我站起身，向门口走去。“我觉得时间不多了。你还没见过我住的地方呢。来吧——”我犹豫了一下，“如果你愿意的话，来看看我吧。我希望——你能在那儿。”

“或许吧。”她说。

我本不应该把情况弄得模棱两可。

我不知道再过一个小时，在我离开她的办公室，把我的车从伽莫夫峰停车场开出来，开到山谷里之后，丹顿会驾驶着她的跑车，加大油门驶上了山顶路。游客们看见她摔出了急弯。公路部门的一名工作人员撬开跑车和黑松木间的夹缝，把她解救出来。

当我得知这个消息时，我为她感到悲痛，疑惑这是否是信仰的代价。我开车去了医院，因为没有找到丹顿的近亲，而且阿曼达出面干涉，所以医生允许我站在病床旁边。

我从未见过如此宁静的面容，这种静止，除非是真正的死亡。我等待了一个小时，时间一秒一秒从挂钟上悄悄地流逝，直到回家的欲望压倒了我。

我无法再等下去，因为晨曦初露，我不会告诉任何人。

回到开头：

我一直能忍受作为个体的医生；但是作为一个群体，他们令我害怕。这是一种恐惧，就像遭遇鲨鱼袭击或被火烧死。但最终，我还是预约了一次检查。约定的那天，我开车去到闪闪发光的白色诊所，在候诊室里憋着一肚子火气，花了半小时读一期一年以前的《科技新时代》杂志。

“里奇曼先生？”笑容可掬的护士终于开口。我跟着她走进检查室。“医生马上就来。”她走了。我惴惴不安地坐在检查台边沿。两分钟后，我听到有人把我的病历从外面的架子上取下来，发出沙沙的声音。接着，门开了。

“最近怎么样？”医生问，“我好一阵子没见你了。”

“还行，”我说，把话题带回惯常的医疗程序，“今年入冬以来没有得过流感。那一针确实打得很及时。”

阿曼达耐心地看着我。“你不是疑病症患者。你不需要医生持续的宽慰——也不需要再吃安眠药了。天知道，你不是病人。所以，你有什么事呢？”

“呃。”我说。我无奈地摊开双手。

“尼古拉斯。”她的声音变得尖锐起来，带着一种“快点，我今天很忙”的刻薄。

“别模仿我的未婚老姑妈。”

“好吧，尼克，”她说，“你哪里不舒服？”

“我小便有困难。”

她匆匆记下了什么，头也不抬：“什么困难？”

“费劲。”

“多久了？”

“六个月，也许七个月。这是渐进发展的。”

“还有其他你注意到的情况吗？”

“频率增加。”

“就这些？”

“好吧，”我说，“然后，我，呃，尿不尽。”

她像在死记硬背似的，列举着病症：“有没有疼痛感，灼热感，紧促感，排尿踌躇，尿流改变？有没有尿失禁，尿流大小的变化，尿的外观变化？”

“什么？”

“颜色变深、变浅、变浑浊，有没有阴茎出血，性病感染，发烧，盗汗？”

我用连连点头或用“嗯嗯啊啊”回答。

“嗯。”她继续在便笺簿上写着，然后啪的一声合上本子。“好吧，尼克，你能把衣服脱掉吗？”当我脱光衣服以后，她说：“请躺在台子上。趴着。”

“润滑过的手指？”我说，“噢，妈的。”

阿曼达从纸卷上撕下一只一次性手套。她戴上手套时，发出噼啪的声响。“你以为我会从中感到刺激？”长期以来她一直是我的家庭医生。

当检查结束后，我小心翼翼地、不自在地坐在检查台的边沿，问道：“如何？”

阿曼达又在一张纸上潦草涂写着，“我要把你转给一位泌尿科医生。他离这儿只有两个街区。我会打电话过去。你尽量先预约好时间——噢，在一周之内。”

“给我点儿更好的安排，”我说，“否则我就去图书馆查症状手册。”

她蓝色的眼睛坦率地凝视着我：“我想请专家检查梗阻现象。”

“你把手指插进来的时候发现什么了吗？”

“这话太粗俗了，尼古拉斯，”她似笑非笑地说，“你的前列腺硬得像块石头。可能有很多原因。”

“约翰·韦恩把这种癌症叫作什么来着？”

“前列腺癌，”她说，“在你这个年纪的男人身上比较少见。”她瞥了一眼我的病历，“50岁。”

“51，”我说，我想改变一下自己的语气，我努力了，但是失败了，“我生日那天你没有给我寄贺卡。”

“但这种病并不是不可能。”阿曼达说。她站起来。“到前台来。泌尿科检查结果出来后，我想跟你约一次复诊。”像往常一样，她跟着我走出检查室，拍了拍我的肩膀。但是这次，她的手指稍微有些过于紧绷。

当我走出候诊室时，我一心观察着绿草茵茵的小山丘和大理石板，没有注意周围的环境。

“尼克？”我听到丹顿的声音，一口温和的俄克拉何马腔。

我从外门转过身来，低下头，看见她头发凌乱。杰基·丹顿是一名在伽莫夫峰天文台工作的青年才俊，此时拿着一本翻过很多遍的《科技新时代》，松散地搁在膝上。她大声咳嗽了一下，拿一张用坏了的舒洁纸巾擤了擤鼻子。“别离我太近。这个距离可能无所谓。我得流感了。你呢？”她绿色的瞳孔泛着红血丝。

我心不在焉地摆摆手。“我打过针了。”

“噢，”她又擤了擤鼻子，“我本来打算下班后给你打电话呢。昨晚看那个电视节目了吗？”

我一定看起来一脸茫然。

“你还是科学作家呢，”她说，“猎户座 β 变成超新星了。”

“超新星。”我傻乎乎地重复着。

“嘭，你知道吗？轰隆隆，”她用手比画着，杂志啪地落到地毯上，“你没有错过任何东西。节目会连续播几个星期——天空中最盛大的奇观。”

突然，红白相间的飞机警示灯被一道光化耀斑吞没的丑陋形象，映入我的视网膜。我甩甩头。片刻之后，我说：“距我们银河系的第一颗超新星爆发——时隔多久了？三百五十年？我希望你给我打过电话。”

“再久一点。开普勒超新星是在 1604 年发现的。很抱歉没有给你打电话——我们昨天都有点忙，你明白吧？”

“我可以想象。这次爆发是什么时候发生的？”

她弯腰去捡杂志。“大约在午夜。幽灵一样可怕。我刚值完班，”她微笑着，“没有什么比得上一场小小的宇宙灾变，更能帮我把注意力从鼻塞上转移开了。这样倒好；今晚不能请病假。所以我现在来诊所。克里斯说不许找借口不上班。”

克里斯那穆提是伽莫夫峰天文台的站长。“你马上就要回山顶上去了吗？”她点了点头。“告诉克里斯我会去拜访的。我想去收集非常多的材料。”

“那当然。”

护士向我们走来。“是丹顿小姐吗？”

“哼。”她点点头，最后一次擦了擦鼻子。她吃力地从软椅上站起来说：“你怎么在报纸上也没看到猎户座 β 的事？每张晨报上都有报道。”

“我没有续订报纸。”

“那电视新闻呢？电台广播？”

“我没看电视，车里也没有收音机。”

在消失于通往检查室的走廊里之前，她说："你在乡下的房子肯定是完全与世隔绝了。"

当我开车到家，把车停在车库旁边时，冰水从屋檐上滴落下来。除非天空欺骗了我，否则不会有新的冷锋出现。没有必要保护汽车免受一次新的十厘米大雪的侵袭。

我群山间的家中，日落来得更早；阴影在荒芜的院子里蔓延，吸走我皮肤上的热量。当然，这些山峰是故意设下的屏障，阻挡来自沿海城市的光与热。有一次，我把山峰拟人化为友好的巨人，将它们看作守护着我们的亲切的傻大个。不过仅此而已。现在它们又仅仅是山脉了，喀斯喀特山脉。

有一瞬间，我感觉我看到了一道亮光闪动，但它只是落日反射在窗户上的刹那余晖。房子仍然黑暗而寂静。西雅图那位女诗人已经离开三个月了。我的冷漠——她的热情。我本以为那次移情会温暖我。相反，她变得冷淡了。她在空房子里留给我的那张字条，是一首关于精神冻伤的十四行诗。

过去的十一年来，我一直有伴侣，但有时觉得与独身差不多。归根结底，熵会克服所有的动能。

而后我朝被暮色浸染的东方望去，看见猎户座 β 冉冉升起。月亮暂时没有踪影，所以天空中最明亮的物体就是这颗爆发的星星。它的亮度足以赶上飞机着陆灯，令我定神呆立在车子一旁。照射在我身上的白光，在五百年前就已经离开了这颗超新星（这个细节包含在那篇必须要提及的文章里——关于星际距离的图解历来都使读者感到敬畏）。

今晚，望着猎户座 β 释放的那只一千亿度高温的邪恶之眼，我知道我感到敬畏。这场大灾变喷射出耀眼的光芒，比任何行星都要明亮。我想知道，猎户座 β 是否——我明白不太可能——本有一个行星系统；我想知道，在世界陷入油煎火烤之前，是否已经存在流淌的山脉和沸腾的海洋。我想知道，在五个世纪以前，当恒星火焰吞没智慧生命的天空时，他们是否曾目瞪口呆。他们有时间怒斥不公正吗？我们的银河系中有一千亿颗恒星，每千年大约只有三颗恒星会变成超新星。胜算很大：可惜猎户座 β 输了。

我看着看着，几乎着迷了，直到突然被黑暗中刮起的风惊醒过来。我的手指冻得僵硬。但当我起步进屋的时候，我最后一次望了望天空。可怕的猎户座 β，是的——但我的目光被北方天空的另一个现象所捕获。一道亮光闪现，比周围的星星更加明亮。起初我以为是一架路过的飞机，但它的位置始终静止不动。我知晓其中的可能性，又不愿意相信，但是渐渐地，我还是认出了这颗新出现的超新星。

五十年来我已然见多识广。然而，望着天空，我觉得自己仿佛是一个原始人，裹着未经处理的兽皮瑟瑟发抖。我的牙齿战栗着，不只是因为寒冷。我想逃避这个宇宙。我家的门没锁，真是万幸——否则我没办法把钥匙插进门闩了。最后我跨进了门槛。我打开了所有的灯，无视天空中熊熊燃烧的两堆恒星火焰。

结果，我的泌尿科医生是个阴沉的黑人，名叫夏普。我怀疑他对待我，就像对待实验室里任何其他的标本一样。他 30 岁出头，就已经读过我的几本书。我很欣赏他对长辈和名人绝对没有丝毫敬意。

“你会把结果直截了当地告诉我吧？”我说。

“你就指望着吧。”

他也给我做了一次该死的泌尿外科的指检。当我终于坐起来，可以回过头用询问的眼光看着他时，他慢吞吞地点点头，说："有个小肿瘤。"

然后我做了一系列血液测试，检测一种叫作酸性磷酸酶的酶含量。"偏高。"夏普说。

最后，我要去实验室做膀胱镜检查，一根闪亮的金属管会插入我的尿道，随后活检钳再顺着金属管插进来。"天哪，你这是在开玩笑吧。"夏普摇了摇头。我说："如果活检表明是恶性肿瘤……"

"我无法未卜先知。"

"得了吧，"我说，"到现在为止，你一直很坦率。治愈恶性肿瘤的可能性有多大？"

自从我走进夏普的办公室以来，他一直郁郁寡欢。现在他看起来更加不快了。"这不属于我的学科范畴，"他说，"这取决于很多因素。"

"就给我一个简单的数字。"

"也许 30%。假如出现癌细胞转移，一切就说不定了。"他说这话的时候与我的眼神相对，然后忙着做膀胱镜检查。不管有没有局部麻醉，我的阴茎都火辣辣地痛得要死。

第二颗超新星出现的这晚，我终于通过一条私营电话线路接通了杰基·丹顿。"我觉得昨天晚上这里就像是个疯人院，"她说，"你应该现在来见我们。我只有一点点时间。"

"我正想确认一下我所观察到的东西呢，"我说，"我看见那该死的东西真的爆炸了。"

"你已经领先于天文台的所有人了。昨晚我们都忙着把注意力集中在猎户座 β 上——"电子杂音干扰了通话。"尼克，你还在听吗？"

"我想有人要接进来了。最后告诉我一件事：它是一颗成熟的超新星吗？”

“绝对是。据我们目前能确认的来说，它是一颗真真正正的II型超新星。”

“很遗憾它不会是所有超新星里最大最好的那颗。”

“够大了，”她说，“也够好了。这次它离我们大概只有九光年远。天狼星A。”

“八点七光年，”我不假思索地说，“这意味着什么呢？”

“直接影响吗？我不知道。我们正在思考这个问题。”听起来她好像用手捂住了话筒，然后她又回到了通话中，“听着，我得挂了。克里斯正在尖叫着让我提供智慧。拜拜。”

“好吧。”我说。通话断了。挂断忙音中，我想我听到了宇宙中二十一厘米中性氢发出的嘶嘶声。然后拨号音接进，我合上了听筒。

阿曼达看上去闷闷不乐。她把一个疑似是我实验室检验结果的东西翻阅了两遍。“好吧，”我在那张胡桃木宽桌子病人该坐的那一侧落座，然后说，“告诉我。”

“您是里奇曼先生吗？尼古拉斯·里奇曼？”

“是的。”

“我是库尼克夫人，在环西部航空公司工作。我是从丹佛打来的。”

“什么事？”

“我们从费用单上得到了您的号码。有一张票卖给了丽莎·里奇曼——”

“我的妻子。这个周末我在等她。是她让您提前打电话给我的吗？”

“里奇曼先生，不是这样的。我们的乘客名单显示您的妻子于今晚搭乘了我们的903航班，从丹佛飞往波特兰。”

“那么？怎么了？出什么事了？她病了吗？”

“恐怕出事故了。”

沉默的气氛令我窒息。“严重吗？”我感觉手脚逐渐冰凉。

“我们的飞机在科罗拉多州格伦伍德斯普林斯西北大约十英里处坠毁了。现场地面人员反馈没有幸存者。我很遗憾，里奇曼先生。”

“没有一个人幸存？”我说，“我的意思是——”

“我真的很抱歉，”库尼克太太说，“如果情况有任何变化，我们会立即跟您联系。”

我机械地应道：“谢谢。”

我感觉库尼克太太想说些别的话，但是停顿了一会儿之后，她只是说：“晚安。”

在科罗拉多一处白雪皑皑的山坡上，我死了。

“活检结果是恶性的。”阿曼达说。

“好吧，”我说，“真糟糕。”她点点头。“给我讲讲我的选择。”破碎的金属碎片像牙齿一样猛烈撞击山坡。

我的病例不同寻常，这只是在相对的意义上说。阿曼达告诉我，前列腺癌是男人为其他方面的健康所受的惩罚。如果他们避免了其他每一种健康隐患，20 世纪的男人最终还是会被他们的前列腺杀死。就我而言，这个问题提早了二十年左右；我的运气太差。冷却中的金属噼里啪啦坠落，在雪地里嘶嘶作响，而后归于寂静。

假设癌症还没有转移，就还有几种可能性。但阿曼达认为在这个阶段，放疗或化疗的希望微乎其微。她建议做手术彻底切除前列腺。

“要不是你还有一大把宝贵的年头，我是不会建议这么做的，”她说，“我们通常不建议年纪较大的患者做。但你的总体身体状态很好，你可以应付得了手术。”

山坡上毫无动静。“最终结果会怎么样呢？”我说。

“你已经知道‘彻底切除’的后果了。”

我不是很介意做输精管结扎——我早就该做这个手术的。51 岁的时候我可以平静地接受绝育手术，但是——

“会造成性功能障碍吗？”我说，“哦，天啊。”我意识到自己的声音开始发紧了。“我不能那样做。”

“你绝对可以。”阿曼达坚定地说。“我认识你多久了？”她回答了自己的问题，“很长时间了。我很了解你，对你重要的事并非全都拴死在你那根阴茎上。”

我默默地摇了摇头。

“听着，该死的，死于癌症更糟。”

“不，”我固执地说，“也许吧。只要切除前列腺吗？”

不是的。阿曼达指着病历表上关于我的膀胱的记录。膀胱也会被切除。

“会从我体内接出管子吗？”我问，“假如我活着，我的余生将不得不随时带着一个排尿用的塑料袋？”

她不动声色地说：“你说得太夸张了。”

“但我说的是对的吧？”

她停顿一会儿后说：“本质上说，没错。”

而所有坏的假设就是问题的本质；推出好消息，则都假设癌细胞在手术过程中不会扩散或迁移到其他器官去。“不。”我说。这该死的糟糕的又讨厌的不公平对待！“去他妈的，不，这是我自己的选择。我不愿意那样活着。如果我完蛋了，那就一了百了吧。”

“尼古拉斯！打住吧，别自怨自艾了。”

“你不认为我有权利得到一些怜悯吗？”

“讲点道理。”

“你应该安慰我，”我说，“而不是跟我争论。你已经学过所有那些关于死亡和垂死的课程。应该是你讲点道理。”

她抿紧嘴巴。“我正在给你提建议，”阿曼达说，“然后你可以自行判断，随你他妈的便。”我已经好多年没见她发脾气了。

我们互相瞪视了将近一分钟。“好吧，”我说，“对不起。”

她并没有饶过我。“成天愁眉苦脸，甚至哭哭啼啼的。生气，愤怒，十年来我一直看着你深陷麻木的冰窖之中。”

我内心退却了。“我活下来了。这就够了。”

“不可能。你已经在假死的状态里枯坐十一年了，等待着有人凿开冰川把你解救出来。你就好像一颗台球，你总让人击空，偶尔能从你身上反弹回来什么，但是毫无效果。好吧，现在不是有某个人——而是有某件事，正在把你推入绝境。你准备躺倒听天由命吗？如果丽莎还活着，她不会想看到你这样做的。”

“别把她掺和进来。”我说。

“我不能不说。因为她，你对我来说越发重要了。她是我最亲密的朋友，记得吗？”

“好生对待她，”丽莎曾经说过，“她比我们两个都聪明。”丽莎已经明白情况；毕竟，是阿曼达介绍我们认识的。

“我知道。”我感觉晕头转向；拒绝、怨恨、麻木——过山车叮当作响准备最后一次俯冲。

“尼克，你有机会继续健康地活很多年。我希望你抓住这个机会，如果需要利用丽莎作为切入口，我愿意。”

“如果这意味着像一个电子人太监，尿液淋漓、四处爬行的话，我不想活下来。”过山车在轨道边缘摇摇欲坠。

阿曼达注视着我，很久之后，她诚恳地说：“有一个外部的机会，成功的可能性不大。我听那边的一个朋友说的，新墨西哥介子物理研究所正在寻找一名实验对象。”

我努力搜索记忆："粒子束疗法？"

"π 介子。"

"这挺冒险的。"我说。

"你在跟我争论吗？"她笑了。

我也笑了："不是。"

"想试试吗？"

我的笑容消失了："我不知道。我会考虑的。"

"这足够让人欢欣鼓舞了，"阿曼达说，"我会打几个电话，看看研究者会不会对你感兴趣，就像我预料你会对他们感兴趣一样。你最近都待在家里吧？我会通知你的。"

"我还没有说'行'呢。咱们就互相通知吧。"我没有告诉阿曼达，但我离开她的办公室时，脑子里只想着死亡。

尽管听起来可能很戏剧化，我去市中心参观了几家五金店，观摩了他们展出的手枪。两个小时后，我厌倦了摆弄武器。钢铁似乎一如既往地冰冷和不近人情。

那天下午晚些时候我回到家时，电话答录机上只有一条留言：

"尼克，我是杰基·丹顿。对不起，我有一段时间没打电话了，但你知道是怎么回事。我觉得你会想知道，克里斯本周早些时候准备召开一场新闻发布会——可能是周一下午。我认为他很焦虑，因为他还没有拿出一套恰当的理论来解释过去几周出现的三颗II型超新星和六颗标准新星。不过我认识的人还没有一个能办得到。我们都花了很多时间钻研，彻夜不眠，都快变成吸血鬼了。等我知道会议的确切时间后再联系你。我想现在大概讲了三十秒，所以我——"录音带播放完毕。

当电话机倒带并复位时，我陷入了沉思，心想着冬天的篝火。

三颗II型超新星？我解释着：出现一颗，不足为奇；出现两颗，纯属巧合；出现三颗，则大有文章了。

我一时冲动，慢慢拨通了丹顿家里的电话。没有人接。然后拨往伽莫夫峰天文台，电话线路都很繁忙。在我看来，我需要杰基·丹顿，这是很合情理的。我不仅仅为了向她咨询，也不仅仅为了获知新闻发布会的消息，我需要延伸跟她之间的友谊。我想借她的马格南左轮手枪，据我所知，她把枪藏在天文台办公室一个锁着的抽屉里。我知道我可以请她帮这个忙。她经常在下班后用那支手枪，对着峰顶岩石一侧的靶子射击。

占线信号上规律恼人的忙音使我恢复了理智。再等一下，我告诉自己。里奇曼，你到底打算做什么？

答案是什么都不做，时机来到，为时尚……早。

深夜，我拉开滑动玻璃门，惊落了二层露台上的积雪。我不知羞耻地任由自己奢侈地半开着门，以便当我注视天空时，屋里的暖流会流泻出来围绕着我。一堆堆高耸的层积云掠过喀斯喀特山脉上空，星星在云层间时隐时现。即便如此，那三颗超新星还是统治了整个夜晚。我用眼睛画出假想的线段，把这些点连起来，从而解开谜团。在这幅图画中，你能找到多少不可思议的谜题呢？

我不情愿地把目光从这新闻头条级别的现象上移开，搜寻旧时喜爱的星星。我分辨出火星上的红点。

几年前，我有过一个可笑的计划，我跑到尤金找一位催眠师——她自称如此。在报道了奥克兰的一次航空航天医学会议以后，我就一直沿着海岸线行驶。在新奥尔良市附近的某个地方，我服用了处方药，喝了被禁卖的苏格兰威士忌，一时胃口大开，吃完了一顿海鲈大餐。夜里的某个时候，我想起美国喷气推进实验室（JPL）

曾经使用图像增强方案，用以提高“水手号”和“维京号”火星登陆器等设备发回的遥测照片的清晰度。当时在我看来，人类计算机的记忆可以借助某种方式被增强，通过催眠而变得清晰，这是合乎道理的。真是令人目眩神迷的幻想。但它们好歹充作理论依据和精神刺激，使我足以从古兹曼夫人开在俄勒冈州边境另一边的“劝告/催眠/健康”机构里取得结业证书。古兹曼夫人的皮肤颜色和她家污迹斑斑的硬木门一样。她强调外观和衣着，那种样子是我们凡人眼中关于吉卜赛人的刻板印象。披肩和水晶球歪曲了形象。我觉得她是越南人。不管怎样，她使我相信她可以催眠，然后她哄劝我返回过去的时间。

就在丽莎钻进机舱之前，她停下脚步，站在舷梯最上头转过身来向我挥手；她的黑发在风中拂动，贴到她的脸上。

我本来应该把停滞的教训铭记在心的，熵并不容易克服。

古兹曼夫人所做到的是将丽莎的最后形象定格。然后她推近镜头，如此接近，我就像站在丽莎旁边一样。我有时还会在梦魇中看到：她的目光注视着远方。她的皮肤有报纸上的照片那样的颗粒感。我看到，但摸不着。我说话，但她不回答。我冷得发抖——

——把玻璃门再拉开一些。

那儿！一只眼睛在太空中睁开了。一道刺眼的强光燃烧着，像夜间厨房里的冰箱灯一样冷冽。火星似乎消失了，消逝于远在它身后的新星发出的光辉中。又是一颗新星，我想。新的眼睛让我着迷，无法动弹，就像一个孩子把一只新捕捉的飞蛾牢牢钉在标本簿上那样。

尼克？

谁？

尼克……

你是幻听。

在露台上，笑声在我周围萦绕。我以为笑声会把树上的雪摇落下来。山中的寂静震动了。

那个秘密，尼克。

什么秘密？

你已经 51 岁了，可以破译它了。

别拿我开玩笑。

谁在开玩笑？不管剩下多少时间——

嗯？

你已经花了十一年的时间在做梦、游荡、任由别人摆布你。

我知道。

真的吗？那就按照那个去做吧。选择你的行动。再没有一个爱你的人能告诉你更多了。不管剩下多少时间——

我无法控制地颤抖着，紧紧抓住露台的栏杆。一幅转瞬即逝的、黑白点彩肖像画消散在树林中。从一根树枝到另一根树枝，从顶部树枝到底部树枝，结块的雪纷纷破碎而后散落，积聚着动能。树木脱去了冰雪的斗篷。雪粉盘旋着滚到露台上，像尖利的钻石触碰我的脸。

十一年比瑞普·凡·温克尔[1]沉睡的一半时间还长。“该死，”我说，“去你的。”我们珍惜我们的睡眠。坟墓安详地坐落在树林中。“去你的。”我又说道，抬头望着天空。

在俄勒冈州一处白雪皑皑的山坡上，我不再是死人了。

是的，阿曼达。我答应。

1.《瑞普·凡·温克尔》是美国作家华盛顿·欧文创作的著名短篇小说。瑞普为人热心，靠耕种一小块贫瘠的土地养家糊口。有一天，他为了躲避唠叨凶悍的妻子，独自到附近的赫德森河畔兹吉尔山上去打猎。他遇到当年发现这条河的赫德森船长及其伙伴，在喝了他们的仙酒后，就睡了一觉。他醒后下山回家，才发现时间已过了整整二十年，一切都十分陌生。

在阿尔伯克基转机后，我们乘坐罗斯航空公司的一架小型支线班机进入洛斯阿拉莫斯。我以前从来没有坐过这么古老的德·哈维兰双水獭飞机，我希望以后再也不需要了；我首先要搭乘灰狗长途汽车离开洛斯阿拉莫斯。当我们接近山区时，乘务员和其他十六名乘客中的半数都在颠簸中呕吐了。我没料到会有山。我以为洛斯阿拉莫斯位于灌木沙漠中，与阿尔伯克基西南部的那种一样。相反，我发现这座小城坐落在两三千米高的树木繁茂的山坡上。

飞行员镇定的声音从机舱内部通话系统里传来，宣布我们即将着陆，报告机场温度，以及洛斯阿拉莫斯的人均博士学位数超过其他所有美国城市的事实。"仅次于新西伯利亚科学城[1]。"我从窗户转过来面对阿曼达说。她闭着眼睛，眼眶周围的皮肤皱起。她还不必使用晕机袋。我有一种感觉，尽管我们是老朋友，尽管她有个同事兼丈夫愿意照看诊所，尽管她有帮助病人的急迫心理以及观察外国实验的热切愿望，但是阿曼达可能正在后悔陪我去她所谓的"介子工厂"。

双水獭飞机像低空轰炸一样着陆，然后我们就降落到了地面。滑行穿过停机坪的时候，我突然有一种似曾相识的感觉：一年前，一个朋友驾驶塞斯纳飞机把我送到北方那时候的感觉。洛斯阿拉莫斯的机场看起来很像西塔科机场的民航终点站，在那里我遇到了那位西雅图女诗人。当时，我们碰巧都在快餐店排队。我点评了她精心制作的海达式项链吊坠。我们坐在同一张桌子边聊天，想不到她曾听说过我。

"我非常欣赏您的作品。"她说。

关于我理想中的这位女诗人就说这么多，只使用精准的意象。

1. 即阿卡杰姆戈罗多克，始建于1957年，目前拥有三十个包括自然科学、技术科学等在内的综合科研实体。

荒谬的想法。她曾经是、现在也是一流的女诗人。我仅仅把她当作“来自西雅图的女诗人”，而不是任何其他的什么。这种疏远外界的人格解体[1]态度是我的症状之一吗？

阿曼达睁开眼睛，无精打采地笑着说：“我也该请医生了。”乘务员打开了舱门，新墨西哥山区稀薄的空气使我们两个都恢复了活力。

新墨西哥介子物理研究所的大部分建筑都隐藏在山崖底下。作为特邀记者和实验对象，我认为我们有机会比大多数病人和他们的医生更全面地参观研究所。我所看到的一切都让我想起经典科幻电影中昂贵的布景：主环形加速器的内部，泛着蛋壳般的白色光芒，像《2001 太空漫游》里的空间站走廊一样弯曲延伸开去；直线加速器和助推器区域；通往介子医疗装置的笔直隧道；看起来像某种时间机器的直径五米的气泡室[2]。

我曾经参观过伊利诺伊州的费米实验室和日内瓦的欧洲核子研究组织，所以我对这些设施的用途有大致的了解。尽管如此，我还是很难向阿曼达解释高能粒子物理学的构成，它像《爱丽丝梦游仙境》中的迷宫一样错综复杂。但后来，作为我的治疗联络人、年轻的女生物物理学家德莱尼也没做到。对介子、π 介子、强子、轻子、重子、J 粒子、费米子和夸克，以及奇异性、颜色、强子的性质和粲[3]等量子性质的分类变得困难起来。特别是粲，其短暂易逝的性质解释了为什么某些类型的放射性衰变应该发生，却没有发生。我最终堕入了夸克、反夸克、粲夸克、新夸克和小夸克的迷雾中。

1. 人格解体是一种感知觉综合障碍，特征为自我关注增强，持续或反复出现对自身或环境感到疏远或陌生的不愉快体验。
2. 气泡室是 1952 年美国物理学家唐纳德 · 格拉泽的发明，用以探测高能带电粒子径迹的一种有效的仪器。
3. 夸克的一种。

有个爱开玩笑的人在管理中心的接待处办公桌上放了块牌子，上面写着："见到你就迷醉。"[1]

"这是开玩笑的，对吧？"阿曼达试探性地问。

"除了这点趣味，这话也不会更有意思了。"我说。

德莱尼对待每一句话都极度认真，因此一点儿也没笑。"一些技术员认为这很有趣。我不敢苟同。"

我们不断地对即将开展的治疗方案进行修改。我乐观地为那本书做好札记：用放射疗法治疗癌症的主要问题是，硬性辐射不仅杀死癌细胞，还会辐照周围的健康组织。但在20世纪70年代中期，癌症研究人员发现了一种更有前途的工具：亚原子粒子的定型射束，可以选择性地将射束聚焦于肿瘤组织。

德莱尼比阿曼达小了大约20岁；因为年轻一点，她似乎在扮演传授者时得到一种反常的满足感。"小规模的原子核分裂——"

"小规模？"阿曼达天真地说。

"——比裂变原子弹小。原子核的大量结合力奇迹般地转变为物质。"

"奇迹般地？"阿曼达说。我站在台球桌库边容易击球的地方望着她，试图在绿丝绒台布上击球入袋。我们三个人在新墨西哥介子物理研究所的娱乐休息室的台球房里轮流玩。

"呃，"德莱尼说，她的演讲节奏中断了，"物理学的简洁表达方式。"

"现实的简洁表达方式，"我说，盯着球杆没有抬头看，"奇迹的性质和粲的性质一模一样。"

阿曼达轻声地笑了："这就是我想知道的一切。"

---

1. 原文是"Charmed to meet you."，其中"charmed"是双关语，因此这句话也有"（我）见到你就变成粲粒子"的意思。

与我的病例相关的奇迹是原子胶，介子，一种裂变形成的粒子。更确切地说，我的奇迹是带负电荷的 π 介子，属于介子的一种。电磁场可以把 π 介子聚焦成一个可控的射束，然后打中一个特定的靶——我。

“物理学上没有奇迹，”德莱尼一本正经地说，“我刚才用错了词。”

我没打中。轻轻一击，母球错过了十一号球，缓缓地滚进角袋。我已经意外地为阿曼达摆开了一个好局势。

她检查了一下台面，笑了：“别心浮气躁。”[1]

“那很好。”我说。多亏 π 介子的独特性质，原子胶确实会脱开。当 π 介子相互碰撞并被另一个原子的原子核捕获时，它们会转变为纯能量。这就是一次微型的核爆炸。

阿曼达也没打中。德莱尼的嘴角微微上翘，一脸满意。她俯身在台面上，双手非常平稳。“成倍增加 π 介子，成倍增加靶原子核，你就能引发一次可控的核聚变爆炸，释放出比进入的 π 介子束更多的能量。哈！”

她打进了十一号球和十二号球，然后清台。阿曼达和我互相交换眼色。“重新摆球。”德莱尼说。

“轮到你了。”阿曼达对我说。

就我的病症而言，新墨西哥介子物理研究所的医疗装置会向我顽固的前列腺发射一束定向的 π 介子射束。如果一切按计划进行，截获我的癌细胞原子核的 π 介子将在一系列原子爆发中重新转变为能量。因为癌细胞对射束更加敏感，组织损伤可以得到控制，局限在我的致癌肿瘤以内。

---

1. 原文是“Don’t come unglued.”。在这里是个双关语：字面意思是“别脱胶”；用作美国俚语，意思是“别心浮气躁”。

想着自己就像一个微型的核战场，我感觉非常奇妙。想着自己也像是新的斯塔格运动场[1]或橡树岭国家实验室[2]，则又觉得十分荒谬。

德莱尼其实是一个出类拔萃的台球高手。她一心一意要赢，而且她确实每局都赢了。我决定把这解释为一个积极的预兆。

“是时候了。”阿曼达说。

“你没必要这么说话，像是要带一名死刑犯人去坐电椅似的。”我把白色的医护服牢牢地系好，穿上拖鞋。

“不好意思。你在担心吗？”

“只要德莱尼把我看作她朝着诺贝尔奖努力的一个部分就行了。”

“她没问题的。”在无菌的瓷砖房间里，她说话的声音听起来非常空洞。我们一起走进走廊。

“我，我正在想办法争取卡林加奖[3]。”我说。

阿曼达摇了摇头。浓密的头发在她的脸侧拂动。“只要我的病人得到一个良好的预后，我就满意了。”在门外，德莱尼和两个技术员带着轮床等着我。

这情景实在令人羞愤难当。我赤裸着身体趴在一条长凳式的操作台上，背上盖着一块布，张开臀部，对着医疗装置：一根牢牢固定的陶瓷靶管，从我的肛门打开一条独立通道，直达前列腺。监控设备和防护罩把我密闭在里面。我觉得很热，非常不舒服。阿曼达给我注射了好几针，全是化学药剂，我只知道其中一部分的名字。现在我头昏脑涨，无法判断这么多难受的感觉中，哪一种是最让人

1. 第一次核反应堆实验的发生地。
2. 美国能源部所属的一个大型国家实验室，成立于1943年。
3. 联合国教科文组织于1951年设立，每两年颁发一次。获奖者必须在其职业生涯中，致力于向大众介绍科学、研究和技术，同时致力于在国际上宣传科学技术的重要性。

恼火的。

“祝你好运，”阿曼达说过，“治疗过程很快，在你发觉之前就能结束。”当时我感觉她轻轻地拍了拍我的侧腹。

我想我听到了电气设备逐步就位的嗖嗖声。我能意识到我的大脑在这段时间慢慢停止运转。我甚至连几十亿电子伏就要顺着通道，把 π 介子术射进我的屁股都记不得了。我听到了无法辨别的声音。也许是一扇巨大的金属门在摩擦声中关上了。

我的大脑在一条化学的河流中畅游；我等待着即将发生的事情。

我想我听到了机制的滚动轴承在滑槽里当啷作响；不，是粒子以每秒三十万公里的速度从巨大的环形磁铁中呼啸而过，然后进入医疗装置；它们穿过一系列可调节的滤波向我飞驰而来；接近时，它们的速度减慢，再减慢，能量逐渐耗散；然后通过最后的管子进入我的身体。在我的身体里面……

π 介子在内部原子海洋中航行一段相对有限的时间，然后一个接一个停留，从一处聚集的景观，变成两处。π 介子猛冲向靶核。在某一时刻，π 介子不再是 π 介子；临界质量重新转变成能量。能量会爆发、膨胀、耗散，最后消失。其他爆炸在一些散布面空间爆炸，继而引发更大散布面空间里的连续爆炸。

黑暗与光明交替更迭。

亮光聚合成一个球体；巨大，炽热，在黑暗中熊熊燃烧。球体不知怎的受到打击，被刺破了，开始向内坍塌。它内部的温度上升到临界水平。达到六亿度时，引发碳融合核聚变，形成更重的元素。当燃料耗尽时，球体会进一步坍塌，温度再次上升，更重的元素再次形成，又相继被消耗。这个循环不断重复，直到核熔炉制造出铁元素，不能再引发核反应了，核心的火熄灭了。如果没有聚变反应的外部平衡，球体会启动最终的坍塌。温度达到一千亿度。每一步可能的核反应都圆满完成了。

球体在最后一次狂暴的突变中爆炸。它的能量爆发，又逐渐减弱，最终被熵所吞噬。这个过程耗费的时间不超过太阳光到达并照亮地球所用的时间。

“你感觉如何？”阿曼达倚身过来，进入我的视野，遮住了我头顶的环形荧光灯。

“感觉？”我好像含着一嘴的棉花糖在说话。

“感觉。”

“与什么相比呢？”我说。

她笑了：“你做得很好。”

“我刚才一只脚搁在加速器上呢。”[1] 我说。

她看上去很困惑，继而大笑起来：“你很快就会好的。”她缩了回去，灯光又照在我的脸上。

“松开刹车。”我咕哝着。我咯咯笑起来。有什么东西刺痛了我的胳膊。

我想德莱尼希望我留在新墨西哥州继续观察，直到她期盼的诺贝尔颁奖典礼在斯德哥尔摩举行；我没有时间浪费在这些事情上。我怀疑我们谁也没有时间。阿曼达开始担心我的忧郁寡言；起初她把这些归咎于我的药物治疗，后来又归咎于德莱尼和她的同事正在强加给我的两周的测试。

“见鬼去吧，”我说，“我们得离开这里。”阿曼达和我单独待在房间里。

---

1. 这句话套用了英语的一个习惯说法：“一只脚踏进坟墓里”，表示快死了，差点死去。

“什么？”

“给我推测一下预后情况。”

她笑了。“我觉得你争取一下卡林加奖也挺好。”

“也许吧，”我赶紧补充道，“但我不再是个病人了，我现在是一个实验对象。”

“那么？我们该怎么办呢？”

我们在夜色的掩护下逃离了新墨西哥介子物理研究所，艰难地在灌木丛中穿行半公里，终于抵达了公路。在那里我们搭了一辆便车进城。

“这太疯狂了。”阿曼达一边从毛衣里挑出蓟刺一边说。

“这样做避免了激烈的争论。”我说，这时我们已接近洛斯阿拉莫斯的灯光。

当天最后一班公共汽车已经离开了。我想等到早上。尽管我强烈抗议，我们仍然是乘着罗斯航空公司的飞机逃跑的。“这是医生的命令。”当双水獭飞机轰然落在跑道上，阿曼达紧咬牙关说道。

我梦见了 π 介子。我梦见充满氢气的彩色气球，在夜里被点着、燃烧，我梦见印在报纸上的丽莎的脸庞。她的笑容既骄傲又悲伤。

阿曼达积了很多病人要照顾，够她烦恼的了，所以我把我的噩梦带到了天文台的杰基·丹顿那里。我告诉她我在加速器舱里产生的幻觉。我们各坐在小办公室的一端，互相凝视着对方。

“我很高兴你好多了，尼克，但是——”

“不是这样的，”我说，“还记得你有多么痛恨我关于新技术的赞美诗的那篇文章吗？你说太异想天开了？”我开始猜测，肆意地把 π 介子束、医生、超新星、不合理的统计数据、致癌肿瘤、燃烧地气球和神搅和在一起。

“诸神？”她说，“诸神？你打算把它写进下一篇专栏文章里吗？”

我点点头。

她看起来好像在审视一个新发现的精神病患者。“现在没有人需要这种报道，尼克。整个星球已经很不安了。新星辐射破坏臭氧层的可能性，潜在的遗传性损伤威胁，所有这些都让人们感到恐惧。”

“这只是猜测。”

她说：“你不能在拥挤的剧院里大喊‘着火了’。”[1]

“那在一个拥挤的世界里呢？”

她的声音透露出不快：“现在不能。”

“如果我是对的呢？”我感到很疲惫，“那怎么办？”

“变成一颗超新星？不可能。太阳根本没有那么大的质量。”

“但是变成一颗新星呢？”我说。

“可能吧，”她严谨地说，“但这在几十亿年内不应该发生。恒星演化——”

“——是一种理论，”我说，“不该不等于不会。今晚再去看一次那美妙的天空吧。”

丹顿什么也没说。

“你能接受太阳耀斑爆发吗？大型的？”

我能看出她脸上的反感，知道我应该闭嘴了，但我没有。“你相信上帝吗？任何的神？”她摇了摇头。我必须刨根问底。“那同心球宇宙[2]呢，像中国人雕刻的象牙球，一个宇宙套在另一个宇宙里面？”她的脸变白了。“选一张牌吧，”我说，“任何一张牌。一张万能牌。”

---

1. 一句西方格言，任何人都没有权利在一个拥挤的剧院里虚假地大喊“着火了”，指言论自由权不可能是绝对的，而必须被“公共政策”的考量所弱化和缓和，常被用于新闻界职业伦理讨论。

2. 地心说的一种，由柏拉图的学生科尼多斯的欧多克苏斯提出，共用二十七个以地球为中心的同心球壳解释了附着于球壳上的天体的视运动。

“你这个混蛋，闭嘴。”她抓着桌沿，指关节像她的嘴唇一样白。

“令人迷醉。”我说，无视了言语的魔力，忘记了信仰的代价。我认为她不是故意把她的路特斯跑车开落山顶路的。我不愿意相信。她肯定是在来找我的路上。

或许吧，她说过。

我的噩梦应该秘而不宣。所以在这里，我在地球的正午时分站在我的阳台上。无须担心臭氧层的破坏和随之而来的皮肤癌。突变效应和遗传损伤将不会成为问题。我不必担心截稿期限或者合同承诺。我遗憾的是没有任何人将会读到我介绍 π 介子治疗的著作。

所有这些——都有可能。

阳光明媚——在我的脑海里，这曲调像挽歌一样回响。

也许我错了。也许新星爆发终会消退。也许我并非行将就木。无所谓了。

我希望阿曼达现在和我在一起，或者我正站在杰基·丹顿的床边，甚至，我希望还有时间走到松林中，走到丽莎的墓前。现在没有时间了。

至少我出于自己的选择，已活到如今。

这就是那个秘密，尼克……

强光照亮了宇宙。

（唐伊豆　译）

未来的人类学

科幻小说和人类学一直有着特殊的亲缘关系。许多优秀的科幻短篇小说和长篇小说都与人类学问题有关。“消失的种族”的故事，虽则植根于传统游记故事，以引人入胜的浪漫冒险故事为主，基本上出自亨利·赖德·哈格德和埃德加·赖斯·巴勒斯那样身体力行者之手，然而却也提出了一些有趣的问题，比如这些远古民族的遗迹是如何幸存至几个世纪后的，从他们的能力和行为推测，他们所生活的时代究竟比现在更复杂，还是更原始。

后来的作家把未来或过去作为研究人类这个物种的一种手段。1906 年，H. G. 威尔斯向社会学协会（社会学研究集体活动中的人）进言，称应该用乌托邦的写作和批判方式来讨论理想社会。许多故事都是由专业人类学家撰写的，比如已故的查德·奥利弗，他在 20 世纪 50 年代专门创作这类故事，后来他成为得克萨斯大学阿灵顿分校的教授；伊利诺伊理工学院的利昂·E. 斯托弗（Leon E. Stover）；还有一些作品则是由有这方面天赋的非专业人士撰写的，比如麦克·雷诺兹（Mack Reynolds）、厄休拉·K. 勒古恩（其父亲是该领域的杰出学者）和伊恩·沃森等人。

在考虑人类物种的过去、现在和未来这点上，科幻小说与人类学有很大的相似之处。许多人类学家承认，他们进入这个领域是因为这是“最接近科幻小说的东西”。这种亲近感也许并不那么奇怪吧。

琼·D. 文奇（Joan D. Vinge）并不这么认为。“考古学是过去的人类学，”她说，“科幻小说是未来的人类学。”她出生于马里兰州巴尔的摩市，1971 年在圣地亚哥州立大学获得人类学学士学位。她曾在圣迭戈县做过一段时间的水下遗迹考古工作。1973 年，她开始写科幻小说，她的第一部小说《锡兵》（“Tin Soldier”）于 1974 年刊载于《轨道》第十四卷上。她嫁给了另一位科幻作家、圣地亚哥州立大学数学教授弗诺·文奇（Vernor Vinge），后再婚嫁给了吉姆·弗伦克尔（Jim Frenkel），他曾是戴尔图书的科幻编辑，也是蓝鸟图书的编辑和出版商，现在是托尔出版社的特约编辑。

她的故事见于各类杂志和选集。1978 年，《琥珀之眼》（“Eyes of Amber”）获得雨果奖。1979 年，《俯瞰》（“View from a Height”）和《火焰飞船》（“Fireship”）入围雨果奖终选，后者也入围了星云奖终选。她的作品被收录在《火船》（*Fireship*，1978）和《琥珀之眼及其他故事》（*Eyes of Amber and Other Stories*，1979）等小说集中。

文奇的第一部长篇小说《天堂地带的弃儿》（*The Outcasts of Heaven Belt*）出版于 1978 年。她的第二部作品《雪皇后》（*The Snow Queen*）发表于 1980 年，篇幅很长，雄心勃勃，是星云奖的终选入围作品，并获得雨果奖。接着出版了《世界末日》（*World's End*，1984）和《夏皇后》（*The Summer Queen*，1991），成了完整的三部曲[1]。《心灵术士》（*Psion*，1982）和《傀儡猫》（*Catspaw*，1988）另

1. 2000 年，她再度创作了同一世界观下的第四部小说《蓝色纠缠》。

成一个系列[1]。文奇为许多电影写过周边小说，包括《重返奥兹国》（1985）、《疯狂的麦克斯3：超越雷霆》（1985）、《鹰狼传奇》（1985）和《圣诞老人》（1985）。

文奇曾说过，她倾向于“写人类学科幻小说，强调不同文化（人类和外星人）的互动，以及个人与周围环境的互动。在我的作品中，跨越隔阂沟通的重要性是常见主题”。最早发表于《类比》1978年6月刊上的《俯瞰》，便是一个例子：故事中一个女人因特殊的原因与世人隔绝，进入太空，踏上一条单向旅程，她又是如何说服自己接受永远无法回家的事实的。她余生只能生活在孤独之中，直到永远。

谁能够自愿承担这样的使命？在这样的极端情况下，谁能在孤独中保持理智呢？文奇的回答是：一个一生孤独的女人，生来就没有自然免疫力，在无菌的环境中长大，不受外界的污染，隔绝于他人的触摸、安慰——以及污染。因此，她自愿去一艘装备有天文仪器的飞船上执行一项任务，在太空中航行数千个天文单位，以便清晰地观察宇宙。（一个天文单位大约是九千三百万英里，即从地球到太阳的距离。）在走过了二十年和一千个天文单位之后，文奇给了这个故事一个粗暴的转折，让主人公陷入愤怒，接着是危险的抑郁期。

故事以日记的方式讲述（和查理·戈登的日记[2]不同，这是一份录音日记），所以作者不必向读者隐瞒重要信息，她可以和读者一步步分享埃米卢·斯图尔特的各种反应。接下来顿悟出现：埃米卢一度困惑于自己的动机，最终她意识到，她进入了天文学和航天领域，而不是医学或研究领域，是因为她认同穿着宇航服的宇航员，他们就像她自己一样，受到保护，免于致命环境的伤害。

1. 1996年，这个系列有了第三部《梦陨》。
2. 指《献给阿尔吉侬的花束》。

故事开始于埃米卢回望太阳系，她从那里来到了这个她永远也回不去的地方："我低下头，看见那巨大的，被空间与时间填满的深渊"，但是最终埃米卢实现了从个人到宇宙的升华。从"我"走向整个宇宙的变化体现了这篇科幻小说的主旨，她意识到自己拥有着其他人不可能获得的机会，能清晰地看到宇宙间的星云和尘埃，意识到一个人可以拥有俯瞰万物的视角。

（胡晓诗　译）

俯瞰

[美国] 琼·D. 文奇

第七日，星期六

我想知道为什么少了几页！如果他们漏发了几页，我该怎么保证研究进度？

（长叹声）

听着，埃米卢：你在害怕，但这只是一时疏忽，你知道的，没人会故意这样对你。放松点，很快就好了。明天你就能拿到那几页纸。要是哈维·威姆斯明白事理的话，你还会得到他的道歉。

但是，整整五页纸啊，还有内容目录，怎么能弄漏呢？何况怎么会漏了目录呢。

万一有政变呢？西北部终于被完全占领了，他们在审查媒体——就像是那个“没有祖国的人”[1]，从现在起他们发送给我的所有东西都是有删减的。

连科学领域也这样？

1. 1863 年美国作家爱德华·埃弗雷特·希尔的短篇名作。

还是威姆斯打算把我逼疯?

天啊……多希望这是场短途旅行。看看我，指甲都不剩多少了。

(“啊呀呀，喂，真漂亮。喂? 喂?”)

(“奥兹曼迪亚斯，离我头发远点，你这小坏蛋。”笑声，“小鹦鹉想吃饼干吗? 这儿呢……温柔点! 乖孩子。”)

它飞起来的时候超级漂亮。我的眼睛离不开它，一刻也不愿错过，二十年过去了仍是如此。金刚鹦鹉与众不同，羽毛长得如彩虹那样斑斓绚丽，但它也因此成为我们的宠物，世事皆是如此好坏参半。

二十年。真难以置信，可又明知事实如此，现在想起来越发古怪。我照镜子时瞥见了自己的白发，皱纹已悄悄爬上脸颊。威姆斯的头发都秃了! 头秃得像个鸡蛋，一双眼睛眯在眼镜后面。不知不觉中，我们怎么都变成这副模样了? 时间既比你想得漫长，又比你想得要短暂。

用十二天的时间等别人回个消息已是足够漫长，过去的二十年则更加漫长。但不知怎么的，我总觉得我好像是上星期才离开家的。我时常清理线路，一遍又一遍地检查，脑海中总回忆着家的画面，有时候，我甚至觉得自己能穿越，进入另一个现实，但当我低下头，看见那巨大的，被空间与时间填满的深渊时，我又一次意识到我不可以。你回不去了。

特别是当你在太空中驶出将近一千个天文单位的时候。现在就快到了，那是第一个节点，下周四就到了。哦，那瓶等了这么久的香槟，那视差景观[1]! 我拥有的设备不亚于任何近地空间中的设备，又有前所未有的宇宙视角；得益于这些，我成为唯一一个获得深空

1. 指从差别很大的角度重新观看熟悉景象所得的景观。本文主角是以几乎垂直于地球轨道的方向飞出太阳系的。作者故意用“视差”这个字面上和天文学术语相同的词做文字游戏。

博士学位的天体物理学家。谈谈我的实地工作吧。

想来有些奇怪的是，如果“前进观测站”的质量再减小一千多吨，机器就能取代我。可装置如此之大，于是我以人类超强的灵活性，无限的求知欲，成为最合适的执行者。我走得越远，我的判断能力和反应能力就变得越重要。这是第一个，也可能是最后一个载人星际探测器，踏上了通往无限的单向旅程……进入一个我们自身的太阳系内的气体和尘埃都无法包裹的宇宙……配备着能看到从伽马射线到超长波范围内一切事物的眼睛，和聆听星辰之声的耳朵。

还有埃米卢·斯图尔特，这被俘虏至此的观众。如果所有飘浮在太空中的惰性碎屑，无论多么小，都有成为星星的潜力，那我正飘浮在星星上空……那些黑暗的星星啊，光芒就在它们心底悄然闪耀着，只是碍于命运的阻挡，它们无法发光，而命运也不允许它们越过临界点引燃自己。

说到引燃：刚刚到达的激光束为我带来了每天的动力，让我移动得更快，这样我就能到达宇宙的更深处。我睡前会看看“蓝天”；我一直是个夜猫子。我敢肯定他们设计的太阳帆没法像天空那样滤光……但我很满意结果如此。天蓝色一直是我的激情所在——它的颜色，质地，如水般纯净。这个颜色略有偏差，但没关系，因为我已经不记得原本的天空了。这片“天空”实际上是捕光器，像一把蓝色的太阳伞。从前我站在地球上仰望时，原本的天空好似也是如此，就像一把蓝色的阳伞……我想知道，以前有人这么说过吗？如果有人知道，大声告诉我吧——

有人在听吗？有人在吗？

（“谁在乎呢？来吧，奥兹——上来。我冥想的时候，咱们顺便下到观景台去，试着回忆一下过去的日子。”）

威姆斯，该死，你得给我赔罪！

第八日，星期天

这个白痴。这个不可容忍的笨蛋——他怎么能这样对我呢？这么久了，他难道还不了解我吗？让我疑惑又害怕地等了十二天，这十二天里我愚蠢地想遍了所有的可能性，手和脑都无事可做，成天瞎想，自找苦吃——

给我个回音吧。天呐，他一定是个虐待狂！要是我能找到他，一定以其人之道还治其人之身。

只是我知道这件事不是他的错，他也不是有意要伤害我……我甚至不能通过怪罪他来减轻我自己的痛苦。

我不知道如果他的影像在传达到这里时没有六天的延迟，我会怎么做？如果我能与他进行实时通话，我会怎么做？我会怎么说呢？也许没什么改变。

当你意识到，你已经抛弃了全部生命时，你能说些什么呢？

他面前放着褪色的吸墨纸，他正摆弄着笔，捡起他的月球纪念岩石，又把岩石放下来——像个抽屉里放着定时炸弹的人一样，满世界寻找着——然后还唠叨着："那，别担心，埃米卢。没问题的……"他这样说了五分钟，直到我大喊："该死的！怎么了？"

"我想你也许根本不会注意到那几页……"他带着狡黠的微笑说。我嘟哝道："哈维，我是被监禁了二十年，但我脑子可没坏。"

"那个，我还是先解释一下——"哦，看他脸上的表情。"生物技术有了突破。如果你回到地球，你……嗯，你身体的免疫系统兴许能……恢复正常。"然后他低下头，好像已经目睹了我脸上的表情。

恢复正常，恢复正常。除此之外我什么都听不到了。我生来就没有免疫力，没有对疾病的防御能力，没有治愈的方法。没有，没有，没有。这就是我在地球上隔着密闭房间的塑料墙壁，隔着密封宇航服的头盔所听到的一切……现在一切都变了。他们能治好我了，但我回不了家。我知道我能被治愈，我知道总有一天可以的。但现在我只能当作没听见，一切都为时已晚。

那为什么我不能忘了我本可以自由自在……

我今天没有答复威姆斯。去他妈的威姆斯吧。没什么可说的。

什么都不重要。

我太累了。

第九日，星期一

睡不着。我怎么也忘不掉这件事……最后吃了些药，睡了一整天，感觉糟透了，蠢透了，怎么样也忘不掉。

我醒过来的时候，它还萦绕着我，还萦绕着我。

这不公平——！

我不想再说了。

第十日，星期二

已经周二了。我已经无所事事两天了，甚至还没开始检查中继信标，那该死的东西这个星期必须要丢出去。我没有力气，好像动不了，只是枯坐着。但我必须得回去工作了，必须……

可我还是忍不住看了印出的资料，希望自己能找出点瑕疵，这件事就不会变成我一生中最大的笑话。二十年来，我一直祈祷有人能找到治愈我的方法，但在接下来的二十年里，我根本不在乎了。现在治愈的方法已经被发现了，接下来的二十年里我还会憎恨这缺陷吗？

不……我恨我自己。我本可以获得自由，他们本可以治愈我的病；要是我留在地球上就好了。要是我有点耐心就好了。但现在太晚了……晚了二十年了。

我想回家。我想回家……但是你不能回家了。就在不久之前，我还那么说过，那么漫不经心地说过？你不能：你，埃米卢·斯图尔特，你在监狱里，你一直都在监狱里。

这一切都深深地印在我的脑海里。为什么是我？为什么我要成为最终的受害者——在我的一生中，我从没有闻过海风的味道，也从未在灌木丛中摘下浆果扔进嘴里，没有感受过父母的亲吻，还有男人的身体……因为对我来说，这些都是致命的东西。

当我还是个小女孩的时候，住在维多利亚市——我只有三四岁，就快要明白我是个只能困在自己世界中的囚犯。我记得，早晨我看到父亲在去博物馆之前吐口水擦鞋。我微笑着，那么调皮，“爸爸……让我出来吧，我来帮你——”

他走到我的隔离墙前，把手臂伸进套中拥抱我，温柔地说：“不行。”然后他哭了起来。我也哭了，我不知道为什么我让他不开心……

学校里的孩子都指着我这个怪物嘲笑我是“太空人”；这些年来，无论我去哪儿，总有些没情商的人问同样的蠢问题，最糟糕的是，还有人并不愚蠢，也非麻木不仁，就像杰弗里……不，我不会想杰弗里的！那时的我不能让自己去想他。我永远无法靠近一个男人，因为我永远无法触摸他……

现在已经太晚了。我自愿走上这条没法回头的路时，我是在控制自己的命运吗？还是，我只是在逃离一种无助的生活——无力逃避我所恨的一切，无力拥抱我所爱的一切。

我假装这条路与众不同，也至关重要……但我真的相信吗？不！我只是想钻进地缝里逃避，再也不出来，我太害怕了。

我害怕有一天，我会忍不住打开四周的塑料墙壁，或是脱掉头盔和衣服，无拘无束地走出去，去呼吸新鲜空气，在小溪中涉水，感受肌肤的接触……然后死去。

所以现在我把自己关在这个与世隔绝的坟墓中，虽生犹死。一个完全无菌的环境。当我死去时，肉体甚至不会腐烂。我从未真正活过，也不会像别人那样尘归尘，土归土，真正地死去。再也找不到第二个如此完美的无生命环境了——从各种意义上说都是。

我常在洗澡后站在镜前看着自己的身体。淡褐色的眼睛，棕色的头发有着浓密的波浪，不怎么夹杂灰色……身材不错，虽不是那样凹凸有致，也不是完全没有吸引力。可除了我，从来没人这么想过。昨晚我又做了个那样的梦……我很久没有做这个梦了……这一次，我在维多利亚的省博物馆[1]旁边的公园里，坐在一只雕刻的木兽上。但我不是个穿着隔离衣的孩子，而是个女大学生，穿着白色短裤和亮色的棉衬衫，阳光洒落在我的肩膀上，杰弗里的手臂揽着我的腰……我们手牵着手沿着海湾散步，走在维多利亚城的灯柱下，灯柱上挂着鲜艳的花篮，每个瞬间都是那样新鲜自然。但总是，总是这样，就在他最后把我抱在怀里的时候，就在我即将……我醒了过来。

当我们死后，终于从现实中醒来，所有的梦想都会成真吗？等我死后……在这个电脑控制的坟墓里，我将被带到永恒未知的空间深处，无人追悼，无人怀念。随着时间的推移，所有气体都会渐渐渗漏流失；而我那美丽的尸体，躺在那里，如白雪公主那般沉入孤

1. 维多利亚市的皇家不列颠哥伦比亚省博物馆的简称。

独的长眠，慢慢被吸干水分，变成一具木乃伊，皱巴巴的皮如羊皮纸，覆盖在凸出的骨骼上……

（喂？喂，亲爱的？晚安。是的，不，也许吧……唉，喂食时间到了！）

（哦，奥兹曼迪亚斯！是的，是的，我知道……我还没喂饱小鹦鹉呢，真抱歉，我知道，我知道……）

（叮当声和摇铃声）

为什么我如此自私？就因为我吃不下饭，便希望它也禁食。

……不，我只是忘记了。

它不明白发生了什么，但它知道有些不对劲；它嘴脚并用地爬上灯杆，就像爬上三脚架上的梁木，用玻璃珠似的鸟眼睛盯着我，死死盯着我，嘴里喃喃地说着什么。像个疯子！我忍不住想把它关进碗橱里，或是别的什么东西也行。但随后它侧身靠近我的肩膀，吻了我——温柔地爱抚着我的脸颊，即使那鹰钩般弯弯的嘴能像咬碎葡萄一样咬碎核桃——它让我知道它很担心，它很在乎我。我抚摸着它的羽毛表示感谢，告诉它一切都好……其实我并不好，它也知道。

它曾怨恨过自己的生活吗？如果可以逃脱，它会吗？一个与同类完全不同的生活，在一个无菌泡泡里长大，成为一只关在笼子里的鸟，陪伴着一个关在笼子里的人……

我只是一只关在镀金笼子里的鸟。我想回家。

第十一日，星期三

我为什么要写这本日记？我难道真的相信有一天某个外星人会发现这本日记，或者某个来自地球光辉未来的星际飞船能追上我……

光辉未来，扯淡吧。那些愚蠢、自私、目光短浅的傻瓜，他们把我送走后，就把太空计划抛诸脑后；现在再没有人会在乎我。只要他们不宣布我死了，把我忘掉，我就算幸运了。

不管怎么说，谁会在意一个独自在笨重太空探测器上的女人几十年来日复一日的想法呢？真是自以为是。

今天我给大部分轴承都上了润滑油。我干了一堆活，全是为了能让这东西转向地球……转向太阳……转向这整个该死的太阳系。我甚至看不见地球，在这两个月亮直径大的小光斑里，连冥王星也找不到；对我的肉眼来说，它太黯淡，太渺小，太遥远了。太阳也不过是一粒耀眼的星尘，我都不需要眯起眼睛看它，只能用望远镜寻找……

当你还是个孩子的时候，看到那些太阳系的图画和模型，上面那巨大的块状行星和环绕太阳流动的金色尾迹，很有趣对吗？不知何故，你无法抑制自己对它的期待。而如今我在这里，在太阳北极之上一千个天文单位的地方，从高处向下俯瞰……它看起来就完全不同了。它看起来什么也不像，即使用了望远镜。那只是个巨大的光斑，围绕着它的所有行星和卫星都如同苍白微小的钻石碎片，和困于同一黑暗天穹中的其他几十颗不显眼的恒星一样，让人区分不清。如此毫无意义，如此微不足道……如此令人失望。

今天，我花了五个小时听我的日记，回顾过去，试图找到一些我曾忽略的东西，一些我突然不再拥有的东西。

有些东西我一开始是拥有的，但我现在糟透了；我那亲爱的小鹦鹉，正在我独属的天文观察站的房间里蹦蹦跳跳地唱歌。这里就像是天堂，哪怕我在里面度过一辈子，也还不够去发现和完成我想要的一切。我永远不会无聊，不，不可能的……

而且，在我飞离同地球有关联的区域之前，还有很多东西等着我去了解，抵达之后又会有全新的东西引起我的兴趣，当然，在那之前我还可以轻易地和我亲爱的导师威姆斯博士交流，和这个世界交流。

（谁会想到，这个老色鬼，我在哈佛大学的论文导师，这个跟他的其他学生开玩笑说“女人为了守贞会付出多大努力”的人，我和他会不得不共度一生呢？）

奥兹曼迪亚斯说的第一句话……我在太空的第一个生日……一周年纪念……终于拿到了博士学位，用电脑打印出来，用交叉的胶带把证书贴在墙上……

日日夜夜，让我遍体鳞伤……我的五周年……我的八周年……我的十周年……我穿越了磁层顶，成为第一个真正的星际空间旅行者……但那时候，已经没有人可以和我聊天了，没有人可以和我分享这段经历。连从地球上飘出的广播和电视信号也断断续续，难得一现；与外界现实的接触越来越少。单调乏味的例行公事，无聊得令人发呆——有时我站在大厅里尖叫着，只为了能找点新感受；倾听别人永远听不到的回声，假装他们会叫我的名字；努力去相信听见了什么声音，那声音不是我的声音，也不是我的回声，更不是奥兹曼迪亚斯的嘲笑声。

（“喂，小可爱，这有个食罐。喂，在吗？”）

（“奥兹曼迪亚斯，离我远点——”）

我在履行使命的过程中，始终有一种潜在的信念：我来这里的目的，不仅仅是出于我自身的自私原因，也不仅仅是为了美国国家航空和航天局（可能他们现在给它起了别的什么鬼名字），也是为了人类，为了科学。通过冥想，我明白了内在宁静的真正价值，且通过创造一种内在的平静，我已经与外在的宁静达到了平衡。冥想能训练我，让我与自己和宇宙的灵魂保持着联系……但从那以后，我就再也无法冥想了。内心的寂静化为了我对自己的愤怒，我已记不起平静的声音。

到目前为止，我究竟发现了什么？什么都没有。没有什么值得我分析，浪费我优秀的学识，还有我的自由。太空比任何人想象得都要空虚，你可以掰着手指数一数我路过的那些冰冷的尘埃或小星球，我迷惘的灵魂无助地在这近乎完美的真空中坠落……我们都如此。用我那长得荒谬的天文卷尺，精确地探测至NGC 2419距离和其他一些特征，并据此对一些更遥远的区域做出新的预估。但我并没有发现什么微型黑洞无休止地吞噬着真空；我也没有刺穿那些遮蔽了超长波的，迷雾一般的无形星云；我也没有发现地球之外存在生命，哪怕是一点点不确定的痕迹。回顾太阳系，我没有看到任何东西能确切地证明人类的存在。当我扫描时，我只听到电磁噪声，没什么连贯性。只有威姆斯每隔十二个夜才会出现，如同最后一个活着的人……天啊，我还没回复他。

何必呢？让他也紧张一下吧。何必为这些烦恼呢，何必浪费我宝贵的时间。

哦，我宝贵的时间。若是在地球上，我的生命就只剩下一半了。

二十年的岁月，我都挺过来了，我以为我很安全。二十年后，我自律自控的外表一触即碎。我真是个自欺欺人的伪君子。还记得十八年前我说过天空像一把蓝色的阳伞吗？大概十五年前又说了一遍，十年前，五年前……

明天我就快飞到一千个天文单位了。

第十二日，星期四

我把望远镜烧坏了。我把望远镜烧坏了。我把它指向地球，夜晚的激光照射进来时，直接照进了望远镜的喉部，把它烧坏了。我很惭愧……我是故意的吗，是下意识的吗？

（“晚安，满天星辰。晚安啊，晚安……”）

（“该死，我想听听另一个人类的声音——！”）

（回音：“声音，声音，声音，声音……”）

当我发现自己犯了错，第一反应是逃跑。我跑啊跑，穿过大厅……其实只是绕圈子而已：天文台，我的监狱，我……我无从逃脱。我终会回到这个绿墙环绕的房间，这里有书桌和终端机，橱柜里塞满了成千上万的东西，卫生纸、磁带和氧气罐……我可以确切地说出到我的卧室要走多少步，我在床上编织软毛毯花了多长时间……我在黑暗和寂静中坐了多久，设置曝光程序，收听来自二十亿光年外的射电星系微弱的脉冲。这里永远一成不变，了无新意。

我最终回到这里时，有条新信息在等着我。威姆斯。屏幕里的他喝得近乎神志不清，在冲我咧嘴大笑。“祝贺你，”他叫道，“在这个历史性的时刻！埃米卢，我们正在实验室里庆祝呢；介意我们加入你的行列吗，去距地一千个天文单位的地方——”我从未见过他喝醉。他们一定是想为我做些好事，提前六天做好计划……

为了庆祝，我大喊着不知道怎么学会的脏话，直到嗓子哑了，喉咙发痛。

后来，我在书桌前坐了很久，手里攥着一把小刀。我不想死——我一直太怕死而不想死——但我想伤害自己。我想给自己添个新伤口，把我的注意力从那可怕的事情上转移开，那东西像颗内爆的星星一样吞噬着我。或者只是为了惩罚自己，我不知道。但我有这种想法：我可能会相当平静地割伤自己，而另一个我却惊恐地看着这一切。我甚至已经把刀压在我的肉上……最后我还是停下来，把刀收起来了。这太疼了。

我不能再这样下去了。我有责任和义务，可我无法面对事实。没有应急自动维修装置我该怎么办？……但这是我余生的任务，谁也没法来代替我。

后来。

刚刚这里来了位客人。这听起来很奇怪。更奇怪的是——客人是唐老鸭。我今天收到了整整半集儿童卡通片，我几个月来收到并录制的第一段连贯的、非定向的、不来自波束的电视节目。我一生中从未像现在这样欢喜地见到一个人。真是个惊喜，很高兴你能来……奥兹曼迪亚斯也喜欢它；它倒挂在柜子下面的秋千上，一只脚夹着饼干，咯咯地笑着说："给个吻吧，啪——啪——啪……"看了三遍，我竟然笑了；后来我回过神来。这对我有帮助，或许我会在睡前再看上一遍。

第十三日，星期五

今天是星期五，也是第十三天，真有趣，可怜的"黑色星期五"，它犯了什么错要承担这莫须有的骂名，即使这一天会在冥冥之中使我不幸，这周余下的几天也好不到哪里去，从上个周末开始，时间仿佛静止了。

今天我修好了望远镜，只是更换烧坏的零件而已。有些工作需要穿上防护服到外面去做。我有阵子没做外部维护了。很奇怪，当我独自走出气闸进入太空时，总是既兴奋又害怕。你完全只能靠自己，没有任何其他帮助，也远离任何事情。在那一刻，只是在那一刻，你会突然非常怀疑自己……

但当你把绳索拖到身后，穿着磁化靴子沿着船壳哐哐向前时，那种感觉就像有了压舱铅块一样让人安心。打开灯，寻找问题，找到后开始工作；问题解决了……当生活似乎已经被撕裂，茫然随波逐流，用你的双手工作便好像是在海洋中下了锚，让你安心，无论是做一些不需要动脑筋的例行杂务，还是修理工作。

真的看到烧焦的电线和熔化的金属时，我感到一阵恐慌：我没想到望远镜损坏得这么严重，好像已经无法再修复。它们看起来完了，彻底坏了，我的脚紧紧地抓着船壳，呜咽着，双手在手套里紧握，那一刻，我像个惊慌失措的婴儿。但后来我冷静下来，在这里撬一下，在那里拧松螺丝，旋开一个组件……渐渐地，我一步一步地把所有东西都替换掉了。

我终于完成了，感到相当平静，几天来第一次如此平静；上个星期那几近让我窒息的消息，似乎对我发挥自己的能力略有阻碍。不过后来我的状况好多了；虽然我仍没有太多的力量。我已用尽了全力，只为了克服自己的惰性。

我关了灯，绕着船体走了一会儿，然而——就在那时，我不敢回到里面去：我看着太阳帆中凸起的黑色圆盘，我就居住其中，而它下方是无线电天线较小的圆盘，天文台的圆柱体无休无止地围绕着旋转的“阳伞”的中轴转动，天线随之渐次遮蔽群星……

这景象让我感到头晕目眩，于是向四周的星空望去。不受大气或灰尘的阻碍，没有阳光的照耀，即使是用我这未经仪器增强的薄弱感官，也能感受到宇宙的无垠。那银河系的璀璨光辉，那恒星与星云的深远，最遥远的星系就在那方屏息凝神……像我一样。我意识到自己正身处一片无人涉足过的海洋，迷失在永恒之中。

真是奇怪，这个想法深切地触动了我的心，我却一点也不觉得惆怅：它完全来自另一种价值尺度，就像宇宙本身一样。仿佛整个宇宙伸出手指来触摸我，触碰到我，以我作为连接的节点，让我更加意识到自己的渺小。

某种程度上，我感到些许欣慰。当你凝视着如此浩瀚的宇宙，宇宙也冷静疏离地凝视着你，无论是自负的痛苦或是膨胀的自我，都会消减下去……

关于太空还有一件事对我来说具有重要意义——在这里，任何人在出舱门前都必须穿上宇航服。我们都是异乡人，没有谁比别的物种更适合生存。我和这里的其他物种一样，彼此平等。

我必须时刻牢记。

第十四日，星期六

我来到这里是情有可原的。有果皆有因。

今天早上我又可以冥想了。不是用老方法，比如清空思想那样的普通方法，而是让问题填满整个脑海。不是与之斗争，而是让它们融入我对过去的记忆。我放起音乐，音乐是最好的助力；让每一段乐曲所唤起的图像自由地连接和互动。

最后，我可以确信我的处境是自由选择的结果。没人强迫我这么做。我做志愿者是完全自愿的。我得到这个职位是因为美国国家航空和航天局认为我比可选范围内的其他人都更加优异。

我的动机碰巧是那些无法解决的恐惧，或是想要逃避我无从应对的事情，这并不重要。这真的不重要。有时候，撤退是解决问题的唯一选择，只有疯子才意识不到这一点，只有疯子。世上那些“理智”的人，不也一样在生活中的某地秘密地逃亡吗？即便他们不存在缺陷。

如果他们要逃跑，也会向某个目标奔去，而不仅仅是跑开而已。在我孤注一掷成为这个项目的一员之前，就已经选择了天体物理学家的职业。我本可以成为一名医学研究人员，独自寻找自身疾病的治疗方法。我本可以带着对整个太空和“太空人”的憎恨，穿着我那该死又丑陋的无菌服跌跌撞撞地走完一生……

我还记得我6岁的时候，第一次在电影里看见宇航员在太空工作的样子……他们看起来和我一样！可没人取笑他们。那么，我怎能不爱太空呢？

（我怎能不爱杰弗里呢？他那一头乌黑的头发，穿着蓝色的飞行服，肩上有一块星旗。可怜的杰弗里，可怜的杰弗里，在被取消资格之前，他从没有实现过自己的太空梦。我不会再谈杰弗里了。再不会了。）是的，我本可以留在地球上等待治愈！即便那时候我也知道，在未来的某天，应该会出现某种疗法的。选择去太空，而不是留在地球，这决定既艰难又简单。

我觉得，真正让我下定决心的是，他们对我有足够的信心。他们相信我有能力顺利地管理这个太空天文台和我的生活，直到我生命的尽头。数十亿美元和千吨重的设备压在我身上，如同阿特拉斯[1]支撑着他的世界。

阿特拉斯也曾试图摆脱他的负担；因为无论他是多么重要，责任对他来说仍是一种负担。但是他又把他的担子扛了回去，不是吗？无论是好是坏……

今天我埋头苦干，几乎补上了一周的数据处理和维护工作，虽然还是没做完。当我详查的时候，发现奥兹曼迪亚斯就像处理每天收到的新闻一样，用掉了那五页纸：在它们上头拉屎。正合我意！我笑了又笑。

是的，我还活着。

---

1. 希腊神话中的擎天巨神。

第十五日，星期日

云开雾散。

一点也没夸张——在我最新处理的数据中，又出现了一系列超长波段的图像。遮挡在我前方的气体中有一个缺口，一个纵横三十光年或四十光年的云隙，也许有五十光年！太棒了，多美妙的景观。在这里，我眼中的万物显出何等美妙的景观；在这里，我的视野无限延伸：向着前方的路，向着逝去的风景，抑或向地球的回望。

回望。我不会阻止自己回望，我希望时空可以变化，希望有两个我，一个在这里，一个在地球上正常生活着；这样我就不会永远怀抱着遗憾生活。

（“喂！怎么了？快停下！”）

（“嘿，当心！如果你喝了酒，就别飞。”）

该死的鸟……我有点伤感，因为我今天开了个派对，喝了一整瓶香槟。是的，我开了个派对……奥兹曼迪亚斯和我，我们俩开的。我们专属的一千个天文单位庆祝派对。我想迟做总比不做好，至少我们有了一些具体的东西来留存欢乐——照片。就算这次不够尽兴，至少我希望下次到两千个天文单位回顾往事时，能觉得这次还是可以的。很快就到了，到时再庆祝一番。我可能会活到八千个天文单位的地方。管他呢，我要冲向一万个天文单位——

喝完香槟后……奥兹曼迪亚斯觉得1998年真是伟大的一年，感谢上帝，它喝酒没我那么快……我放起施特劳斯的圆舞曲和《船歌》，我爱柏林爱乐乐团；曲子的音符犹如爱人的吻。我把窗外的景色投射到大屏幕上，船舱幻变成一个星光闪烁的舞厅，我与我的影子缓缓共舞。这一刻，我不再穿着连体裤，戴着耳机在深渊上方舞动身体，而是在19世纪维也纳的舞厅里，穿着几码长的绸缎和蕾丝舞裙，在舞池里跳着华尔兹。若能真在那里度过片刻时光，我愿付出一切。不必一生，无需一年，只要一晚，一曲便足矣。

这又是一件我永远无法完成的事。有那么多的事情我们都不能完成。任何人，出于各种各样的原因——时间，天赋，生活无情的捉弄。我们都身处一场通往无限的单向旅程之中。如果幸运的话，我们会得到一份值得倾注一生的工作，一些相伴一生的人。如果非常幸运的话，两者都有。

我还有威姆斯。有时候，我觉得我们就像一对老夫妻，多年来，彼此愈发能够理解宽容。上帝知道，我们从未是灵魂伴侣，却对彼此的沉默感到自在……

我想该是我回答他的时候了。

（胡晓诗　译）

形式与内容

在文学评论家之间，特别是在评论家和读者之间，有一场一直在持续的争论：形式和内容，相对来说何者更为重要？一般而言，评论家以及一部分作者坚持形式重于内容——也就是说，“选择哪些字词和如何将它们化为一个整体”比“发生了什么事”更为重要。有些人实际上是坚持小说的这两个方面是不可分割的，离开形式就没有内容——但对于离开内容就没有形式这点，恐怕大家没有这么大的信心。在萨缪尔·德雷尼[1]题为《大约 5 175 单词》（“About 5,175 Words”）的文章中，他如此表述这一观点：“若将‘内容’置于‘形式’的对立面，则无‘内容’可言。”

从最基本的意义上看，这一断言真真切切：没有字词，则句子不复存在。但从文学评论的层面而言，拒绝承认二者的差别，也就抹杀了讨论任何一方面的可能。这给科幻小说带来了不少麻烦，因

1. 据冈恩教授回忆，《大约 5 175 单词》是他在早年为托玛斯·D. 克莱尔森教授（美国编辑、作家、评论家，最早的科幻研究者之一，科幻研究协会的第一任会长）所写的评论文章。标题的“5 175”即为该文章的大致单词数。他写过多篇以类似的玩笑方式命名的评论文章。

为科幻小说是作为一种流行的大众娱乐方式发展起来的，它更关注“讲故事”，而不是“形式”。评论家们和教师们一直对“内容”予以忽视甚或贬低：值得讨论的只有深奥的东西，而故事，哪怕最幼稚的读者也能领会。

在一篇讨论乔治·泽布洛斯基（George Zebrowski）作品的文章中，伊恩·沃森区分了他所谓“在美国科幻小说界流行”的两种类型，即“高层次”的“具有美学理想的作品”，和“低层次”的“手腕娴熟的冒险小说”。他认为，科幻小说应追求成为第三种类型：采用一切必要的手段，精细地展示思想内容，而非“纯化到只剩下叙事，或者只剩下故事”——那样最多也只能向读者传达“脑力运动的虚假幻象”。

沃森引用乔治·泽布洛斯基的作品作为他描述的（第三种类型）的样本。泽布洛斯基于 1945 年生于奥地利城市菲拉赫。他的父母是被德国军队从波兰抓到了德国，当作奴工的。泽布洛斯基在婴儿时期被带到了意大利，然后去了英国，在那里一直待到 6 岁。1951 年，他作为流散人员[1]来到美国，在曼哈顿上了小学，然后去了迈阿密，之后回到纽约布朗克斯区，在那里他升入了中学。

泽布洛斯基后来进了纽约州立大学宾汉姆顿分校，于 1969 年在那里的哲学专业获得了文科学士学位。他做过各式各样的工作，但从很小的时候开始，他就知道自己想从事写作。他早年对科幻小说就有兴趣，1968 年又参加了号角科幻作家写作营，于是之后转而进军科幻小说领域。两年后，他的第一个故事《233 号站上的水雕家》（“The Water Sculptor of Station 233”）发表在了《无限》[2]（*Infinity*）第

1. 1948 年，美国通过《(战时）流散人员法案》(或译《战时错置人员法案》)，宣布在一定时间内接收大量在二战中流离失所，已无法返回家园的欧洲难民到美国，给予他们永久居留权。法案在帮助了许多二战受害者和为美国吸收大量劳动力的同时，也让许多前纳粹帮凶得以逃出欧洲。

2.《无限》是 1970 年代的美国科幻系列选辑，共出版过五辑，第六辑未刊，终止。《无限》和 1950 年代的《无限科幻》杂志之间有一定关系。

一辑上，他从此成为职业作家。同年他担任了美国科幻和奇幻小说作家协会的会刊[1]主编，在这个位置上一直坐到了 1975 年，然后在 1983 年到 1991 年之间又和帕梅拉·萨金特共担此任。他发表的第四个短篇故事《异神》（“Heathen God”）进入了星云奖终选名单。他还在先修学院里教授过科幻课程。

泽布洛斯基的第一部小说《欧米伽点》（*The Omega Point*）于 1972 年出版。这是三部曲中的一本，另两部分别是《尘与星辰》（*Ashes and Stars*，1977）和《心灵之镜》（未单独出版）。这三本的合集作为《欧米伽点三部曲》（*The Omega Point Trilogy*）在 1983 年出版。《星网》（*The Star Web*，1975）成为他第二个三部曲《陌生的太阳》（*Stranger Suns*，1991）的开头。1994 年，泽布洛斯基与查尔斯·佩莱格里诺（Charles Pellegrino）合作写了《杀戮之星》（*The Killing Star*），之后又和他合写了一部《星际旅行》。他之前和帕梅拉·萨金特也经常这样合作。1999 年他的小说《兽性轨道》（*Brute Orbits*）获得约翰·W. 坎贝尔纪念奖。1999 年他出版了《群星洞窟》[2]（*Cave of Stars*）。他 2002 年的短篇小说选集《灵巧思维》（*Swift Thoughts*）广受好评。

泽布洛斯基曾编辑了几本选集，包括《明天的今天》（*Tomorrow Today*，1975）、《人–机》（*Human-Machines*，1975，与托马斯·N. 斯科蒂亚合编）、《超光速》（*Faster than Light*，1976，与杰克·丹恩合编）、《造物》（*Creations*，1983，与艾萨克·阿西莫夫合编）、《飞天》（*Skylife*，2000，与格雷戈里·本福德合编）等。他编辑整理了《托马斯·N. 斯科蒂亚精选集》（*The Best of Thomas N. Scortia*，1981），还编纂了四本名为《协同效应》（*Synergy*）的科幻新作选，

---

1. 会刊为该协会面向会员的季刊，接受投稿，也对外发售。
2. 下文提到的《宏观生命》的续集。

并为皇冠书局编了一套科幻经典小说选辑。

迄今为止，泽布洛斯基最主要的成就是他雄心勃勃的长篇小说《宏观生命》（*Macrolife*，1979）。该书受到了阿瑟·C. 克拉克和杰勒德·K. 奥尼尔[1]（Gerard K. O'Neill）等人的高度赞誉。书中讲了这样一个故事：人类进化的下一步是向宇宙进军，离开“泥巴球”，避开他们难以避免的种族灭亡的险境，进入资源和空间无限丰富的太空，永不停息地向前发展。像奥拉夫·斯特普尔顿的《最早的人和最后的人》（*Last and First Men*）一书一样，《宏观生命》的时间跨度极为广阔，从“宏观世界”概念开始形成的现在出发，直写到一千亿年后宇宙开始崩塌的将来。这样的跨度必然要求大量的陈述、讲解，读者要有从主人公的肩膀后看出去的视角。有位书评家怀疑书中塞满了这些内容后到底还算不算小说。与此相反，沃森说，泽布洛斯基“深深迷恋着未来学”，而科幻小说“从它是内容导向的这点来考虑，实际上可谓是种说教文学”。泽布洛斯基和常被拉来与他做比较的斯特普尔顿都是哲学专业出身的。

《言语清扫工》（“The Word Sweep”）于 1979 年 8 月初次发表于《奇幻与科幻杂志》上。小说具有典型的哲学味，却并不是长篇宏论；相反，作者在小说中精确地思考了语言和智慧之间、真实与虚幻之间、现实与人类超越现实的雄心之间的关系。小说的观念源于卡夫卡式的荒诞：言语具有了物质形态，它们不断堆积，以至人们须对说话的量制定限额，以免自己为言语所埋。故事由此自然而然地延伸，致力于讲述人们对如此奇幻的发展会做出的现实反应，但结束于超越这个现实。

（何锐　译）

---

1. 美国物理学家，杰出的太空专家。

言语清扫工

[美国]乔治·泽布洛斯基

菲利克斯走进派对会场时，地上的言语已经积了厚厚一层，好似落叶。11点5分，房间里本应没多少话才对。

“安静！”他忍不住大声叫道。

这个词在空中成形，然后飘到他脚边，落在了地板上。角落里有一对耳聋的夫妇用手势继续着他们的谈话。所有人都看着菲利克斯。他觉得胃部阵阵抽搐。他本该打个要求安静的手势，而不该出声。

一个有双褐色大眼睛的娇小女子走到他面前，递给他一杯饮品。他啜了一口。伏特加。她在用这种方式表达：是的，我们知道，你的工作是监督限制人们闲聊的份额，这糟透了。以到处破坏派对来糊口肯定是毫无乐趣可言的，你这个可怜虫。我们都知道。

在场的人纷纷点头，对她表示赞许。

菲利克斯对自己的失态感到可耻。他勉强挤出个微笑，便转身出去，再次走入10月冰凉的夜晚。

在街区尽头，压缩机正等着清扫工们去打扫转角屋子里的垃圾。

菲利克斯庆幸自己不必在内城区[1]工作。那边管得很松，人们的唠叨经常能把整个小区都埋在下头足有四五英尺。

他深深吸了口气。监管五个市郊的街区还不算太坏。更好的是他的巡逻地段每月一换，因此他不可能会跟某一个居民区的人太过熟谙。

他的紧张感渐渐消失。至少这次的聚会没给他带来麻烦。他看得出那些来客都在努力保持安静，尽量在晚间少说话，为他们对说话和饮酒的自控而自豪。在这儿他还没见过有人屁股下面坐着一堆废话。这是个好街区，比他上个月负责的地段好太多了。

空空荡荡的街上来了一条狗，从他身边跑过。菲利克斯注意到了狗嘴上的口套。没问题。

他慢慢地朝家走去。经过压缩机旁时，那上面的灯亮了，然后这台机器动了，安静地朝下一个街区开去。走过两条街之后，他转了个弯，以避开街区广场——那儿刚开完政治集会，人们现在还在打扫。

家里电话屏幕上有条留言：

亲爱的：你回家后我们分配一下言语份额。我会把我那一份省出来的。

——朱恩

这些话让他有些光火，那种紧张感也回来了。他清空了屏幕，对这条留言大为不满，因为它破坏了他一路走回来才获得的镇静效果。

---

1. 随着城市发展，中产阶级外移后被新城区包围在中央的旧城区，居民多为贫民，治安以及环境等各方面都较差。

他走进卧室，躺倒在床上。他努力地回忆着言语开始实体化之前的情形，但想不起多少。第一次发生那种事的时候，他应该只有四五岁。他记得那些华夫饼似的玩意儿，字母和字母连接到一起，有多少人讲话就会形成多少风格各异的东西。

起初这还是件新鲜事，但不久就成了一场持续不断的暴风雪。全城的人们每天都不得不去清扫灾难留下的垃圾，每年三百六十五天，天天得把那些言语用卡车送到焚化厂和填埋场去。言语只在高温下才会燃烧，而且那时还会散发出一种必须收集起来的毒气。曾有个旨在为这种气体找到用途的项目，但焚化消耗的能量太多了，得不偿失；后来人们还发现，这种气体毫无用处。

精神病治疗业务完全停止了，然后改用计算机打印输出或是不涉及语言文字的治疗方式。电影回到了配字幕的默片时代，只有那些非常富有的人才能付得起每次有声电影结束后运走垃圾的费用。歌剧表演缩水成了配上音乐的哑剧……

菲利克斯睁开眼睛，在黑暗中坐起。远处不知哪里有个狂人在街道上奔跑。他只能隐约听到那尖叫声，但这已经响得足以让他想起从前他成了个狂人的时候。

在一个夜里，在城镇边缘附近的一棵巨大的榆树下，他无法自控，差点把自己给埋进言语中。他捧着自己的肚子，大声叫嚷着脏话，那些词从他体内喷涌而出，仿佛要用数量压倒天上的星星。

后来，布鲁诺·布莱克，一位世界巨变之前就已经完全成年的人，向菲利克斯解释了这种现象。原因在于沉默，这种没完没了、思维不断转动着的沉默，让他失去了控制，无数其他的人也是这样失控的。某一天，对说话的需求忽然就变得无法克制，就像是一阵风席卷而来，让人无力抵抗，赋予人滔滔不绝的自由，剥夺智慧和自制力，让人的嘴巴变成江河，言语从中奔流而出，就像是在打仗……最终，奇妙的荒谬言语清理了他的大脑。

此刻，当他在深夜里听着远方狂人的号叫时，菲利克斯又体会到了精简表达是种考验；仿佛丛林鼓声，在他周围不断增强，威胁着要在他入睡时抹去他所有的自制力，以快乐诱惑着他。比沉默强烈许多的快乐……

他环顾漆黑的房间。紧闭着的卧室门矗立在墙角，这诡谲的结构似乎在示意门那边有一整个新世界……

远处的声音停息了。那家伙被他们抓住了。撒姆森、温克、布莱克——街区所有监察员聚集起来，镇住了这场乱子。言语清扫工们已经在工作了，清扫、压缩，运往填埋场。

有一阵子，菲利克斯怀疑那个狂人可能就是布鲁诺。但他很快就否定了这个猜测。布鲁诺的嗓音要比那低沉得多。或许是位女性吧。菲利克斯放松心情，躺回床上。

半夜里他醒了过来，起身来到书桌边。他看到电话屏幕在闪动，这才注意到朱恩的留言。新的留言写道：

> 你这杂种！看在基督的分上，回我啊。你是不是又跟布鲁诺在一起了？你们俩在搞什么鬼？

他清空屏幕，打开台灯。然后他坐下来，拿出布鲁诺的日记。他在灯光下看着日记，回忆起这些年来它多少次为他解除重负。他的手指在颤抖。在日记的每一页上都是他想要倾吐的话语，但布鲁诺已经把它们都写下来了。

他随手翻开日记，看着上面工整的笔迹。布鲁诺讨厌废话——即使是写在纸上，毫无害处的废话也一样。每一个字母都结构精当，每句话都思维深邃而又清晰明了。要是把这些话念出来，它的数量也不会超过任何人一天的言语配额。

他读到的是较早的一则日记：

1941 年 7 月 23 日

言语一开始物质化，语言和物理现实间的区别就模糊了。说出的言语呈现各种形状和尺寸，端赖于讲话者的表达。人们被强加以保持沉默的法律，世上有些地方甚至开始用无声执行的死刑来惩治违反者。这种物质化的速率必须不惜一切代价降下来，以免世界陷入全球性的经济萧条……

萧条来了，又去了，留下了一套新的行为规范，言语清扫工，压缩机，还有街区监察员——以及一个谜团，这个谜团和存在之谜同样深奥。布鲁诺深信，必然存在一个谜底；他的日记就反映了他对这个问题所做的二十年探索。菲利克斯觉得，正是存在谜底的可能，才让自己不至于崩溃。要是布鲁诺不回来了，我真不知道自己会做出什么。

有人在捶打大门。菲利克斯站起身来，出去查看。

他打开门，朱恩走了进来。她径直越过他，冲进起居室，打开了那儿的电灯。

菲利克斯关上门，看着她。

“你当我不存在吗！”她咆哮道。

“你”字很纤弱，撞到地毯时就碎成了一个个零件；“当”像是条连环铁锁，哐当一下撞上了咖啡桌面，制造出几团无意义的东西，然后停下不动。“我”像只麻雀，被他一把抽到了墙上，摔得粉碎，创造出更多无意义的碎块。“吗”缓缓落到地毯上，“不”紧挨着它插进了毯绒。“存”和“在”在半空中撞到一起，它们的字母四下飞散。

菲利克斯摊开双手，不敢说话，唯恐下一刻他体内的黑暗中那个狂人就会溜出来，控制住他。难道朱恩不知道他活得多辛苦吗？他已经告诉过她上百次了。她长满雀斑的脸上开始流露出一丝同情之色，这表情让他想起了给了他一杯酒的那个褐色眼睛的小个子女人；但这神情突然消失了。朱恩转身向门外走去。

“我们完了！”她出门时大声喊道。她甩上了身后的门，那些言语没能飞出门外，掉在了大衣架上。他看着她这番喧嚣制造出的毫无意义的碎块，庆幸着门上的垫子够好。

他在心中叹了口气，在灯旁边的扶手椅上坐下。不管他多留恋她，至少以后不会再有额外的压力了。他意识到，自己得赶快去找布鲁诺了。

壁炉上方的挂钟指着凌晨4点。

他打开收音机，倾听垂怜世人的音乐。一个个音符依次成形，而后消散。一台羽管键琴加入了演奏，音符在消失前持续得更久了点。他久久凝视着那些音符生生灭灭，产生了布鲁诺在日记里多次表示过的困惑：是何种宇宙间的公理，允许音乐得以存续？史卡拉第的奏鸣曲进入了最后的乐章，清澈的乐声越来越快，颤抖的音符像尘雾般弥漫了整个房间……

朱恩从不喜欢布鲁诺，她体内没有那种黑暗。跟所有忘记了由话语所创造的自我醒觉的人一样，她并不需要说话。

他关上了收音机，心里好奇着隔壁的塞利格曼先生是否又把自己埋在了梦话当中。有多少孩子睡觉的时候得戴着训练口套，直到他们学会自控？

他的手又开始发抖了。说话的欲望正不断加强，几乎快赶上他失常的那几天了。是朱恩的到来引发的，失去她对他的影响比他所以为的还要巨大。

“朱恩。”他轻声呼唤着，心里充满了怀念。

这言语中的字母以流畅的曲线相连成一个圆，飘落到地毯上。他弯腰把它捡起，丢进了镶着毛毡的垃圾桶里。

他的手仍在发抖。他站起身，来回踱步。几分钟后他发现卧室里的电话屏幕又亮了。他穿过敞开的门，在桌旁坐下。屏幕上显示：

据报垃圾填埋场那边出了乱子。你今早上班时去查看一下。

——韦伯

他想：大概是有个同事发疯了，他们想要我带他回家。

菲利克斯换了衬衣和鞋子，来到外面。他从停车位上解下自行车，跨上龟裂的皮坐垫，骑上空荡荡的街道。

郊外的平房周围升起了清冷潮湿的雾气。只有五分之一的街灯亮着，这些也随着天光渐明而开始熄灭了。他估计自己要骑半个小时才能到填埋场。

他记得那儿曾是块干燥的平地，风一吹就尘云大起。这地方很快就会再也容纳不下更多的言语或者垃圾了；除了一处特别地方有个窟窿之外，到处都填满了。得另找个地方了。

菲利克斯靠近填埋场时，注意到路旁两边的草有些奇怪。晴朗的蓝天上，太阳已高高升起，那些草忽然间看上去像是动物的毛，从红色的皮肤中长出来，凌乱不堪。他立起身子蹬车爬坡。空气中有种刺鼻的类似柠檬的怪味。

他骑到坡顶，停了下来。

填埋场上长满了树，看起来像是新生的苔藓，又像是巨大的西兰花。那股刺鼻的味道更浓了。

他坐回到坐垫上，歪歪扭扭地朝山下骑去。

他到达山谷底部时，被寂静包围了起来，就好像他来到了世界静默的中心。森林渐渐近了，他心里琢磨着它来自一场大规模植树运动的可能，但随即意识到那不可能，时间太短了。

他穿过了第一排树。那些树看起来非常年轻，犹如少女的臂膀，弯曲着朝上伸展，末端摊开做出邀请的姿势；在枝条间长着柔软的黄绿色苔藓。

他踩着踏脚板继续前行，越来越感到不安，但这儿寂静的氛围安宁而和平，让他平静下来。树上柠檬味的香气驱走了他大脑中的睡意。

他骑到了一小片空地上，在一个大窟窿边上猝然刹住。布鲁诺·布莱克坐在洞底，自言自语，言语在他身边堆叠起来。

“你好，布鲁诺。”这些言语在空中成形，顺着沙土坡面往下滑去。

那金发男子抬起头。“下来。”他的言语从口中蹦出，落在一堆言语顶上。

菲利克斯往下走去。

“这儿很安全，”布鲁诺叫道，“我们想说多少话都可以。”

菲利克斯走到坐在地上的布鲁诺身前，发现这大个子的衣服又脏又破。

“你得让我帮你脱离这种状态。”菲利克斯说。

只有头三个字实体化然后掉在他脚边。

“注意到了吗？”

“布鲁诺，这儿是怎么回事？”

这次没有任何言语成形，仿佛那种效应整个开始消退了。

“只有这儿会这样，”布鲁诺说，“其他任何地方都不会。”

菲利克斯坐到这位面色红润的男人身边，双眼紧盯着他。

“布鲁诺——你认识我吗？”

“当然，菲利克斯，别犯傻了。你是我的朋友啊。”

“你在这干什么？”

“我想我已经搞明白了——全都明白了：这件事为什么会发生，还有为什么在此不会。”最后三个词在空中成形，那些小小的，恶心的灰色扭曲字母在空中飘浮，好似烟雾。

布鲁诺大手一挥把它们拨开。

“菲利克斯，我应该是真的明白了。我并没有发疯。”

菲利克斯听到一阵狂风从洞上呼啸而过，仿佛有什么东西发怒了。他回想起许多年前，一个学校里的露天操场，孩子们在那里默默地打着排球的情形。

“你有铲子吗？”

“没有，”菲利克斯说，“不过我可以去弄一把来。”

这回又没有言语显形。布鲁诺望着他。

“很奇妙，对吧？”

“布鲁诺——这种状况持续多久了？”

“约一个月吧。”

“一个月内发生了这么多变化？”

“那些树木是从被掩埋的言语堆里长出来的，菲利克斯，这些言语怀孕了。”

两人之间陷入了沉默。这沉默是清晰的，没有那些言语阻隔。

“这现象时有时无。”布鲁诺说道。这句话里的言语全都显了形。所有的字母都是扭曲的，像是些歪歪扭扭的树枝，落到布鲁诺的大腿上。

“有种力量在操纵这一切。”他边把那些字母掸开边说话，“等我们找到它之后，这一切就会结束了。全部的关键就在于一把铲子。”

这段话听起来有种奇特的感觉。

“路岔口那有个工具库房，”菲利克斯说道，“不过你真的没事吗？”

“我只是外表糟糕了些。”

又没有言语出现。菲利克斯惊奇万分地爬出洞去。布鲁诺肯定是真的知道了些什么。

菲利克斯带着两把铲子回来时，布鲁诺已经在用双手刨地了。菲利克斯把铲子丢下去，然后攀缘而下。

“在全世界发生的这一切不可能是自然现象。”布鲁诺边说边捡起一把铲子动手开挖。菲利克斯捡起另一把铲子，他们开始背对背掘地。

“为什么不是？”菲利克斯问。

“也可能是——空间结构发生了某种变形，对我们的声音做出响应，让言语显形。我认为这不是自然现象，于是前去寻找不发生这种现象的地方。”

“为什么会发生这种事？”

“也许和政治有关吧，”布鲁诺说，“有人在计划搞出某种思维控制手段，但结果失控了。我觉得，在那之前，我们的政客们和遥远太空中的某个外星文明取得了联系，可能是某种心灵感应式的联系，然后学会了如何制造……某些装置。也许那个外星文明认为它能让我们的思维更精简些。”他笑了。“你看，这不仅是说那些诗歌之类的把戏。语言和制造工具一样，跟我们的智力与自我意识的发展息息相关。我们运用语言的能力高低和我们的智愚高下是一致的。是习惯的自动化程序窒息了我们的思维，是教条的迷宫……”

他停了下来。“不是这个洞。我们得去别的地方试试。”

菲利克斯觉得，也许仅仅只是布鲁诺发了疯而已。

“如果你想影响一种文明，”布鲁诺继续说道，“就限制它使用语言，从而观察其固有天赋的发展。就像盲人的听觉会更发达……”

菲利克斯爬出地洞，伸手把布鲁诺拉了上来。

一阵风吹过填埋场，轻轻拂过这片奇特的小树林，好像它意识到了有外人闯入。地上落满了树叶。有些看起来部分腐败了，就像是些扭曲变形的古钱币；其他一些蜷曲起来，成了些小小的管子。风抓住它们，把它们杂乱无章地卷起，分过去些动能，让它们飞升空中。菲利克斯再一次有种感觉，自己似乎站在了全世界的边缘。他有些好奇，朱恩看到他和布鲁诺在一起会怎么想。

这时，他注意到那些树看起来很像字母，也是歪歪扭扭的，与埋在地里成千上万的言语相呼应。

“我们找棵树，挨着它挖。”布鲁诺说。这九个字从他口中飞出，被风吹起，然后风把它们丢在了枝丫间。它们停在那儿，像是几只乌鸦。

菲利克斯走到最近的一棵树旁，开始挖掘。布鲁诺也挤了过去。太阳已近中天。

“试试看。”布鲁诺说。没有言语现形。“也许是我们说话时，头脑中发生的某种变化导致了这些言语……”

“你是说也许并不存在什么仪器？”

“那是什么？”布鲁诺指着某个方向问道。

土壤中露出了一根晶莹透亮的棍子。菲利克斯走进挖出的坑洞，继续挖掘，布鲁诺则停下来歇息。一台复杂的机器渐渐被挖了出来。它呈立方体状，由玻璃和金属质连接而成，闪闪发光的管线和接头形成了一个迷宫，表面平滑如镜，满是立体图形。

“这……这像一块巨大的珠宝。”菲利克斯说。

“我就怕会这样，”布鲁诺说，“我觉得这里可能有一个转播装置，一个发生器，把说出的话转变成真实物体的东西，当然，要覆盖全球。我本希望能找到这个网络的本地中心……”

“嗯，那现在这个是？”

布鲁诺紧紧捂着胸口，向前仆倒。他忙用铲子支撑住了身体。

“你病了。”菲利克斯边说边在他身边蹲了下来。

“我的心脏……但你听着！我可能要死了，但是你得听好……”

布鲁诺瞪大眼睛，表情痴迷，那样子就像是自知他对真相的理解比周围一切的欺瞒都要强大得多。他倒向地面，然后又坐起来靠在那棵树上，一只脚放在挖出的窟窿里。

“千万别动，我来帮你。”菲利克斯说。

“听我说！”他抬起一只手擦了擦眼睛。然后他盯着那架奇异的机器开口了，发出轻柔的男高音：“人类堕入了一场梦境。也许这是由于某种严重的缺陷，来自灵魂的扭曲。暗喻和明喻，词形变化，同义反复，这些给灵魂施加重负，让它长期过劳——而人类这种生灵渴望着能直接了解宇宙，厌倦了透过感知猜度谜语，厌倦了体察真实万物的投影——透过眼睛这朦胧的窗户，耳朵那喧嚣的通道……”

他的语声变得忧郁而悲哀。“触觉的盲目，味觉和嗅觉的欺骗，让我们日渐沮丧。孩子们的宇宙介于所知和未知之间，不多也不少，让我们越发泄气。我们焦虑地脱离无知，飞抵的却只是相对的知识，被撕扯于满足和不足之间，伟大和渺小之间。我们永远也不会全知全能，但又绝非毫不足道。这种绝望感太过煎熬，它将我们推进了这普遍的幻觉中。”他闭上了眼睛。菲利克斯看见他朋友的脸上挂着泪珠。

“但也许这重负其实来自外头。”菲利克斯说道。

“我倒宁可是那样。但这愚蠢的机器……”

他咳嗽起来，紧紧揪住自己的胸口。

“布鲁诺！”

菲利克斯拾起铲子，朝那台美轮美奂的机器砸去。这一击是为了客观性，为了打开一条通往幻觉之外宇宙的道路，为了结束那些挣扎着要从他体内脱出的凶蛮言语对他的折磨。他又狠狠砸了一下机器。也许这一击会改变人类思维中的某些东西。

“就算我们把它毁灭了，”布鲁诺喘着气大声说，“我们也不知道清醒后又会是什么样子。”

菲利克斯打了第三下。

“它只是我们‘找到答案’的愿望的投影，菲利克斯……”

世界昏暗下来，风把树枝吹到他们身上，吹到机器上。那装置闪烁了一下，消失不见了。菲利克斯奋力挣脱像蛇一样缠着他的树枝。布鲁诺那儿传来了一声可怕的声响。菲利克斯朝他爬去，紧紧盯着他的脸。布鲁诺的眼睛像机器上的水晶一样，晶莹闪亮，凝视着某个无底深渊。

“我看明白了。”布鲁诺清了清嗓子说，他的声音颤抖。

菲利克斯环顾四周。一个黑色的包袱皮儿被拖了下来，笼罩整个世界。

“看明白了什么？”

“我看明白了一切！”这话语震响十方，但却没有显出形状。

“我什么都看不明白。”黑暗密不透风。

“失去知觉……盲目，我们在这里一无所有。”布鲁诺喃喃低语。

菲利克斯竭力张望着。黑幕动了一下。他耳中听到了一声号叫，眼前闪过一片紊乱的色彩；他觉得自己随时会撞到一堵墙上。

“我们一无所有，”布鲁诺说，“只有束缚，耻辱的枷锁，套在一个能扩展为无穷大又可聚焦小到无穷小的意志上……”

时空倾侧，菲利克斯正在下坠。混沌潜入他体内。不是那种概率感，或者是服从其本身规律的统计乱数，而是无意识的，不可预测的流变、残忍、不羁、无可救药——现实脉动着的根源。他感受着它，以唯一可能的方式，透过有限的感官那受限的测度——一团灰色的，怪异的东西，位于时间的中央，位于思维的核心，包围着整个空间，一个宇宙惊吓盒，随时准备好为所有的伪装提供谎言，一个中心点[1]，永远也无法击败，只存在于检算的向度中。

“布鲁诺！”菲利克斯大声叫道，但他发出的声音毫无意义。

黑暗消退了。他看到布鲁诺倚树坐着。

“你没事啦！”菲利克斯如释重负地叫道。

布鲁诺抬起头，但他们之间仿佛隔着一堵障壁。“Wic more tos repeton.”。[2] 他笑着说。

“什么？”

“Repeton，tos?”。

他们面面相觑，最后一点信息划过沉默的桥梁[3]，向他们揭示出眼下的状况。

菲利克斯向前迈进了一步，但布鲁诺似乎在自动后退，就好像他周围有个无形的框架，好像有某种力量在把他往后推。

1. 图论和社会学术语，意思是该节点和其他节点之间的联系（向度）是最多的。
2. 从这里开始到末尾，原文布鲁诺说的话全是些乱七八糟的字母组合，隐隐能猜出某些意思但无法确定，故直接引用原文。
3. 指他们从对方的表情看出对方并没有听懂自己的话。

菲利克斯意识到，他们身处牢笼。除非我们能够彼此接触，否则我们只能孤单死去。他再也不能碰到朱恩了，甚至无法跟她讲话；他们只能通过望远镜错误的一端看着对方，竭力想要用些无法索解的话给最简单的东西重新命名。我们的病，我们超越这世界的渴望，已将一切扭曲。

布鲁诺在向他招手。“Tos? Wixwell, mamtom, ono!”。他耸了耸肩，“Prexel worbout it.”。他又说。

菲利克斯咒骂起来，但吐出的言语变成两份不可辨识的东西，落到他脚边的地面上。

（何锐　译）

历史与超验之间的辩证法

科幻小说的演进，是矛盾双方之间的拔河。这矛盾双方，包括荒诞与现实之间，超自然与自然之间，精妙与平淡之间，凡尔纳的追随者们和威尔斯的追随者们之间。早期科幻小说（以月球之旅、其他异世界之旅为主题的类科幻小说）沉浸于宏大主题之中，不可避免地因对时空之旅的强制性自我重复而滑向平庸。然而，威尔斯的追随者们，则专注于非凡之处的日常方面。许多年来，凡尔纳党获得了胜利，然而，伴随着坎贝尔的推动，海因莱因的（高超）技巧，以及阿西莫夫冰冷的理智，威尔斯党得到了一个近乎平等的位置，直到新浪潮运动反叛，以及最近向奇幻故事及科学奇幻[1]故事的退却。

换句话来说，在科幻小说这一体裁里面，无论如何，辩证法始终存在于问题的心脏：心脏收缩时，幻想喷薄；心脏舒张时，现实回归。因为这个故事，理应是科幻小说，而非主流小说，甚或未来

1. 科学奇幻，一种兼具科幻及奇幻的存在。

主义小说。因而，人物的境况必须不同于平常，但境况又必须合理化，否则故事将会沦为空想。无论如何，平衡在这两者之间相互转换：有时候是幻想占主导，有时候是现实占主导，这取决于潮流，取决于时代，取决于作家，甚至取决于同一作家的特定情绪状态。

伊恩·沃森将他自己的作品描述为“历史与超验之间的辩证法”，历史的部分用来框定日常生活的框架，而超验的部分，让故事超乎日常经验之外。沃森出生于英格兰的圣奥尔本斯，在牛津大学贝利奥尔学院读书，于 1963 年获得英文学士学位，1965 年获文学学士学位，于 1966 年获得硕士学位。1965 年至 1967 年，他在坦桑尼亚的达累斯萨拉姆的大学学院里教书；1967 年至 1970 年，在东京教育大学和庆应大学教书（以及一年的日本女子大学临时教席）；1970 年至 1976 年，在伯明翰理工学院的艺术设计中心教书。其后，他成为一名全职作家，并担任英文期刊《基地》（*Foundation*）的专题编辑和固定撰稿人。

沃森卖掉的第一篇文章，是《索因卡[1]的森林之舞》（“Soyinka's Dance of the Forests”），刊于乌干达杂志《过渡》（*Transition*），1966 年第 27 期上。从 1969 年 11 月的《土星下的屋顶花园》（“Roof Garden under Saturn”）起，他的小说开始出现在《新世界》杂志上。他的小说集《超慢时间机器》（*The Very Slow Time Machine*），出版于 1979 年。其他的选集包括《中暑》（*Sunstroke*，1982）、《慢鸟群》（*Slow Birds*，1985）、《邪水》（*Evil Water*，1987）、《营救仪式》（*Salvage Rites*，1989）、《斯大林之泪》（*Stalin's Teardrops*，1991），还有最近的《伟大的逃脱》（*The Great Escape*，2002）。

1969 年，沃森出版了一本少儿读物，《日本：从一只猫的视

1. 即沃莱·索因卡，尼日利亚著名文学家，1986 年获诺贝尔文学奖。《森林之舞》是他的名作之一，发表于 1960 年。

角》(*Japan: A Cat's Eye View*)。1973 年，他的第一本科幻小说《嵌入》(*The Embedding*)在科幻世界里一鸣惊人，并赢得了约翰·W. 坎贝尔纪念奖年度最佳科幻小说奖的第二名。随后发表的有《约拿工具包》(1975),《高潮机器》(1976，法文译本，并没有相应的英文版),《火星印加人》(1977),《外星大使馆》(1977),《奇迹访客》(1977),《上帝的世界》(1979),《快乐花园》(1980),《在天国的桥下》(1981，与迈克尔·毕晓普合著),《死亡猎手》(1981),《契诃夫的旅行》(1983)，始于《河流之书》(1984)的“黑电流”系列,《转变》(1984),《巴比伦的娼妇》(1988),《火虫》(1988),《后之巫，王之巫》(1988),《记忆的苍蝇》(1990)，关于超自然力量的两本书——《幸运的收获》(1993)和《落月》(1994),《神谕》(1997)，等等。他还出版了另一本关于日本的青少年读物《明日日本》(1977),他还和斯坦利·库布里克[1](Stanley Kubrick)一起工作了一年，为史蒂夫·斯皮尔伯格(Steven Spielberg)的《人工智能》做故事创作，为此，沃森获得了该电影情节策划编剧的署名权。

沃森是在日本开始写科幻小说的，他将此视为处理“我名义上教授的英国文学和我实际上所处的外界环境信息之间的矛盾”的生存之道。他认为科幻小说是“一种通用的生存策略——灵活而大胆地思考未来的变形工具”。他的小说特别地关注“现实和意识之间的关系”[通过语言学(《嵌入》)，对鲸鱼智能的推测(《约拿工具包》)，进化问题(《外星人大使馆》)，新颖的生命形式(《火星印加人》)，UFO 理论(《奇迹访客》)等多种方式来检验这个主题]。他的小说提出这样的一个疑问，“人类对于现实的本质，生命和宇宙存在的原因，达到某种最终的理解——这是可能，抑或永不可能”。但这

1. 奥地利犹太裔美国电影导演，编剧、制作人。1968 年，凭借科幻片《2001 太空漫游》奠定其在影坛的地位。代表作品还有《奇爱博士》《发条橙》等。

种对于超验的关注，是牢牢地根植于硬科学的基础之上的，是根据“一种强有力的，支撑所发生的事件的社会政治因素”发展而出的。他将他所工作的领域称为“不严谨的……社会派科幻小说……位于语言学、哲学、社会人类学、认识论的交叉点上”。

《2080年世界科幻大会》（“The World Science Fiction Convention of 2080”）于1980年10月发表于《奇幻与科幻杂志》上，该期杂志于第38届世界科幻大会在波士顿召开期间发售。它或许并非典型的沃森式小说。它是一种令人愉快的嬉闹，以描述科幻小说本身的社会生态作为一种间接的方式，来描述当文明退回到19世纪初的科技水平时的“崩塌”。更重要的是，它描绘了那种激发科幻小说创作的精神。

非科幻会议参与者们应该知道的是，2080年世界科幻大会里面的那些活动：举办各种集会、派对、宴会，观影，颁发奖项，邀请尊贵的获奖者发表获奖感言，是现代的世界性会议的传统。在沃森的小说里，这些活动并未因一个更为原始的时代而变。然而，在那个即将到来的时刻，一位获奖者做了一个感人肺腑的讲演，他声称，由于行星和恒星现已远离人力所能触及的范围，它们将更为确定地成为科幻小说的财富。它们现已归于科幻小说的神话学范畴。

这一辩证法还在继续。或许，归根结底，这篇小说并非一篇典型的沃森式作品。

（刘思慧　译）

2080 年世界科幻大会

［英国］伊恩·沃森

何等盛会！四百余人齐聚一堂，写作者们，爱好者们，还有杂志编辑们——他们成功地经过这一路的旅程，来到新波士顿郊区外的这些帆布帐篷里面。

有三个我们每个人都认识的人没能成功抵达，在开幕式上，包含一个简短的“追思式”，用以向他们中的每个人致意，并以一分钟的默哀为终结。致库尔特·罗西尼，英雄式奇幻[1]的大师——在从遥远的加利福尼亚来的路上，死于一支印第安人的箭矢。致苏西·麦金托什，她那些令人愉快的木版画（去年夏天从穆斯乔[2]起，由马帮运送而来）装饰了我们的节目手册——而她死于温尼伯湖[3]外的一群野狼之口。致亲爱的查米安·琼斯，我们最大的损失，三年前在坦帕[4]的上一届世界科幻大会化装舞会上广受好评的泰坦女王，从育空[5]到佛罗里达湾，她的微缩模型佩戴在诸多粉丝胸前最靠近心脏的地

1. 即“剑与魔法”类奇幻。
2. 加拿大萨斯喀彻温省南部城市。
3. 美洲中部的大型湖泊。
4. 位于美国佛罗里达半岛西岸的海港城市，属希尔斯伯勒县。
5. 加拿大十省三地区之一，位于加拿大的西北方，以流经该地区的育空河命名。

方——在她路过查尔斯顿[1]时，遇上了正在那里劫掠的海盗，并被谋杀。（是否，她还在北非什么地方过着隐秘的宫廷生活，甚至成了那儿的什么皇后？不！是否，她只是音讯隔绝，尺素不传，被迫切断了与粉丝圈之间的缓慢联系？不存在的！她用一把短刃英勇地捍卫自己的名誉，而后死了。）

另有十几位也没有如期到达，他们也是有入场资格的。我们希望，他们只是迟到了——被一阵逆风阻隔，或被一条断裂的车轴拖累。反正，我们总会知道的，等大约六个月后，他们的个人杂志运上商道之后。

在酒吧帐篷里，围着蒸馏器，绕着烤牛肉，以及在艺术帐篷里，以德雷尼、海因莱因、勒古恩这些旧时代的大师为原型的精美刺绣和蜡染布之中，我们向老朋友和同僚致意，并交换我们旅途的见闻。我本以为，我自己的旅程足够惊险的了，我从南苏格兰步行而来，而后骑马，而后乘坐运河龙舟，最后的五周里，我乘帆船横渡风暴肆虐的大西洋（我们的迫击炮上满了膛，以应对袭击者）！但是和一些其他人的经历比起来，我的就不值一提了：那些印第安人啊，穷山恶水啊，法外狂徒啊，雇佣兵啊，像捕蝇草紧紧包围着你的信众团体啊，陆军入职培训中心啊，瘟疫区啊，还有技术狂聚居的城邦！我甚至早到了两周半，还设法带上了一部新小说的手稿，这部手稿在我的背包里面，是我在帆船上为挣船费而打工的间隙写的，打算卖给“修道士”刘易斯顿，小纽约的索拉利斯出版社的负责人。

这部新小说叫作《毕宿五[2]见闻》，是关于一次从月球殖民地开始，穿越元空间，到达外星行星轨道毕宿五的星际之旅的。尽管是

1. 是南卡罗来纳州的主要港口，位于美国东部南卡罗来纳州东南沿海科佩尔河与阿什莱河汇合处。
2. 星宿名，即金牛座 α，距离地球六十五光年。

我作为作者自己这样讲，但我也要说，它是对于评论家苏文[1]曾经说过的“认知疏离”的一次充满野心的尝试——但我无法将这本书的内涵，仅仅通过几行字传达出来；另外，现在的地点也并不适宜——虽然我确实是在一个外国作家讨论小组，讨论我自己现已广为人知的早期小说《外星演员电影制作指南》（新戈兰茨出版社，爱丁堡），这部小说四年前才刚刚出版。（哈，我们科幻世界的出版和发行速度！）

在这小组里，和我一起的，还有法国人亨利·阿波利奈尔，他的小说《金星的月中》，这部关于强大的计算机化官僚体系和主观时间扭曲的作品，至今仍因它的独创性而饱受赞誉——明显地超过了库尔韦和金瑞这样的法国老派大师们；还有墨西哥人盖布里埃尔·索摩查——令人振奋的邂逅；还有我岛上的同伴，杰米·塞门兹，我上次面对面遇上他还是在2077年，两年一度的吉卜赛朋克节上——自从雨果奖的提名两年前出炉，顺着商道流出，一路越过大洋开始，他的《人造人》就是今年获奖的一大热门候选作品。

但是，在新波士顿的帐幕下，关于我们精彩绝伦的聚会，我还是捡重点的说吧。直白地说，这次的讨论小组乏善可陈。可怜的杰米，他在乘船而来的路上，得上了在舱底横行的某种过敏症，现在他的嗓子深受影响，他的声音甚至不能传到帐篷的后排……

说重点，那么——电影。是的，确实是。就像一年前在传单上宣传的那样，我们发现了一部电影！这是怎样的一部电影啊。工匠们做了个手摇投影仪，它的光源就是太阳光本身，经由一个安置在帐篷之外的，由镜子和透镜组成的精妙系统来完成聚焦；在波士顿的这周里，这一名为《寂静地奔跑》的作品一共放映六次，我们紧

1. 达科·苏文，加拿大科幻文学批评家。他认为，科幻的必要和充分条件是疏离和认知的相互作用。

紧盯着屏幕，为之沉迷，为之争论，并祈祷雨云不至于使光线变得暗淡。不要嘲讽这部电影的标题是否适宜，没人有办法激活任何音轨。总之，我们都深深地为之沉醉。

拍卖会:噢，挺不错的体验。有一本“双料王牌”[1]在售！还有一本早期科幻图书俱乐部版本的拉里·尼文选集。还有，从 250 到 260 期每一期的《轨迹》杂志[2],它们因年代久远而发黄变脆。以及我们自己的后崩塌时代[3]早期，一些有趣的和有历史感的小玩意儿，例如说，一本小说的卷轴版手抄副本（刚好在我们重获手动印刷术之前），小说作者是伟大的泰莎·布莱恩——她的“贾塔尔”系列的一部分。《轨迹》的那些副本换了一匹漂亮的斑点矮种马——为此付出了自己的坐骑的那位亚拉巴马人，非常开心地带着它们一路步行回家。但是，那本“双料王牌”（菲利普·K. 迪克的《未来博士》和《不用心灵传送的人》背对背订在一起）置换了一根纤细的金条。

接着是索拉利斯出版社的派对，亨利·纪尧姆在派对上喝苹果酒喝高了，跳起了康康舞，还试图向在场的每一个人献媚——许多手绘速写应运而生，纷纷“抓拍”下这一画面，甚至第二天还有一幅水彩画出现在了早晨的市集。

而后是宴席，塞满香料的兔肉煲，而后是……雨果奖：对于在 2075 年至 2078 年这三年间，我们领域内的最佳作品，授予山毛榉雕刻的一只火箭飞船。首先，最佳同人小说奖，获奖者是爱丽丝·特特尔的《野性的呼唤》，她来自新芝加哥；其次，最佳故事奖，在半年刊《木星》或《奇幻》刊登的故事里选择，由哈莫尼·弗里德兰德和她的感人肺腑的《触地》获得，该故事发表于四年前的《木星》

1. 原文是“Ace Double”，是指一本书包含两个封面，两部作品，一部正着印，一部反着印。
2. 美国知名科幻杂志，曾设立轨迹奖。
3. 在文中虚拟的 21 世纪初，发生过一次科技崩塌，此后的科学倒退为约 19 世纪水平，称为后崩塌时代。

上；最后，是我们饱受期待的雨果奖，由我们波士顿尊贵的获奖者，杰里·梅尔策获得（正如所有人的预料，除了杰米·塞门兹！），他的获奖作品是具有跨越宇宙的视角的《星际之人啊，你往何处去？》。

但我视为最珍贵的记忆的，始终是杰里·梅尔策的获奖感言。他的感言的标题是“一些存在永不逝去”。讲演刚刚开始，我就被之吸引，为之振奋，并觉生命重获肯定。

杰里现在已经接近60岁了，这几乎是个奇迹，因为现在的平均期望寿命，已经下跌到了40岁左右。他因冻伤失去了一只耳朵，所以常常戴着一只浣熊皮帽，来遮掩自己的缺失。他是密苏里河上的一个撑筏人。

环视着帐篷里满满的四百余张面孔，他睿智而自信地笑了笑。他缓慢地开口说话。

“一些存在永不逝去。对这些存在来说，其真实与美好只会永远增长。科幻小说正是这样的存在之一。我这样说，是因为，科幻小说是虚构之物：它是受造的，是我们部落传说的凝结，而这些最好的传说都是关于人性的。现在，科学研究和探索都已宣告终结”——他轻蔑地露齿而笑——“我们已确乎实实在在地，可以自由地创造我们的科学和我们的世界。科幻总是被糟践，被科学事实捆住它的双手，劈头盖脸地鞭打。这样的情况现在过去了——大部分那些神圣的科学事实，那些夸克，那些类星体，还有我不知道的什么玩意儿——不会再有了！它们已皆成神话，俱付歌谣。科幻小说自由了，今日在场的各位，我们都清楚这点。我的朋友们，我们重新成为荷马，我们重新成为卢西安[1]——因为科学已成神话，而我们正是神话的创作者。数学复又是我们的了，土星复又是我们的了，半马阿尔

1. 希腊讽刺作家，雄辩家。与前文的荷马一样，代指在蒙昧时代探索世界与真理的人。

法星[1]复又是我们的了，迷人的月球——复又是我们的了。我们可以于一种荣光之中阅读昔日的大师杰作，而这种荣光，是20世纪末的那些可怜人永远不会有的！我要对诸位说，一些存在永不逝去。它们的美好只会加增。现在，我们可以让这种神秘的美，比以往的任何时候，都令人迷失，使人陶醉，让人惊叹！这是我的《星际之人啊，你往何处去？》的真正含义！”

他一直说到大会的委员会在帐篷里点燃鲸鱼油的火把，然后他又多聊了一会儿。最后，他被人们高高地举在肩膀上抬出帐篷，来到星空下的绿茵之处。而就是此刻，一颗星星划过天空，留下闪闪发光的彗星尾巴，那应该只是一颗卫星，在旧时代[2]里留下的一颗行将死亡的人造卫星，它燃尽了，而后扎进了大西洋，深深沉于数英寻下。它大抵只是一颗普普通通的流星——然而我不这样想。在场并没有人这样想。我们欢呼，四百多人的欢呼因星坠齐震，与此同时，杰里回过了头，然后微笑。

他做出了一个安抚的手势，示意我们安静下来。“我的朋友们，”他大声说，“我们确乎拥有群星。我们确乎拥有。我们已得未曾有，从另个角度来说。逝去的恒星，那么多逝去的世界，我甚至不会觉得吃惊——逝去的宇宙。现在，天狼星是我们的了。老人星[3]是我们的了。天心密集的恒星都是我们的了。它们所有。”他的手抓向天空。它仿佛已握住了银河，我们又一次爆发出了欢呼。

两天后的清晨，伴随着密集的告别，或许过度自信的“2083年再见！”之后——我与我的同伴杰米一起，下到新波士顿，去往通向海港的路，他一路还醉醺醺的，看是乘下周还是下下周回到利物浦

1. 半人马座阿尔法星的简称。
2. 过去的工业时光，即大约我们现在。
3. 船底座 α 星，距离太阳系约三百一十光年。为夜空中第二亮恒星。

的船。不过，回程中我已经不用再工作了。我将《毕宿五见闻》卖给了“修道士”刘易斯顿，换了一捆皮毛，在我们那寒冷的岛上这东西需求量很大。

大约一年吧，我会收到我的免费样书，它是用索拉利斯出版社所特有的又粗又黑的字体手工印制的，由一些穿过边境的运羊车顺便捎过来。如果“修道士”干活儿比较快，商道也还通畅的话，谁知道呢，它可能就会赶上 2082 年的投票——投票会在圣塔芭芭拉的一个渔村里举行，我得穿过平原，穿过沙漠，穿过荒地，才能到达那儿。我有可能安全无恙地到达圣塔芭芭拉吗？实话实说，我已经迫不及待了。今年的盛会是如此美妙的盛会，届时我一定会搭乘帆船——再改乘驿马车，哪怕天崩地裂也要去。

我捅了捅杰米的肋骨。

“我们拥有星辰，”我说，“我和你。”

（刘思慧　译）

将寻常之事变得陌生

科幻小说的功能之一是让人们习惯于离奇的事物，让未来看上去合理，让不寻常的事情显得平凡普通。科幻小说的成就之一是教育读者去克服人性中惯有的对于未知的恐惧心理。H. G. 威尔斯指出了这种功能，约翰・W. 坎贝尔在黄金时代出版的《惊奇故事》杂志中对这种功能做出了经典的论述（“我想要那些能在 25 世纪的杂志上发表的小说”[1]）。海因莱因（“最优秀的现代作家……创造了一些真正卓越的创作手法”[2]）完善了将塑造奇异氛围的信息潜移默化地注入到故事之中的写作手法（“介绍了大量的背景信息以及相关的内容，但并没有强硬地侵入故事情节的叙述之中”），而不再通过老式手法来创作，那些写作手法如同向外行、学生和记者做报告或者做展示一般。

但科幻小说的另外一个可贵之处在于，科幻小说可以在平凡之

1. 背景不详。多名科幻研究者均表示坎贝尔说过这种话，但具体语句有所出入。
2. 见于坎贝尔在 1946 年为格罗夫・康克林的《最佳科幻小说选集》所写的序言。下一处括号中的引文也出于此。

中发现陌生，在日常之中发现离奇。它并不让离奇的事物变得平常，而是让平常的事物变得离奇。这种科幻小说让读者以一种不受蒙蔽的眼光来看待世界，让读者第一次清晰明确地看待那些司空见惯的事物，并让读者欣赏到就在自己家附近隐藏着的神秘之处。

卡罗尔·埃姆什威勒（Carol Emshwiller）就是一位多年以来一直在作品中实现这种效果的作家。她生于密歇根州的安娜堡，于1949年在密歇根大学获得音乐与设计专业的学士学位。1949年至1950年间，她以富布赖特奖学金[1]获得者的身份在巴黎国立高等美术学院学习。她在1949年与科幻插图画家（后来成为实验电影[2]制片人）埃德·埃姆什威勒[3]（Ed Emshwiller）结婚，并育有三子。她的写作生涯开始较晚，30岁左右才开始写作，其处女座《这就是爱情》（"This Thing Called Love"）直到1955年才发表于《未来科幻》（*Future Science Fiction*）第28期上。不久之后，她开始在《科幻小说季刊》（*Science Fiction Quarterly*）上发表小说，之后又在《奇幻与科幻杂志》上发表。终于，她的小说出现在各种各样的文学杂志和原创科幻选集之中，比如《轨道》、《新星》[4]和《夸克》[5]。

卡罗尔·埃姆什威勒发表作品的速度并不快，但她许多年笔耕不辍，也发表了一百余篇短篇小说。其短篇小说集《事业的乐趣》（*Joy in Our Cause*）出版于1974年。其他两部短篇小说集《离群边

---

1. 时任美国阿肯色州的参议员詹姆斯·威廉·富布赖特所提出的一项奖学金项目，由美国政府资助学生前往国外学习。
2. 实验电影，又称实验片、前卫电影、先锋电影，是一种电影制作风格，往往不遵循传统电影惯例而采用非线性叙事、不同步的声音、胶片划伤等非传统模式。
3. 知名于科幻绘画及实验电影领域，曾因其绘制的科幻艺术作品五次荣获雨果奖。
4.《新星》第十一卷《女性与奇迹》（1977）翻译自帕梅拉·萨金特主编的美国科幻小说选集《神奇女性》，其中收录卡罗尔·埃姆什威勒的短篇小说《性和 / 或莫里森先生》（"Sex and/or Mr. Morrison"，1967）。
5. 卡罗尔·埃姆什威勒的短篇小说《一段在 J. H. B. 蒙斯托斯先生的流浪汉之旅中可能发生的插曲》（"A Possible Episode in the Picaresque Adventures of Mr. J. H. B. Monstrosee"，1970）发表于《夸克》第二期。

缘》（*Verging on the Pertinent*）和《结束一切的开始》（*The Start of the End of It All*）分别出版于1989年和1990年。《男性俱乐部的报告与其他故事》（*Report to the Men's Club and Other Stories*）出版于2002年。她的第一部长篇小说《卡门的狗》（*Carmen Dog*）出版于1988年，《莱多伊特》（*Ledoyt*）出版于1995年，《飞跃人山》（*Leaping Man Hill*）出版于1999年，《山》（*The Mount*）出版于2002年。她还为两个一小时公共电视节目写了剧本，并获得1975年度纽约州创意艺术家公共服务奖金以及1979年至1980年年度国家艺术资助奖金，还曾获得麦克道威尔艺术村[1]奖金。她曾担任纽约州创意艺术家公共服务奖金的评委，参与过许多写作营，在许多学院和大学做过朗诵，并曾在《小杂志》[2]（*The Little Magazine*）编委会工作。她还在纽约大学继续教育学院教授短篇小说的写作。

在埃姆什威勒的早期写作生涯中，她尝试在小说之中将情节替换为其他的重要文学元素，并省去明喻和暗喻，最终将角色变形为她称作"自我"的东西。因此，她的作品变得更具有实验风格，更像是主流的实验小说家的作品，而不是在科幻杂志和短篇小说选集中的作品，尽管她的大部分小说都发表在那些科幻杂志和选集上。理查德·科斯特拉尼茨[3]称她的作品有"严谨的离奇之感"。

在《20世纪科幻作家》一书中，加拿大文学家道格拉斯·巴伯评论道："很多科幻小说……倾向于让人们习惯于未知（因此那些奇异的地点，或者银河系本身，不过是一些非常寻常的'不寻常'冒险所发生的地方罢了）。"他还写道："埃姆什威勒的小说迫使我们去

---

1. 麦克道威尔艺术村是位于美国的一个非营利机构，由作曲家爱德华·麦克道威尔及其妻子钢琴家玛丽安·麦克道威尔所创立，每年吸引大量的艺术家来此驻留创作。卡罗尔·埃姆什威勒于1973年获得该机构的奖金。
2. 美国20世纪70年代前后短暂发行过的一个半学术期刊，以非主流文学为主要对象。还有很多可归类于"小杂志"但并未以此为名的刊物。
3. 美国艺术家、作家和评论家。

重新审视我们一直觉得平平无奇的日常生活，然后会发现它实在是奇怪，而且，没错，我们对它一无所知。”

《雪怪》（“Abominable”）首次发表于《轨道》第二十一卷（1980）上，是一篇关于两性差异的寓言，但以科幻小说的形式来讲述。作者利用了许多科幻小说的惯例，尤其是关于搜寻喜马拉雅山雪怪（又被称为大脚怪或者雅提[1]）的情节以及两性分离的桥段，如同菲利普·怀利[2]（Philip Wylie）在《消失》（*The Disappearance*）中所写的情节那样。

这篇小说可以在两个层面上来阅读。在情节层面，小说描述了一个女性从男性所处的世界中消失的时代。男人们派出搜寻小队去寻找那些女人，仿佛她们是一种带着神秘感的传奇生物。这个时代中谣言四起，那些关于她们的存在、态度、外貌、行为和价值观的谣言被男人们不断讨论，就如同讨论喜马拉雅山雪怪的传说那样。在隐喻层面，这个小说表现出以下主题：男性处于性方面的迷惘、文化上的无知以及自我认同的危机之中，不能理解女性以及她们的需求、愤怒和怨恨。两个层面上的故事都用浅显易懂但引人共鸣的文字所讲述，字里行间体现出作者的智慧。

（赵佳铭　译）

1. 雅提（Yeti）是尼泊尔语中喜马拉雅山雪怪一词的音译。
2. 美国作家，其作品《消失》的主要设定为所有人突然发现异性在他们的生活中消失了。这部小说探讨了美国社会在女性主义运动之前所存在的对男性和女性的双重标准问题。

雪怪

［美国］卡罗尔·埃姆什威勒

我们正挺进一个陌生的地方，故意装出漫不经心的样子。我们有时把胳膊肘拐出去，有时用双手扶着屁股，在有机会的时候还跑到岩石上玩个单脚站立。左边一直是条河，就像他们之前和我们说的那样。右边呢，一直有小山坡。一遇到电话亭，我们就停下来打电话。因为暴风和冰霜的影响，电话总是打不通。头儿说我们已经到了有人目睹她们出现过的区域。他在电话里和我们说，现在我们得开始时刻注意那些分成两瓣的奇怪脚印。那些脚印还不如一个小男孩的脚印大，还显得异常精巧。“爬树上去，”头儿说，“或者爬电线杆上去，能爬什么就爬什么，然后使劲喊几个你们记得的名字。”于是我们就爬到一根杆子上，按照字母顺序开始大喊：爱丽丝，贝蒂，伊莱恩，珍，琼，玛丽琳，玛丽[1]……但喊完之后什么事儿都没发生。

我们一行是七个非常爷们儿的男人，都穿着海军陆战队制服，尽管我们并不是海军陆战队员（有一个例外）。但人们都觉得这种制服能吸引到她们。我们七个看上去都像是各自领域的专家，毫无生

1. 均为常见英文女子名，按照英文字母顺序排列。

活情趣的那种（不管天气怎么样，我们的衣领都在脖子那儿敞着）。我们是“飞速追逐其虚假身份认同的不明物体委员会”的研究小队。我们的枪喷出火花和星星，吐出巧克力樱桃，还发出巨响。现在已经是可以正面全裸的年头了，是一个“我干吗不答应呢？”取代“我没准可以吧”的年头了。现在这个年头已经有了那种设备，可以感觉到七十五码之外一个温暖的、有心跳的、活着的躯体，而且还能导航过去。我们就正好有一台这种设备。（没准哪天我愿意试试看，对着自己用用这个设备。）从另一个方面说，我们只带了几张模模糊糊的照片，塞在皮夹里，大多数还都是好几个月之前在某个不知道是哪儿的地方拍的。其中的一张据说是头儿的老婆。拍照的距离太远了，我们看不清楚她的脸，但她穿着她的那件毛皮大衣。头儿觉得他认出来了，还说她没什么大碍。

现在这儿除了大雪啥也没有。我们为了那些生物受了多大的罪啊！

把照片握在掌心，想象一下她们的玉体吧……那丰满的、四英尺高的、让人浮想联翩的小美人儿……五官根本看不清楚，眼睛就是两个小点儿（别具特色的头发几乎盖住了整张脸），脚和脑袋都不重要。想象一下我们真找到了她们之后的场面吧，但也别光顾着傻笑，准备接受那丰满乳房和圆润嘴唇的挑战，以及……（当然是那最大的挑战啦。）如果拼尽全力，我们肯定能拿下！我们要么带着英名凯旋，要么至少，来个完美收场，不要让别人对我们的失误指指点点吧？

我们目前发现了这些蛛丝马迹，说明她们的确存在（她们特别粗心大意，在心烦或者着急的时候更严重，要是我们不知道这一点的话，估计我们都会觉得这些东西是她们故意掉在我们的必经之路上的。而且她们又是那种神经质的生物，特别容易冲动，经常是要么心烦，要么着急，要么又心烦又着急）……我们在路上发现了这些：一根还冻着的芦笋；一份从杂志上随手扯下来的木莎卡[1]食谱，要用到洋葱汤浓缩粉；一个女式小钱包，里面装着几张皱皱巴巴的美钞；还有一包火柴。（很明显她们能生火，我们对此深感欣慰。）

现在头儿说要离开河流，去小山坡上看看，尽管那些小山坡因为春天的融雪和雪崩而危机四伏。指南针指向北方，我们整天都在碎石和冰块上跌跌撞撞，心里很清楚，她们现在可能已经朝着南边走了，一伙人都朝南走了，还感觉自己毫无价值、面目可憎、没人怜爱。她们走的方向有无穷无尽的可能性，所以任何方向都有可能是错的。但我们还是相信我们走的是正确的方向，毕竟一开始我们发现了那些微弱的迹象。

我们当中有个人是富有经验的心理分析师，而且是歇斯底里症和受虐癖方面的专家。（尽管没看过任何实际病例，他还是一直致力于这方面的研究。）他说，我们要是找到她们了，她们可能会发出一些上不来气儿一般的怪声，但这些声音没什么意义，而且经常被误认为是笑声。他还说，对待这些声音的最好办法可能就是真把它们当成笑声。另一方面，如果她们微笑的话，这是一种简单的条件反射，目的是为了解除我们的戒备心。（据人们发现，她们微笑的频率是我们的 2.5 倍。）他还说，有时候她们会发出一种神经质的傻笑，这从本质上来说源于性欲。而且，如果她们看到我们就这么傻笑，

1. 希腊传统菜肴，用肉末和茄子做成，有些地区的木莎卡还会加其他蔬菜。

这可能是个很好的兆头。他讲到，无论怎么样，除了我们的名字和军衔，我们什么都不能告诉她们。要是她们生气了，我们就得当心，当心她们别把怒气撒到自己头上来。

那些照片上有个人叫格蕾丝，但是她现在至少有55岁了。在一个月明之夜，趁着头儿忘了盯着她那边，她从一个路边小餐馆溜走了。但除了一如既往地指挥那些需要指挥的事情，头儿还能做什么呢？我们也同意这一点。头儿说，那时候她已经接受了对她的限制，至少在头儿能看出的范围内，她已经接受了行动方面的限制了。他最后把这事儿归罪于她还没被完全同化，或者看不清楚那么明显的客观事实。直到好几年之后，他才不去纠结这件事了。

我现在就想遇到一个她这样的女人。她会不会敢问我从哪儿来，为什么和她们看起来这么不一样？我们是怎么演化出和她们截然相反的性格特点的？她们是不是住在地下？那有着宽敞的厨房、有着被烤炉烤得暖烘烘的多间避难所、有着姜饼香气的地下？那些育龄的女人，她们是不是靠着某个死了很久的高个儿红头发喜剧演员或者摇滚明星的冷冻精子，怀了一胎又一胎？不管怎么样，这倒也是种猜测。

但现在，我们眼前所见让我们一下子陷入寂静。找到了一个！就在我们上面，身材高大（或者看起来高大）而且身着盛装（就像头儿的照片里那样）：头戴硕大的貂皮帽，耳朵上戴着些闪闪发光的装饰，单脚站立，一动不动（看起来足足保持了五分钟）。那也许只是一只直立起来的熊（阳光直射，刺着我们的眼），而当我们在半小时后到达那里时，它已经消失了。心理分析师在脚印旁边守了一晚上，准备好了他独有的一套花言巧语，但他实在没那份运气。

这些消息已经通过电话传回头儿那里了（“告诉她，我觉得我爱她。”头儿说），他决定，我们自己也要穿上那一套行头……能和脚印吻合的鞋子，那些貂皮的、狐狸皮的和豹皮（仿冒产品）的外套，外套下面罩着几层合适的内衣。我们决定在雪地上用香蕉围着营地摆成一圈，香蕉就摆在我们营地的七十五码之外。我们还设置好了我们那台实时躯体温度传感器。这样的话，当她们出来拿香蕉的时候，我们就跟着她们回到她们的藏身之处，一路跟到她们那黑暗的圣所去。我们的摄像人员会做好准备，把她们见到我们的第一反应拍下来，准备在电视上播出。她们会喜欢被我们跟着的。她们一直都是这样。

我们希望她们能清楚我们在各自专业领域的声望，即便她们对这一点只有种模糊的感觉也好。

那些实时躯体温度传感器确实鸣响了警报，但它们似乎没办法确定任何准确的方向。在早上，所有的香蕉都没了。

这是因为她们不愿意老实待着……不愿意严肃对待任何事情。没人能协调好她们的行动，所以她们朝着不同的方向跑开了。她们总是从手头的任务上把注意力转移开，总是直接就下结论，总是做些没有根据的假设，总是什么事都想当然，或者，反过来说，什么事都不想当然（比如说，爱情）。大自然的力量站在她们那边，没错，（这力量是混乱吗？）但是我们也有其他的力量。这次我们会把香蕉摆成一条长长的、非常有逻辑感的直线。

想象一下，我们终于来到了她们的厨房！最高大的山峰都被彻底挖空了，我的天！还有那股味儿！到处都乱七八糟的！她们每天的生活多么单调！我们不会相信我们看到的一切。她们可能还会告诉我们，一切都好，从来没这么好过。她们可能会觉得她们再也不需要靠近什么权力中心了。她们甚至会说她们喜欢这种不能给任何人施加权力的地方……每个人都没什么权力地生活着，像朋友一样，彼此间传递着她们特有的温柔信息，从她们之中最不起眼的人传递到另一个不起眼的人。她们可能还会说，我们反正几乎不会留心她们，也不会注意到她们已经消失了。她们会说我们总是和她们想不到一块儿去，从来不知道她们到底是谁，到底是什么样的人，也从不关心这些。好吧，我们确实感觉到了这一点……感觉到挺长时间了。我们感觉我们的生命中缺了一块，但是说不太清楚缺的是什么。我们没给过她们报酬，她们大都没钱，但即便如此我们还是关心她们的。我们要告诉她们这一点，还告诉她们头儿觉得他可能爱着她们中的一个人。

这是心理分析师为了后续研究所绘制的图：

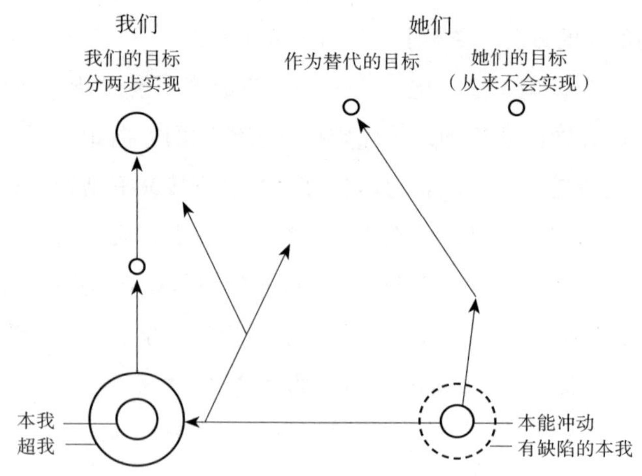

（她们的本能冲动朝向我们的超我做出响应，之后反弹回她们作为替代的目标并 / 或偏向我们的目标。）

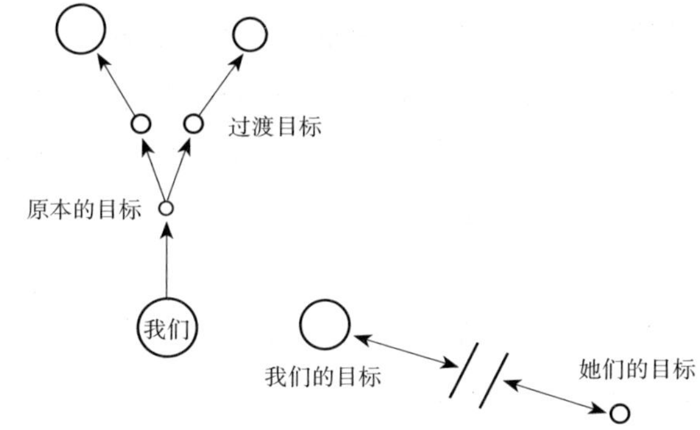

但这次她们根本就没拿那些香蕉。（我们给她们的东西总是不太对。）好吧，最后一次，给她们这些东西（又给了她们一次机会）：一些看起来像玉石的玻璃珠子、一套精美的进口厨房用具、一本题为《如何克服与异性相处时的羞涩》的自助指南。尤其是为了让她们开心，我们还把自己奉献给了她们，作为儿子、父亲或者爱人（随她们选）。

心理分析师说，她们有权享有她们自己的看法，但是我们还是想弄清楚，我们应该允许她们享有多大的自主性。

我们中有个人说，我们之前在山顶上看到的只不过是只熊。他说他想起来，它在单脚站立之后就弓着身子四脚着地。但是她们可能也会这么做。

心理分析师之前做过一个梦，之后他就和我们说，不要害怕那些凶猛的阴道（这里是象征性说法），我们应该迎上去，把她们压在身下（尽管实际上我们正在往上爬），然后把鱼扔到子宫里面（那都是最好的龙利鱼片，也是象征性的说法）。

嗯，如果我有个女人，我要给她洗脚（字面意义），给她洗后背，还要冒冒险给她洗洗前面。让水流冲过我们的身体，让她们的长发低垂下来。我乐意偶尔抽出点时间来，即便是在做重要的活儿的时候也得抽出时间，来干点这种几乎没啥意义的小事，并且偶尔听听她们毫无意义的唠唠叨叨，至少要装得像是在听。但如果那个女人是格蕾丝的话，那到时候的情况肯定和我现在想的不是一回事，不过我也说不清楚会是啥样。

夜深了，我们围坐在营火旁边，讲着各式各样关于她们的古老故事。但这时候我们感觉到的恐惧和我们小时候在类似环境下讲这些故事时感觉到的恐惧不一样，因为现在我们知道她们可能真的就潜伏在黑暗之中，恐怖之处在于，我们其实完全不知道她们身材有多高！我们不知道该相信哪种说法。一方面，她们可能有我们的两倍大，但也有可能如头儿坚持声称的那样，她们几乎都比我们要矮小，当然也就更弱一点。我们当中那些看重神话的人曾经虚弱无助地说过，她们大到足以把我们吞进胃里（从下面吞进去），几个月之后再从嘴里把我们喷射出来。那些看重人类学的人说，她们可能是人类找了好久的缺失的一环，他们认为这一环存在于大猩猩和人类之间的某处（尽管在进化程度上可能比爪哇猿人高不少）。因此，（从逻辑的角度来说）她们无疑比我们矮小，身形可能还有些弯曲，但是并不一定更弱。我们当中那些沉迷于性的人不太关注别的事情，他们只想知道，她们的性高潮和我们的性高潮是不是一样，是不是都是那种生理反应。我们中那些浪漫的人觉得她们会是些可爱迷人的尤物，就算她们在生气的时候也是这样，这和她们高不高大、强不强壮也没关系。另外一些人看法正相反。如何安慰她们去面对生活中的一些客观事实，甚至有没有可能安慰好，我们的看法也参差不齐，因为她们中 72% 的人认为自己卑微下贱，65% 的人认为自己心理脆弱，只有 33.33% 的人不会仅仅因为自己是个女人而感到羞耻。这样的话，怎么才能突破她们心中由自我防护和抵触情绪组成的心理防线呢？很明显，争论是不可避免的。（85% 的人会开始老调重弹。）我们不喜欢不愉快的感情冲突，试图不惜一切代价来阻止这种事情发生。但是我们也意识到，在一段亲密关系中作为主导的一方，是不会轻松的。尽管如此，要是有一群这种生物，只会在固定的某一天出现（仍然几乎是隐形的），主要的工作就是打扫卫生，那该多好啊！

我们已经为她们预设好了底座呢。

即使（或者说，万一）她们不怎么能达到我们的水准，她们无论如何还是会让我们意识到，我们所有人的内心中都有着动物的本性，有着兽性……我们也会心情低落，也会心潮澎湃……我们有着我们几乎不知道的生命力……她们可能会让我们意识到很多我们从没考虑过的事情。

但现在，我们从头儿那听到一条奇怪而且令人不安的消息。他和我们说，有些政界的显要人物宣称那些目击事件都不过是编出来的故事……甚至是骗局。他们还说，那些照片已被证实都被篡改过，其中有一张是在雪山背景上叠加了一个大猩猩的图像，另外一张其实是一个男人穿着女装。（只剩下两张照片还没办法解释。）有些人承认自己撒了谎。有些人甚至从来都没去过那些目击事件发生的地方。我们看到的东西肯定是光影造成的错觉，或者更可能是附近的一只熊。而且（他们很肯定这一点）我们之中有一个骗子，他自己偷走了香蕉，而且还用一根长棍子的一端挑着一只旧鞋印下了那些脚印。此外，想象一下，要是我们发现她们事实上的确存在的话，那只会给我们的现状额外增加难题。我们还得成立委员会，在她们洗碗的日子过到头之后给她们找些事情，以免她们会无聊。我们还得去寻找治疗方法，去治疗身上一些特定部位的癌症、月经不调、阴道痉挛或者其他一些什么痉挛。社会中将会冒出来一大群附庸风雅的艺术爱好者（比如业余诗人和画家），头儿评论说，没了她们，社会照样运转得很好。为什么我们要去找她们，就好像她们是珠穆朗玛峰那样（而且她们和珠穆朗玛峰一样重要），只是因为她们在那儿吗？总之，我们的搜索经费用完了。头儿甚至怀疑我们还有没有钱再打一次电话。

尽管很难说清楚原因，这个消息让我们所有人都很沮丧。我们中有些人确信，或者说相当确信，外面的确有什么东西……就在视力所及的范围之外，就在听力所及的范围之外。我们有的人似乎有时候会在眼角的余光中看到一些彩色的东西一闪而过，就好像本来不可见的东西突然在那几秒钟变得可见了。这种感觉让人产生联想（我们中有几个人确实这么想了）：扔在床底下的袜子和内衣也是这样奇迹般地变干净了，叠得整整齐齐，出现在抽屉里，这也就像装满咖啡的杯子总是在需要的时候凭空出现一样，也就像冰箱里从来没有短缺过牛奶或者黄油一样……但我们是按照我们的时间表和预算而工作的。我们必须回到权力中心去，为了那些文明啊，政治啊之类的东西而工作……我们往回走了。

我一度严肃考虑过自己只身前往继续搜寻。我觉得，我或许可以一个人偷偷爬回去，静静地坐着，可能再穿上更能融入环境的衣服。如果我在那里坐得足够久（而且，不去大声地，讲出那些，关于她们的，吓人的，古老故事），也不去摆出一副高傲的姿态……肩膀别挺得那么僵硬……没准她们就会习惯于我的存在，甚至会来吃我手上的香蕉，之后在这微妙的事实之下及时开窍，承认我至高无上的权威，没准她们还能学会听从几句简单的命令。但我必须坚持服从我的使命。这也太糟糕了，尽管我确实想得到我的薪水、我的勋章并开始做下一项任务，我仍然想朝着这些生物再走一步，象征性的一步也好啊。我偷偷沿着原路溜回去，留下了一个绝对不可能看漏的记号，还在旁边围了一圈香蕉。我留下的记号她们肯定能看懂：一幅简单的男人裸体画；一个除了代表月亮之外啥用也没有的月牙符号；一个代表爱情的心形（在解剖学意义上绝对准确无误）；一个钟面，画着留下这些信息的时间；我的脚印轮廓，紧挨着她们的脚印轮廓（看起来就像一个问号挨在感叹号旁边）。我在最顶上写下“致格蕾丝”。我在那儿坐了一会儿，然后侦听着呼气的声音，而且我觉得我确实听到了什么……我觉得，我在明朗洁白的雪地上看到了一些模模糊糊的白色身影。很明显，她们是故意让我们看不到的（如果她们真的在那儿的话）。所以如果我们看不到她们，这不是我们的错。

好吧，要是这就是她们想要的，那就让她们自己对着月亮号吧（或者乐意干啥就干啥），让她们烧着自己家的火炉跳着舞吧。让她们就那么活着吧，正如俗话所说，“在男人的阴影下活着”[1]。她们活该。

---

1. 带暗示性的文字游戏。原文字面和珍·古道尔的名著《在人类阴影下》（中译本改名为《黑猩猩在召唤》）相同。

我问心理分析师："我们到底是谁啊？"他说，我们中大概 90% 的人都以各种不同的方式问过这个问题，而剩下大概 10% 的人似乎自己找到了某种答案。他说，不管费不费心去问这个问题，我们在本质上一直会是这样的，一直是我们已经成为的那种人。

（赵佳铭　译）

科学与小说

在爱伦·坡和凡尔纳之后，科幻小说就一直以在其故事中融入科学信息为荣。这个流派的拥护者说，除了推测和叙事的激励外，科幻小说还为年轻读者提供了科学背景。雨果·根斯巴克很珍视科幻小说可以使读者转而投身科学界和工程界的观点，他说，那些发表在《惊奇故事》杂志上的小说是一层包裹在科教药片外的虚构糖衣。他和后来的编辑会特别点出为杂志撰稿的“真正的”科学家们，而且根斯巴克还尝试在编辑和作者的名字后加上学位描述的字母组合。例如，爱德华·爱默·史密斯这位作者名字后通常跟着“博士”这样的描述，尽管他获得的是食品化学博士学位，大部分职业生涯是作为一名甜甜圈配料研究专家。

其他科学家也是如此：数学家埃里克·坦普尔·贝尔（Eric Temple Bell）以约翰·泰恩（John Taine）为笔名写了冒险故事，艾萨克·阿西莫夫拥有化学博士学位，却写了关于机器人和银河帝国的故事。另一方面，天文学家 R. S. 理查森（R. S. Richardson）以菲利普·莱瑟姆（Philip Latham）的笔名写了许多故事，里面包含了丰富的天文学知识。还有天文学家弗雷德·霍伊尔（Fred Hoyle）的推测性小说也许并不比他关于物质连续创造的理论更天马行空。即使有时科学家们没有在他们专长的领域内写作（可能受到了他们已知的不可能性限制），他们对于科学方法和科学程序的认知也常常塑造了他们的小说，因而根斯巴克和坎贝尔至少在某种意义上是正确的。

然而，这个流派所追求的最理想的结合，应该是真正的科学和小说的综合，而这很少实现。哈尔·克莱门特（Hal Clement）设计的精美的外星世界算是一个例子，同样地，波尔·安德森也有一些符合条件的作品。已故的罗伯特·福沃德博士（Robert Forward）曾是令人着迷的科学推测的源泉，他把自己的很多物理学知识写成了小说。

一篇优秀小说的目标不仅仅是反映科学，其本身应该也是科学的，这可以有两种实现途径。一种是像爱德华·布莱恩特这样的天才作家，他们对于科学有足够的了解，可以使之成为他们工作中不可缺少的一部分；另一种是科学家们，他们学着如何才能写得足够好，以期望能处理他们科学中的重要元素。其中主要的困难是必须掌握写作和科学这两个领域。一般来说，作家们对科学的了解不够，而科学家们也罕有懂得写作艺术的。一个更根本的问题可能是并非每个人都有这样的理想，许多作家和评论家都拒绝承认科学与这个问题有任何关系。

格雷戈里·本福德便是这样一位意识到了这种理想性，并利用自己的才能实现了理想的科学家。他出生于亚拉巴马州莫比尔市，是家里的双胞胎兄弟之一，他于1963年在俄克拉何马大学获得物理学学士学位，之后分别于1965年和1967年在圣迭戈加利福尼亚大学获得硕士和博士学位。自那时起他就成为一位工作型科学家，1967年至1969年之间在劳伦斯辐射实验室担任研究员，1969年至

1972 年担任研究型物理学家，1972 年起在加州大学欧文分校任教。

本福德早年是一位活跃的科幻小说粉丝，曾编辑了一本粉丝杂志。他的专业写作始于 1965 年 6 月发表于《奇幻与科幻杂志》上的《冒名顶替》(“Stand In”)，此后他向各种杂志和原创选集投了大量的短篇小说和中篇小说。他和戈登·埃克隆（Gordon Eklund）在 1974 年凭共同创作的《如果星星是神》(“If the Stars Are Gods”）获得了星云奖，他的故事被收录在《外星人的肉体》(*In Alien Flesh*，1986）和《物质的终结》(*Matter's End*，1994）里。

本福德的第一部长篇小说《黑暗深处》(*Deeper than Darkness*）于 1970 年问世，1978 年再版时改名为《暗障星辰》(*The Stars in Shroud*)。其他长篇小说有：《木星计划》(*Jupiter Project*，1974)、《如果星星是神》(中篇小说的扩展，1977，与戈登·埃克隆合著)、《在夜之海洋中》(*In the Ocean of Night*，1977)、《寻找低能儿》(*Find the Changeling*，1980，与戈登·埃克隆合著)、《湿婆下降》[*Shiva Descending*，1980，与威廉·罗茨勒（William Rotsler）合著]，以及《时间景象》(*Timescape*，1980)。其中《时间景象》是本福德将科学、推测和叙述结合起来的最有效的例子。它描述了一种利用超光速粒子（速度比当前科学理论所允许的光粒子更快）实时发送信息的尝试。在不久的将来，科学家们面对灾难性的污染，试图向 1962 年的一位年轻教授研究员发送信号，以避免灾难的发生。逐渐有证据表明 20 世纪 60 年代的世界与真实世界不同，而这仅仅是这部小说包含的悖论之一。这部小说不仅描述了灾难和人们应对灾难的不同方式，而且还探讨了科学家们如何“做”科学以及像真正的人类一样行动。它获得了约翰·W. 坎贝尔纪念奖、星云奖和英国科幻小说协会奖。

《时间景象》将本福德的写作提升到了一个新的高度，在评论、书信以及诸如《穿越太阳海》(*Across the Sea of Suns*，1984) 等小说中，他为硬科幻进行了强有力的辩护。《在夜之海洋中》(*In the Ocean of Night*) 中的奈杰尔·沃姆斯利在《穿越太阳海》中卷土重来，之后该系列又有四部小说，讲述了银河系中心有机、无机文明之间规模宏大的冲突，分别是《天空大河》(*Great Sky River*，1987)、《光潮》(*Tides of Light*，1989)、《愤怒的海湾》(*Furious Gulf*，1994) 和《驶向灿烂的永恒》[1] (*Sailing Bright Eternity*，1995)。在这期间，他还写了《反抗无限》(1983)、《神器》(1985)、《彗星之心》[1986，与大卫·布林 (David Brin) 合著]、《冷却器》(1993)、《基地的恐惧》(1997)、《宇宙》(1998)、《火星种族》(1999) 和《食者》(2000)。本福德还为《惊奇故事》《奇幻与科幻杂志》等以及报纸的科学专栏撰写文章，并制作、讲解了有关科学的电视节目。

《底片》("Exposures") 在 1981 年 7 月 6 日首次发表于《艾萨克·阿西莫夫科幻杂志》上，具有复杂的主题和技巧。这篇小说是一个具有映射价值和深刻含义的故事，故事中出现的不同情节线索在结尾处交织成一句明确的陈述。

故事的叙述者是位年轻的天文学家，他正在研究一些神秘的天文底片，上面有从遥远的星系 NGC 1097 喷射出来的红色和蓝色喷射流。同时他对过去生活的回忆也阐述了他拥有的感情生活：小时候为周日早餐准备餐桌，担任祭坛男孩；文中也描述了他日常生活中的平凡细节：献血，帮助儿子解决阅读难题，参加小学家长会。在这种设定下注入了一个神奇的元素——人马座 A 的计算机图片，人马座 A 是一个离我们星系核心很近的射电源，不应该有那里的图片，并且那些图片是从不可能的角度和距离拍摄的。在故事的结尾，这

1. 1999 年他又为这个"银河系中心"系列写了一个短篇小说《渴望无限》，发表于《遥远地平线》上。

位年轻的科学家解决了NGC 1097难题，同时也揭开了人马座A图片的神秘面纱。第二个问题的答案预示在遥远的未来，将会发生世界范围的灾难，但由于缺乏可靠的数据支持，科学界无法接受这一发现。我们这位不知名却很有个性的天文学家将要面临终生的艰苦努力，以寻找支持他理论的数据，同时并不透露出他灵感的来源。

这个故事不仅通过主人公渊博的知识体系，而且也通过他接受答案的意愿揭示了科学的有效性，无论多么困难，都应该接受并尊重答案，因为这是唯一能解释所有数据的方法；科学有效性还通过文中对于先天的（也是必要的）科学保守主义（“科学的标准是严格的、不留情面的——谁会有不同的标准呢？”）的描述来证明，而不是传统科幻小说里大喊一声“找到了！”这样的过程。这个故事的科学感体现在它和任何“新浪潮”文学作品中的故事一样坦率，语言、句子结构和细节将图像和隐喻结合在一起，形成了异常激动人心的最终场景，所有不同的元素汇聚，就像是一曲交响乐重奏起它的主题，本福德在他其他的作品中也使用过这样的手法。

《底片》讲述的是学习的过程，通过底片，我们有可能从中学习到一些东西，也有可能一无所获，这取决于我们是否能够集中注意力并做出正确的推断。它是关于科学本身的：“科学并不等于最终的结果，而是在面对大量事实时能持续不断地深思。”它还涉及生与死、信仰与进程。它比较了癌症和在星系中心跃动、具有极大破坏力量的黑洞；比较了献血和圣餐会；还比较了阅读过程和对生活的探讨，前者是将短语按适当顺序排列成句子，后者是缓慢积累数据然后提出部分的暂时性的解释……

（笠婳　译）

底片

[美国]格雷戈里·本福德

拼图只能一块一块拼。昨天，我开始把自己在帕罗马山[1]上拍到的新底片摆出来，它们分别有不同程度的曝光。NGC 1097——一个离我们约两千万秒差距远的条纹螺旋星系——缓慢转动的旋涡凝滞在每张底片上。

放置底片的动作令我想起之前家里经常在周日分工合作准备早餐的情景。在那个举行神圣仪式的日子里，母亲还在睡觉，我把刀子、叉子、蛋杯和庄严的米白色瓷器摆放在餐桌上，然后退回到熹微的晨光里，审视我精准的布局。母亲最爱的奢华餐巾如金字塔一般坐落在蕾丝桌布上，从厨房门里流泻出的叮咚声和铿锵声预示着一顿佳肴即将完成。

我按照使用的光谱滤光片大小，将底片按顺序摆放，并分别标注上校准的光度。铺设了瓷砖的走廊里响起了桥厅的陶瓷声，透过门渗进了我的办公室：脚步声、远处的谈话声、小黑板上的粉笔刮擦声和敲门声。我用目镜仔细观察底片，感觉到一个巨大的星系正

1. 加州山名。加州理工大学的帕罗马天文台所在地。

在膨胀成形。

深度曝光显出了我之前关注的模糊喷射流。从 NGC 1097 伸出，一共有四个，两个红色的，两个蓝色的，沃尔森克罗夫特和齐利发现了最亮的三个，洛尔在喷气推进实验室发现了最后红色的那个。喷射流沿直线划过了显眼位置处那些尘埃和星星的斑驳阴影，没人知道是什么给它们染上了红色或蓝色。我试图用深色底片来估量喷射流的宽度。用叠加在透镜上的狭缝逐步收窄光圈，一直到我能测出那楔状光流的宽度。进一步收窄狭缝，就能够测量光谱，以判断蓝色和红色是来自星星还是被激发的气体云。

两束蓝色的喷射流从银河迸发而出，穿过螺旋臂后断开，坠入无尽的黑暗之中。一张拍摄了电离氢云发射光谱区的底片，显示出有 H II 型辐射，像一串小珠，埋在无边的冷却云那卷曲螺旋的通路中。在喷射流穿过的 II 区域位置，有些旋臂被向外推，有些干脆消失在喷射流中。

在每一束蓝色喷射流的对面，红色喷射流闪烁在遥远的银河边，它们也同样喷出串串 H II 小珠。

从旋臂的间隙中，我估计出这个条纹螺旋星系在喷射流蚕食它的过程中旋转了多少：大约十五度。我根据磁盘的速度测量结果，使用已知光谱线的多普勒频移推导出了 NGC 1097 的旋转周期：大约一亿年。这并不出人意料，我们自己的太阳绕银河系中心[1]旋转一周也大概需要相同的时间。体现出这些细节的光子在六千万年前就已经开始恒速航行，当时给它们编号的《新星云、星团总目录》还不存在，它们就是按那些编号葬身于我热情迎候它们的显影液中。我就是这样了解了你——NGC 1097。

1. 银河系中心是银河系自转轴与银道面的交点，而银河系的核球即银核是在人马星座方向。

这些喷射流很有特点。最亮的蓝色那束在一个直角转弯处改变了轨道面，最后变成了纯正的银色斑点。和它相对的喷射流，跟它的反方向奇怪地偏了十一度，沿着一条暖玫瑰色的路径延伸出很远的距离，跨度远远超过了母星系本身。我皱起眉头，舔了舔嘴唇，全神贯注地校准、计算和改进结果。显然，这些生硬又简洁的光学模式都试图向我传递一些信息。但是答案只会在它们该来的时候出现，一次一点。

有天夜里，我帮助儿子做阅读作业，试图告诉他这个发现。利用被他母亲现在意味深长地称作“单词袭击”的技巧，他掌握了大部分阅读技巧。然而，句子宏观全局层面上的问题仍然困惑着他。“拆成短语。”我催促他，揉乱了他浅棕色的头发，有点心烦意乱，因为我喜欢肉豆蔻的味道。（我始终认为我可以在黑暗中，在拥挤的人群里，仅用鼻子就找出我的孩子。我们的遗传密码为空气着上了色彩。）他翻阅着书，弄脏了一个边角。我的课堂秩序感渐渐回归，指示他阅读逗号间的文字，并在逗号处暂停下来，仔细考虑这里所有单词的含义。我一边说着，一边再次闻了闻他小麦般的头发。

我是个传统的天文学家，习惯了帕罗马山外壁的严寒、基德峰[1]庄严肃穆的景象，还有利克天文台潮湿闷热的空气。我昨天花了漫长的早晨研究了 NGC 1097 喷射流，试图用理论学家敏锐的眼光发现什么，走廊那头的罗杰·布兰德福德曾管这叫作“在数据上起舞”。我试图勉强建立些假设，要连我自己可疑的数学能力也能支撑得起来的。一个想法出现在我脑海中的那瞬间，我捕获了它。但是当我

1. 基德峰是美国亚利桑那州的一座山，是昆兰山脉的最高点。

把它抓到眼前，翻来覆去地仔细查看，并试图把各项代入重载方程推算的时候，却发现这只是一个已被否定的老想法改头换面而已。

我若有所思，觉得也许对图像进行计算机增强可以清除我的一些迷思。我把笔记带到了邻近的楼里，听着自己的脚步声在长长的拱廊里回响。加州理工学院的建筑大多采用伪西班牙风格，棕褐色灰泥墙饰以摩尔式窗户和瓷砖。新的那个图书馆紧挨着低矮的办公室和教学室，呈现出一种现代主义的压缩。我走进了阿尔弗雷德·斯隆物理与数学实验室，第 N 次纳闷，数学实验室该是什么样的，在我的想象中，实验室的负责人该是刘易斯·卡罗尔，我这么想着，走进了崭新的计算机终端室。可以调出我底片的索引在屏幕上陆陆续续显示出来。我用中值滤波器抑制了背景的变化，已有的标准程序可以提取出光谱的特定部分，我把它们调出来，将尘埃和空气中的噪声和图像饱和的尖峰平均化，这些尖峰来自我们星系中的前景恒星[1]。然而，一切如常。还是没有灵感。

我抿了口咖啡，从自己办公室带来的饼干盒中取出一块饼干，掰开来大肆咀嚼。我转动着杯子，看到咖啡在底部像一个暗色的圆盘一样摇晃，漩涡上的奶泡卷成了灰色的旋臂。我一饮而尽，翻开了另一张图片。

这张不是 NGC 1097。我检查了一下编号，然后又看了看日志。不，这位置是我特意留出来等待以后归档时用的。这里应该没装东西。它们代表着我预留的电脑空间，因而理应是空白的。

可我认得这张图。这是人马座 A 的视图，它是一个强射电源，隐藏在银河厚重的尘埃带后面。在那条暗带后是我们银河系的一个星臂，星系的中心就在那里。我眯起眼，没错：这张图片是由对

1. 前景星，在同一视场内处在观测者和观测对象之间的恒星。

二十一厘米波长线（中性氢的发射）敏感的观测所形成的。我曾在观测银核的辐状曝光时看到过它，这边是沿着我们视线的红色氢气带。紧挨着它下方的是著名的热膨胀气体臂，长达九千光年。在它上面，是一个较小的绿色气体臂，以每秒一百三十五千米的速度向外移动，多年前我在几个研讨会上看到过这种现象。位于正中心的结是个长度不超过一到两光年的能量源，它以每秒 10^{40} 尔格的致命能量烹制了这一切。不过，我们星系的能量流还是比类星体少一千万倍。不管在那里的致密能量源是什么，它相对来说都很是安静。NGC 1097 位于遥远的南面，完全在银河系之外。卫星照相机的目标会偏离这么远吗？

我好奇地继续向下翻，下一个索引编号给出了人马座区域的另一个扫描图像，这一次看到的是向外移动的氨气云的发射光谱。毫无规律的光斑。我接着往下翻，呈现在我眼前的是一张甲醛发射视图。正在膨胀的巨大氢臂上布满了结，意味着云移动得越来越快，多普勒频移到了蓝色区域。

我不禁蹙额。不，这张人马座 A 的底片不是瞄偏了。这些位置的空间都是为我将来要输入的数据预留的。有个人占用了这些空间，是谁呢？我调出了识别码，但是什么也没有发现。就主日志而言，这些空间仍然是空的。

我准备动手擦掉它。我的手指停驻、盘旋，最终放了下来。这显然是处理过的高质量信息，一定有人需要它，他们不小心把它扔到了我的领地上，然而……

我的停顿有一部分是出于纯粹的欣赏。凝视着这些用颜色编码的光壳，我渐渐回想起这一切通常的样子：复杂得不可思议，术语纷繁复杂，被那些逝去已久的教授们的古怪术语所包围，那一大堆原子物理和热动力学能噎死人，那张复杂的大网最终在人们心中描绘出过去的一幅图像，一个骤变的、激烈的时代，其中的恒星而今已燃成灰烬，那时的太阳之间充满了躁动不安，还有窃窃私语着的氢。从这些数字中，我们推测出了所知的星空图景。从胶片上的一道尖锐“划痕”里，我们可以捕捉到某个元素的特征，并通过多普勒频移推导出其速度，然后测量划痕的宽度以得出速度的随机分量和热运动引起的随机抖动，最终推导出温度。所有这些信息都可以从一道划痕上得到。所以，我不可以擦掉它。

我9岁时，母亲认为我们都该出席仪式了，于是我参加了圣公会那冗长得难以忍受的祭礼，并且被迫到祭台上做助祭。我穿着朴素的长袍，第一个出现在仪式上，用一个笨拙的长装置和它滑动的烛心点燃了蜡烛。风琴音乐很柔和，不会干扰会众观看我笨拙地处理烛芯，我试图在给它加太多（以至于过量，会变成一团橘色的火球）和更糟糕地让它哀叹一声吐出最后一团黑烟之间寻求平衡。在整个仪式中，我时而跪着，时而站着，一边低声念着那些陈词滥调，一边想着我下午要打的垒球，还感觉到在我的长袍下聚集起来的灼人的热气。天气不好时，汗水会渐渐积聚，一滴汗珠贴在我的鼻子上。我会让它挂在那里，为我作无声的证词，牧师似乎从未注意到这一点。我时常陷入些绝对不符合神学的白日梦中，被逼人的湿热弄得昏昏沉沉，漏过了标志圣餐仪式开始的连祷词。一声低语划过凝滞的空气，于是我苏醒过来，看到牧师板着脸转过来，手里举着他用于宽恕的道具，等我把酒和薄饼拿给他祝圣。我会迅速站起来，用只有那些刚刚学会这句话的人才能汇聚起来的热情低声起誓，毫不胆怯地一边咕哝着这些话，一边抓起圣餐杯闻了闻甜腻的黑葡萄酒，又抓起几片薄饼，还发誓一旦抛光的胡桃木圣餐台栏杆前不再有那些仰望上方、奇怪地毫无表情的面孔，一旦这傻乎乎的风琴声停下，一旦我脱掉了这满是樟脑球臭味的长袍，我就要把这事抛到脑后，我要把它们从记忆里擦除。

我问雷德曼到底是谁把东西记录到我的库存空间里的。他检查了一遍，答案是：没有人。没有任何入侵那部分记忆系统的记录。“继续往下看”，我说道，回到了终端机上工作。

它们依然在那里，更过分的是，一些以前是空白的索引现在也被连上了内容。

NGC 1097 仍困扰着我，但我把这个问题推后了，转而去研究这些新的图片。它们被处理过，按多普勒频移编码，还过滤了噪声。为了确认这一发现，我又换回了之前的底片。结果很清晰了：它们是与众不同的。

目前的理论认为，膨胀气体臂处于振荡的外相。该理论认为，几亿年前，银河系中心发生的一次大爆炸启动了膨胀：一圈翻腾、旋转的环状气体向外膨胀，最终它的能量与银河质心对它的引力相等。随后，它的速度减慢，最终又朝中心回落，在回落过程中它旋转得越来越快，在旋转中储存能量，直到离心力阻止它冲向中心。因此，热云可以在引力势阱中振荡并缓慢冷却。

这些电脑改造过的底片陈述着另一种事实。多普勒频移过程中形成了一个圆锥体。在底片中心，数据的最大值远远高于之前观测到的任何值，超过了每秒一千公里，这比银河系本身的逃逸速度还要快。这些数值沿着锥体两侧逐渐平稳下降，到达先前底片上的频移值。

我打电话叫来了编程主任。他看了显示屏上的图像和数据，完全无法理解其含义，只知道它是如何到达那里的。他的结论很明确：这是人为差错。但是进一步的检查没有发现这类错误。“一定是从轨道传输过来的。”他若有所思地说。他输入命令追踪入侵者的时候看起来像是半睡着了。这些数据来自轨道上的新型可见光学–红外联合望远镜，JPL 程序强制执行了例行的增强和分析“神迹”。但轨道工作人员确信没有传输过这样的数据。事实上，望远镜因为检查和校准工作已经下线两天了。编程主任耸耸肩，许诺会去看看，手指拨弄着夹在他衬衫口袋上的无数支钢笔。

我盯着多普勒锥体，点开了下一条索引。锥体在生长，频移仍在变大。我注意到了别的事情，一股寒意渗进了我的身体，让终端室里的聊天声和机械打印断续输出的声音都消失不见了。

底片的视角变了。所有早期底片都以一定的倾斜角拍到了某块气体云。最新的底片略微往边上转了一点，照亮了 H II 聚集成团的一小块区域，也模糊了一部分热膨胀臂。出现了一些新的细节。如果是 JPL 程序完成了这样的旋转和频移，那么新的空间由于无法填充，会保持空白。现在它们不是空的，充满了明确的频移数值和详细的光谱指数。只有在原始数据包含这片区域的数字的情况下，JPL 程序才能生成它们。我盯着屏幕琢磨了很久很久。

那天晚上，我在黄昏时分一路驱车回家，穿过帕萨迪纳宽阔的林荫道。我想起来上个月在加州理工学院诊疗所的杀菌灯下献血的经历。他们把血装在一个奇怪的塑料袋里带走，在我肘部弯曲处留下一条小绷带。我的皮肤是半透明的，显露出蓝色静脉的分支脉络，那里刚刚被拍打过，像皮肤一样苍白。我以前从未看过自己身体上的这个部位，现在才发现它是如此细嫩、脆弱，有出人意料的开口。我记得我和妻子约会时，她喜欢我抚摸她肘部，然而我已经有很久没有碰她那里了。现在我自己的肘部被刺伤了，只为把生命装满另一个袋子，送到需要它的人那里。

那天晚上我又开着车，带着儿子去参加家长会。学校里面灯火通明，似乎在用它明亮的光线指挥着附近的居民，拉着他们从家里走出来。妻子带着女儿去了另一所学校，所以我失去了她那种能认出熟人的能力的荫庇。当有人跟我打招呼时，我一直不能分辨出他们的名字，也不能及时回应他们。我们街区的家长教师协会晚会上会聚了太多像我这样的技术型参与者，今晚我与他们相遇，说话如水银泻地般的妻子却不在身边。他们开着对于他们的大家庭而言过于紧凑的轿车，穿着随意舒适的鞋子、工作服和休闲裤，与这个正规场合相去甚远，携带着记录孩子功课的油腻文件夹，在会议中，他们举着这些文件夹与老师交谈。妻子们晒得很黑，特意穿上了清爽的印花连衣裙，轮番谈论着家长会政策、债券发行和班级规模等话题，语带嘲讽。儿子拉着我在教室里的每块展板前驻足观看，他在其中的一块展板上写了一些关于野生动物的段落。最佳展品是木卫一的模型，木星那个长得像比萨的卫星的模型，是儿子用一个网球和厚厚的硫黄色颜料做出来的。模型挂在漆黑的盒子里，看起来非常逼真。儿子在班上凭这个卫星模型作品获得了一等奖，老师先强调了这一点，然后说出了坏消息：他阅读做得很不好。显然，他把正确划分的短语——A，然后 B，接着是 C——安排成了不合逻辑的组合，C 排在了 A 前面，完全无视逗号和分号对他的提醒。“这是个小问题，”他的老师向我保证说，“但是确实需要关注。也许可以在家里，在您的监督下多读点书？”我点点头，其他科学家、计算机程序员和工程师的孩子们确实都没有这个困难，甚至可以在这个世纪结束之前，就知道下个世纪的指导性短语是什么了。我的儿子毫不胆怯、实事求是地接受了这个消息，然后跑开去帮忙制作蛋糕和冰袋。我看着他和那些长颈鹿一样笨拙可爱的姑娘混在一起，突然想起来自己曾听到传闻，说他老师的母亲死于癌症，也许这就是她眉间始终深刻皱着的原因。儿子拿着蛋糕过来了，我膝盖斜向上坐在小椅子上，与他一起分享。一切都很平静，突然我脑海中浮现出一个挥之不去的想法。我把盘子翻转过来，摸了摸它的形状，初步证实了自己的想法。我内心既兴奋又害怕，但十分确信这想法行得通——事实证明这是对的。擦去最后一点面包屑和糖衣，我低下头看到了儿子画的蜡笔图案，那是一个身形巨大的父亲和儿子在奔跑着投球，这个场景被小心翼翼地填进了一次性塑料碟的小圆盘里。

第二天早上，我完成了狭缝摄像底片的数据简化处理。通过仔细地叠合银河系和背景，我终于获得了连续的相片，它们大致显示出平行于最亮的蓝色喷气流的部分空间。对产生的微弱信号进行光度测定，可以得出射流强度的横截面。然后精确校准，获得中心喷射区的厚度。

数据有些零散，标准差比我想象的要大，然而我还是确信我已经得出了正确的结论。喷射流有一个明亮的核心和一圈模糊的光晕。核心的宽度不到一百光年，是一条由高度电离氢组成的细丝，像一把镰刀划过银河系外薄纱般的尘埃。它直尺般坚毅锋利的路径和纤细明亮的轮廓都指向了一幅诱人的画面——每根线都是被某个高能物体“刻”出来的。它吞没了路径上的一些物质；在吞噬的过程中，那些物质被加热到发出炽热的光辉，将紫外线和 X 射线喷到周边广大的区域内。接下来这些辐射电离了银河系中的气体，在物体背后留下一道光痕，就像野餐者在沿途抛下发光垃圾。

这些快速移动的喷射源最明显的可能就是黑洞。我沿着 NGC 1097 喷射流的细长轮廓反向追溯到银河系中时，它们几乎都与星系棒旋的几何中心精确相交。

昨晚，拖着昏昏欲睡的小男孩从家长会回来，我脱掉衣服后与妻子交谈。我讲述了儿子的教室、艺术成就和老师。妻子随口说出个让我心烦意乱的消息。显然我之前听到的传言有误，也许是她在早餐那阵向我讲述这个故事时，我在考虑一些别的问题。得了癌症的并不是老师的母亲，而是老师本人。我立刻感到深深的内疚，我几乎记不起那个女人的脸了，尽管才仅仅过了一个小时。我问那为什么她还在工作呢？妻子用她直截了当的新英格兰思维解释说，这总比盯着墙发呆要好。化疗只占用她一小部分时间。而且不管怎样，她可能需要这笔钱。窗外的夜晚似乎比屋内柔软的我们要坚固、冷峻、刚硬得多。我在玻璃窗里看到妻子脱下了印花连衣裙，向后仰身，胸部逐渐变薄成两弯新月，她的一节节脊柱勾勒出一条静谧的曲线，贴向床铺。我走到抽屉柜前，低头看了看光滑又整齐的长方形胡桃木柜面，上面扔着我尽职尽责照顾儿子一小时的成果：一篇关于狨猴的潦草文章、儿子的绘画集、阅读清单以及最上面老师那平淡无奇的评语。这感觉真奇怪：多年前一次出于爱，或至少是欲望的行为，创造出了这堆东西，这些小小生命向前跃进的印迹。我的双手仍保留着抱孩子的手感，可以寻找最适合的角度，我也能清晰地感觉到当儿子尝试直立行走时试探性的抓握。接着我的目光移到了他的文章上，我看到他疲于应付从句的概念，将想法互相堆叠以形成一个观点，而且按固定的框架写成句子。在最上面老师那流畅的笔迹中，我看出了一种空洞的圆熟，对她生活中一切束缚的否认。像学龄少女一样的笔迹在说，她必须继续走下去，这样才能在一屋子忙碌的孩子中强制自己忘掉刻骨的病痛。无论如何，她只能继续做下去。

有什么能量能够将黑洞推上深引力势阱坡，推出银河系中心呢？只有另一个黑洞。其中的动力学问题多年前——在另一篇论文中——由威廉·萨斯劳解决了，此类事可谓屡见不鲜。假设有一大群黑洞群围绕着彼此运行，所有黑洞都陷在引力洼地之中。它们偶尔会互相靠近，将附近的时空挤压变形，然后就像撞到一起的台球一样，将彼此弹开。如果有几个黑洞同时经历这样危险的接近碰撞，就会有一个黑洞从引力势阱中完全弹出。更复杂的碰撞可以将成对的黑洞朝相反的方向抛射，并保持角动量不变：这就是喷射流与反喷射流。但是为什么 NGC 1097 显示出两道蓝色喷射流和两道红色的呢？大概蓝色那些是被更大、能量更多的黑洞留下的冷光废物照亮；而根据动力学的一些细节，反喷射流肯定总是偏红的，而且又小又弱。

我去了装有空调的新图书馆，读了萨斯劳的论文。把一窝蜂似的黑洞群放在一个引力势阱——部分是由它们自身形成的——然后发生的事会有很多可能。部分黑洞可能形成一个紧密结构，轨道挨得很近，围绕它们自身，可以作为一个整体弹出。一旦这些亲密家族被孤立在星系的拖拽之外，它们就很可能像中心的黑洞群一样变得不稳定。它们会彼此碰撞弹开，驱逐走不受待见的成员。我眉头一皱，意识到这或许可以解释蓝色长喷射流惊人的直角转弯。一个黑洞向侧面推进，另外几个能量较低的小黑洞向反方向推进。

随着银河系失去它这些乖戾的孩子，喷射的可能性渐渐降低。一切都渐渐平息，但这需要花多长时间呢？NGC 1097 不比我们的星系年轻，在宇宙尺度上，六千万年的差距是微不足道的。

午后黄昏，距离我第一次摆开 NGC 1097 的底片刚过了二十四个小时，我收到了运行报告。报告上对于人马座 A 的数据没有任何解释，它是从在轨空间站收集到的，并且已经进行了适当的处理，但实际上我们并没有发出让视野旋转到那条轴线上的指令。运行报告也表示这很奇怪，这可能指出了一个有趣的指引，但是再没有更多的信息了。

又多了两块刚处理完成的底片。我在给雷德曼的运行报告中并没有提到，这些底片的分辨率高得惊人，那些膨胀溢出的云团，细节丰富到了史无前例的地步。我也没有指出视角倾斜得更多了，这样能以更好的视野观察向外突出的火舌。电脑用它们的多项式“叩诊法”，给出了一排排向下流动的数据流，里面包含的数字表明，有些物质从我们星系的枢轴中心被驱逐出去了。

加州理工学院的校园不大。我在棕榈树和有香气的桉树下慢吞吞地走着，打算去图书馆喝杯咖啡，回来的时候绕校园走一圈。门厅上铺了瓷砖，在它漆过的构面上，有一把时间之锤，那是一串多普勒数组，发生了蓝移，因为那东西正朝我们冲过来。天空中的一个凸起。无声的数字，其意无穷。

有许多细节需要考虑，也有很多计算需要进行，有诸多假设需要展开，就像一连串单薄的旗子。我不知道穿透性电离辐射流对地球的影响。也许它会影响高层大气，并改变一直飘浮在我们头顶上但我们却不曾留心的臭氧层。一长串被扰动的高能等离子体会呈扇面散开，漫过我们这整个可爱的银河系旋臂——把星尘飘带和恒星之河看作我们生长地方的邻居，这似乎挺奇怪的——搅拌，移动，加热。毕竟 NGC 1097 的喷射流就像擦过黑板的板擦一样，将 H II 串珠状区域擦得干干净净，终结了所有生命所能知道的问题。

NGC 1097 的数据清晰可靠，也许可以在《天体物理杂志快报》上发表一篇很好的论文。但是其他那些——没有清晰专业的道路可走。这些底片来自距银河系中心相当近的地方，那里的信息以光速向外传播，远快于那些气团膨胀的速度，而且距指向地球的径向矢量有小角度偏离。

今天下午我检查了在帕罗马山拍到的最新的人马座 A 的底片，没有发现任何异常现象。无多普勒膨胀，无流散质量，与卫星底片完全矛盾。

这就是问题的关键了：我们最大的地面望远镜——可靠的老“帕罗马”什么也没显示。这意味着有人在高轨道将数据输入到我们的卫星望远镜中——那些底片必须得在离银河系中心很近的位置拍好，然后带到这里，最后巧妙地掺进我们的日常天文观测中。这些底片说明在我们目不能及的尘埃带之外，有某些东西在剧烈扰动，但炽热的气体喷流还需要再花很长时间才能穿过那片黑色的屏障。

这些简单明了的事实出现在屏幕上，无声却又不容否认，和 NGC 1097 的数据相连。和我可能忽视的关系相连。有些天文学家在食变双星或球状星团的底片上苦苦劳作，他们很可能会不耐烦地抹去令人不快的彩色溅痕，不愿意花费精力去解码多普勒数据，未曾注意到右下角星系尘埃臂上持续存在的红斑，因此自然也不知道那里理应是什么样子。只有我将它与 NGC 1097 联系起来了，并且猜测出一个猛冲而来的黑洞会对一颗脆弱的行星产生什么影响：烧掉臭氧层，用高能粒子轰击地面，甚至用气体和尘埃遮住太阳。

但是用这种方式传递信息太奇怪了，是的，太“外星人”了。也许这就是他们必须选择的方式：安静、微妙且间接。使用的是只有隐约暗示的类比，可比起直接宣告来说还更让人困扰。当然，这可能只是长消息中的一个短语。他们从银河系中心出发，根本不知道我们在哪里，直到暴露了我们位置所在的无线电噪声气泡和他们擦身而过。因此他们会使用手头现有的数据，换个视角作图。数据本身很原始也很平静，它本身并不一定会引来人们的关注，必须被放在 NGC 1097 旁边的环境中。他们是怎么做到的？他们之前尝试过吗？这种方法遵循什么奇怪的逻辑？怎样……

把问题分成小片，一点一点来分析。有些数据我可以使用，有些数据不行。可以考虑进行进一步检查，重新观察人马座尘埃臂，或许可以观察到它开始膨胀变红，验证我们的猜想。我必须努力找出一座桥梁，能将我知道是对的但无法证明的猜想解释得令人信服。科学的标准是严谨而不宽容的，是啊，谁又会有不同的标准呢？我不能冲得太猛，每前进两步必须往后退一步，进行比较、提议和对照，并始终坚持忠于数据。不管我认为自己现在对这个问题了解多少，都要把数据放在第一位，由它们为我指明方向。

在希尔街不远处有一个小圣公会教堂，每周五傍晚举行圣餐。我在开车回家的路上一路沉思，穿过周围招揽消费者的霓虹灯海洋，然后看到教堂圣餐会的标志，停下了车。我那些 NGC 1097 的底片装在随身携带的手提箱里面，它们不同部分的图像在我胳膊下面，就像是些奇形怪状的细胞切片。我走进去，厚重的橡木门在我背后肃穆地砰然关上。中殿里有两位老人正在传递收集献金的编织筐。我选了个靠后的位置坐下来，漫不经心地打量着坐在前面长椅上的人群，他们的排布就像一片无思想的星星。一个男人走近，一片黄铜色的光被传到了我面前。我投了点东西进去，底部的碎片被我扰动了，叮当作响。熟悉的枯燥祷词在耳边嗡嗡作响，我百无聊赖地盯着前方的后脑勺，同以前一样感到毫无意义。我不相信那些，但毕竟在举行圣餐礼。这时有东西吸引了我的注意力，一个脑袋转了一下。通过某种类似三角测量的方法，我推测出那位的一些特征，发现比我更靠近祭坛上红色光线的她是我儿子的老师。她听得全神贯注。我也在听，边听边看着她，但想着的只有在熙熙攘攘的旋涡星系中心发生的吞噬。那光似乎变暗了，风琴声也消失了。“拿去，吃吧，这是基督的血和肉……”[1]圣餐就这样开始了。我等待着轮到我。虽然我不相信教义，但圣餐礼毕竟在举行。人们排着队依次前行，那个女人站起来了，确实是她，是那种手写体会带圆环和螺旋，在写字母“i”的时候会把顶上画成个小圈的女人。风琴微弱的音色渗入了凝滞的空气，我还在思考着NGC 1097，思考着该如何撰写这篇论文，很多思想的碎片在我脑海中飞掠而过，思辨的金字塔正在成形……我差点就因此错过了前排末端老人的手势。离圣坛栏杆还有一半路程时，我突然意识到自己还拿着NGC 1097底片的手提箱，箱子歪过来碰到了我的肘部，压到了之前诊所抽血时留下的针孔，轻微的痛感蔓延开来，那个针孔证明我曾在那里输出血液，献出了一部分生命。我蹲下来，把箱子放到一边。有个人正在走近，他的长袍是钴蓝色和红色的，这点倒是跟我当教士助手那会儿不同。当然，在这样一个小规模的典礼中是没有助手的。首先供应的是一盘华夫饼，为我带来活力；圣血是第二道。拿去，吃吧。生命呼唤着生命。我能感受到前方的担子，我将用漫长的岁月来推进一个假说。然后我咽下圣餐，心里清楚我永远不会相信这套，但我还是会想要参加。此时我想起了我的儿子，想起很多碎片化的场景，想起拼图尚未拼完，我永远不可能真正看到它完成。我想起了作为一个天文学家，我将永远活在局部的、临时的知识之下。我想起，科学并不等于最终的结果，而是在面对巨量事实时能持续不断地深思。“拆成短语”——让我们生命的句子累积成形吧。

（筌嫗　译）

1. 圣餐礼的例行用语，出自《新约全书·哥林多前书》。

现实与超现实

科幻小说是一种特殊类型的幻想文学，它通过让幻想看起来真实来完成自身使命。那么，真实感对科幻小说而言也许和幻想一样重要。如果对一个故事中事件的合理解释数量减少或者可信度降低，这个故事的科幻感便会减弱。这便产生了一个显著的矛盾：尽管科幻小说是幻想文学的一个子类别，但是故事的幻想性越强，它读起来就越不像科幻小说。

在类型小说的公式化贫民窟之外的文学世界里，第一次世界大战带来的前所未有的恐怖引发了一系列反应，其中之一就是“达达主义”。在艺术和写作中，它拒绝了宇宙中存在秩序的观念，将意识疯狂采纳为一种方法。大约在 1924 年，它发展成“超现实主义”。按照一位评论家的说法，它表现为“无序排列的偶然事件，很像梦里经历的事件或者回忆的随机序列”。“荒诞派戏剧”采用超现实主义方法，将人类描绘成一种在不可理解的宇宙中困惑不解的生物。“反现实主义”放弃了现实主义对情节、背景、动机、人物塑造、因果关系，有时还有逻辑的依赖。早期反现实主义作家有乔伊斯和卡夫卡。当代反现实主义作家——尽管表现手法不同，主要包括萨缪尔·贝克特[1]（Samuel Beckett）、豪尔赫·路易斯·博尔赫斯、约翰·霍克斯（John Hawkes）和约瑟夫·海勒（Joseph Heller）。

也许反现实主义终将不可避免地在科幻小说中站稳脚跟，而超现实主义将开始重塑科幻之梦。被新浪潮的实验解放之后，反现实主义和超现实主义将成为处理宇宙之奇与人心之秘的新方法。

乔治·亚力克·艾芬格被称为超现实主义者。他在美国俄亥俄州克利夫兰出生和长大。他曾两次就读于耶鲁大学，一次就读于纽约大学，后来都因为毕生的写作抱负而放弃了学业。他参加了 1970 年号角科幻作家写作营，并有三篇作品被收录在该写作营的第一部选集中。然而，他发表的第一篇文章是刊登在《奇妙故事》杂志 1971 年 4 月刊上的《八点半到九点》（“The Eight-Thirty to Nine Slot”）。他 1972 年的短篇小说《一了百了的最后之战》（“All the Last Wars at Once”）以及 1973 年的中篇小说《沙滩上的城市》（“The City on the Sand”），都进入了雨果奖的终选名单。

艾芬格的第一部长篇小说《熵对我意味着什么》（*What Entropy Means to Me*，1972 年）广受赞誉，而且进入了星云奖终选名单。艾芬格本人在 1973 年约翰·W. 坎贝尔纪念奖最佳新人作家奖中仅次于杰瑞·普尔内尔。他接着写了《亲戚》（1973）、《梦魇蓝》（1975，与加德纳·多佐瓦合著）、《那些温柔的声音：太空之路的不羁浪漫》（1976）、《死于佛罗伦萨》（1978，1980 年再版改名为《乌托邦三》）、《豪言壮语》（1979）、《记忆之狼》（1981）、《关键时刻》（1985）、《时间的鸟》（1986）、《引力失效时》（1987）、《太阳之火》（1991）和《流亡之吻》（1991）。他在 1971 年和 1972 年为漫威漫画写作，并

1. 爱尔兰剧作家、小说家。早期创作受乔伊斯和普鲁斯特的意识流主观叙事方法的影响。代表作有两幕剧《等待戈多》，另有长篇小说《莫菲》《马洛伊》等。获 1969 年诺贝尔文学奖。

将《人猿星球》(*Planet of the Apes*)连续剧中的四集——《逃亡之人》(*Man the Fugitive*, 1974)、《逃到明天》(*Escape to Tomorrow*, 1975)、《恐怖之旅》(*Journey into Terror*, 1975)和《猿王》(*Lord of the Apes*, 1976)改写成了小说。他的短篇小说被收录在《复杂的感情》(*Mixed Feelings*, 1974)、《无理数》(*Irrational Numbers*, 1976)、《肮脏的把戏》(*Dirty Tricks*, 1978)、《闲散的快乐》(*Idle Pleasures*, 1983)和《有趣的旧物》(*The Old Funny Stuff*, 1989)中。他的小说《薛定谔的小猫》("Schrodinger's Kitten")获得了 1989 年雨果奖、星云奖和西奥多·斯特金纪念奖(Theodore Sturgeon Memorial Awards)。

《20 世纪美国科幻作家》(*Twentieth-Century American Science Fiction Writers*)上的一篇文章评论道:"他讽刺的机智,他对宇宙之荒谬的察觉,他对坚实细节的关注,以及他对不同风格的模仿,使他被拿来与豪尔赫·路易斯·博尔赫斯、约翰·巴斯、唐纳德·巴塞尔姆[1]和托马斯·品钦等作家相比较。"

艾芬格不喜欢信手拈来的标签,拒绝使用"超现实主义者"这个术语。"超现实主义是一个起点,而不是一种风格,"他写道,"十多年来,我一直在用科幻小说的传统材料,惯常的人物、背景和故事情节,以一种超现实主义的方式写小说。但除此之外,我还尝试探索超出超现实故事范围的人物性格、动机和对危机的反应。"

艾芬格还在他的作品中展现了对当代生活的不同态度和对人工制品的迷恋。正如罗伯特·西尔弗伯格在介绍《无理数》(*Irrational Numbers*)的文章中所说:"艾芬格的素材包括当代流行文化中所有标准的廉价元素;他从中得出的却超越了流行……艾芬格有时会和

1. 美国后现代主义小说家,代表作是《巴塞尔姆的白雪公主》。

他的球童、疯狂的科学家和邪恶的电脑一起，做一些像洛杉矶的西蒙·罗迪亚和他的华兹塔[1]那样的事情。”

《薛定谔的小猫》于 1988 年发表在《万象》上。与艾芬格的“超现实主义”小说不同，它的出发点是“写一个好的、坚实的故事，直接来源于真正的科学思想”。从这个角度来说，它更像艾芬格的“布达因”小说三部曲——《引力失效时》(*When Gravity Fails*)、《太阳之火》(*A Fire in the Sun*) 和《流亡之吻》(*The Exile Kiss*)，这些小说探讨了技术，尤其是生物技术对未来生存和个人认知的影响，并预测了一个由跨国公司控制的未来（很像那些从威廉·吉布森的《神经漫游者》中汲取灵感的赛博朋克作家，但艾芬格的独特之处在于他的人文关怀和他对中东主导概念的关注）。《薛定谔的小猫》以布达因街区为场景，但是这个故事不同于其他布达因小说，它将量子物理与“保守的、低技术的环境”进行对比。就像《粒子理论》和《底片》一样，它将科学背景与人类故事结合起来，令读者得以洞察人类在受到变化影响时的境遇。

（秦鹏　译）

1. 洛杉矶的地标之一，是一位叫作西蒙·罗迪亚的意大利移民，花了三十余年时间用玻璃、贝壳、瓷砖等废弃材料搭建出的高达约一百英尺的奇迹般的建筑物。

薛定谔的小猫[1]

[美国] 乔治·亚力克·艾芬格

月初的清朗新月高悬在巷子西面的天空中。贾汗还不到 12 岁，这么小的年纪不用戴面纱，不过她还是戴了。她以前从来没有这么晚单独出去过。她听到欢庆活动的声音从远处传来。这是一个为期三天的节日，标志着斋月的结束。两个人醉醺醺地唱着歌走过小巷，还有两个人愤怒地高声争论着一些蜂蜜蛋糕的价格。笑声和喧嚷声传到贾汗耳朵里，仿佛来自另一个世界。过去的她一直都很喜欢开斋节，不过这一次她没有参加庆祝活动，而且她因为其他人仍然在参加而感觉有些奇怪。很快她就不再关注这些问题了。今年，她必须参加一个比任何节日都重要的会面。她叹了口气，耸耸肩：明年这个节日还会再来。今晚，只有银月相伴，她在蓝黑色的长袍里颤抖着。

贾汗·法蒂玛·阿舒菲往小巷深处又走了几英尺，离亮处更远了。在这条街上，那些本来不会出现在这个区域的人都在恣意玩乐。贾汗又哆嗦了一下，等待着。她渴望的那一刻会在黎明到来。即使

---

1. 薛定谔是奥地利物理学家。量子力学奠基人之一。本文标题化用了他著名的思想实验。

是现在，天空也已经足够黑暗，可以让月亮和第一批不安分的星星显现出来。在伊斯兰世界里，当一个人分辨不出白线和黑线的时候，黑夜才算是到来，现在还不能算是黑夜。贾汗用左手把长袍紧紧地裹在自己的身上。在她的右手里，被她的长袖遮挡着的，是她从父亲的房间里拿出来的那把寒光闪闪的利刃弯刀。

她饥肠辘辘，希望自己有钱买东西吃，但是她没有。在布达因，许多与她同龄的女孩都已经有办法自己挣钱了，然而贾汗不是其中之一。她向四周看了一眼，只见到遍地污物、潮湿泥泞的铺路石。小巷的臭气令她恶心。她感到无聊、孤独和害怕。这时，就好像整个肮脏的世界突然变成了另一种东西，某种完全陌生的东西，她看到了更多。

贾汗·阿舒菲今年 26 岁。她穿着一件样式保守的深灰色羊毛套装，剪裁要比流行的款式更长、更质朴，不过倒是挺适合年轻而聪慧的物理学家身份。她不喜欢珠宝首饰，习惯把黑色长发编成一条辫子，垂在背上。在与她杰出的老师和顾问在一起的时候，每天早上她都要花点工夫让自己看起来尽可能朴素一点。这是海森堡[1]的主意：在这个年月，谁会相信一位美女也可以是一名才华横溢的科学家？贾汗很快就知道，她不引人注目的愿望是徒劳的。黑皮肤和口音给她打上了外国人的标记。她显然不是欧洲人。也许她有部分地中海血统。大多数见过她的人都认为她很可能是犹太人。这里是德国哥廷根，时间是 1925 年。

在两年前写就的一篇论文中，杰出的马克斯·玻恩[2]第一次使用了“量子力学”这个表达。他正在主持大学物理学家们的一场会议。

1. 德国物理学家。量子力学创始人之一。曾与玻恩等合作建立矩阵力学。1927 年提出不确定关系。
2. 德国理论物理学家。量子力学奠基人之一。

他们讨论的是马克斯·普朗克[1]针对他自己的辐射理论提出的最新想法。普朗克已经在新兴的量子物理学领域发展出了一些基本的思想，却仍然用经典牛顿力学来描述光和物质的相互作用。这种方法显然是不足的，但迄今为止还没有出现更好的系统。在哥廷根的会议上，帕斯夸尔·约尔旦提出了一个折中的解决方案，然而还没等系主任玻恩做出答复，沃纳·海森堡猛烈地打起了喷嚏。

“你还好吧，沃纳？”玻恩问。

海森堡只是挥了挥手。约尔旦正要继续，海森堡又打起了喷嚏。他眼睛发红，眼泪顺着脸颊流下来。他显然很窘迫，转向他的研究生助理。“贾汗，”他说，“请立即安排一下，我得走了。这是我那该死的花粉热。我想马上离开。”

另一位与会者提出反对。“但是座谈会——”

海森堡已经站起身来。“你让普朗克直接去地狱好了，把德布罗意和他的物质波也带上。还有玻尔和他该死的跳跃电子。我再也受不了了。”海森堡晃晃荡荡地走了几步，离开了房间。贾汗留在后面，在她的日记里做了一些记录。然后她跟着海森堡朝他们的公寓走去。

布达因没有宣礼塔，但在城墙四周有许多清真寺。洪亮的声音从高大的古塔发出来，召唤信徒们去晨祷。“来祈祷吧，来祈祷吧！祈祷总比睡觉好！”

贾汗倚在一堵肮脏的墙壁上，听到了宣礼员的呼喊，但是她并没有在意。她盯着脚边的尸体，一个比她大几岁的男孩。她在布达因城里见过他，但并不知道他的名字。那把夺去了他性命的沥血弯刀仍然在她的手里。

1. 德国物理学家。提出“量子假说”，对量子论的发展有重大影响。

过了一会儿，三个人推开堵在巷口的人群挤了进来，低下头严肃地看着贾汗。他们当中有一个是警察，一个是负责诠释如何在现代生活中应用古代伊斯兰戒律的卡迪，第三个是从距离布达因东门不远的一座小清真寺匆匆赶过来的伊玛目。在城墙内，扒手、妓女、小偷和杀手都可以对彼此随意做他们喜欢的事。一例发生在布达因的死亡并没有引起城市其他区域的注意。

那名警官高大魁梧，长着浓密的黑胡子，眼神困倦。他的好奇仅仅是因为，他已经在布达因待了十五年，还没有经手过凶手是一名这么年轻的女孩的杀人案子。

那位卡迪还挺年轻，胡子刮得很干净，明显对伊玛目言听计从。在场的人都还不清楚这一事件应该由民事当局还是宗教当局负责。

伊玛目个子挺高，甚至比警察还高，但是肩膀又瘦又窄。然而，让他那么纤瘦的并不是苦行生活。他以两件事闻名：对日常事务冲突的常识，以及对自己享受世俗之乐的高度纵容。他也感到困惑和好奇。他留着灰白色的短须，目光柔和的棕色眼睛几乎全都隐藏在了慢慢侵蚀着他的脸的网状皱纹中。伊玛目也曾经和那位警官一样，留着浓密的黑胡子，但是他早已经过了凶悍的年纪。现在的他一副正派而和蔼的样子。事实上，这两种品行都与他没有什么关系，不过他发现培养这样的声誉是很有意义的。

“噢，我的孩子。”他用嘶哑的声音说。他非常沮丧。比起来查看附近街道上赫然横尸这种俗事，他更喜欢解读光荣的《古兰经》上那些晦涩难懂的篇章。

贾汗抬头看了看他，但什么也没说。她又低下头看她杀死的那个不知名的男孩。

“我的孩子啊，”伊玛目说，“告诉我，是你杀了这个孩子吗？”

贾汗平静地回看着老人。她浑身上下都被裹在头巾、面纱和长袍当中，能被他人看到的只有乌黑的眼睛和握着刀的细长手指。“是的，智者，”她说，“我杀了他。”

警察瞥了一眼卡迪。

“你向真主祈祷了吗？”伊玛目问道。如果这里不是布达因的话，他就不需要问了。

“是的。”贾汗说。这是实话。在她的一生中，她曾多次祈祷，她可能会在某个时候再次祈祷。

“你是否知道，真主创造的神圣的人类生命是不容剥夺的？”

“是的，智者。”

“那么你是否知道，对那些违反了这条法律的人，真主已经规定了惩罚措施？”

“我知道。”

“那么，我的孩子，告诉我们你为什么杀死这个可怜的孩子。”

贾汗把那把血淋淋的刀子扔到石头小路上。它发出刺耳的声音，然后搭在了尸体的一条腿上。“我杀了他，是因为他将来会伤害我。”她说。

“他威胁你了？”卡迪问。

“没有，尊者。”

“那么——”

“那么你怎么确定他会伤害你呢？”伊玛目说完了这句话。

贾汗耸了耸肩。“我已经看到过很多次了。他会把我扔在地上，玷污我。我看到过那些景象。”

在贾汗和这三名男子身后，仍然聚在巷口的人群发出了低语声。伊玛目的肩膀耷拉下来。警察耐心地等待着。卡迪看起来很沮丧。“那么他今天早上并没有伤害你？”伊玛目说。

“没有。”

“的确，就像你说的，他从来没有给你带来伤害？”

“没有。我不认识他。我从来没有和他说过话。”

“可是，”显然很不高兴的卡迪说，“你杀死他就是因为你所看到的？就像在梦里看到一样？”

“就像在梦中一样，尊者，但更真实，如同亲眼所见。”

“梦。”伊玛目咕哝着，“先知——愿真主降福于他，赐他平安——并没有说过仅仅因为梦中所见而谋杀可以得到赦免。”

人群中有一个女人喊道：“但她才 12 岁！”

伊玛目转过身，推开那群乌合之众走了出去。

“中士，”卡迪说，“羁押这个年轻的女孩。《正道》已经阐明了我们的责任。”

警官点了点头，走上前来。他把小女孩的手腕绑在一起，推着她走过小巷。一群农夫分开为他们让路。中士把贾汗带到一个潮湿的小牢房里，她要在里面等待审讯。一个由宗教长老组成的小组会根据伊斯兰教法来审判她，这是源自古老而高贵的《古兰经》的当代法典。

在肮脏的牢房里，贾汗并未感觉到痛苦。在布达因的生活已经让她熟悉了被剥夺一切的感觉。她耐心地等待着真主的意志。

她没有等太久。她又得到了一次简短的审讯，在此期间，委员会问了她许多伊玛目问过的问题。她全部毫不犹豫地做出了回答。她的法官们很伤心，但不得不做出裁决。他们给了她一个改变陈述的机会，但她拒绝了。最后，小组的高级成员站起身来面对着她。“哦，年轻人，”他用极不情愿的声音说，“根据先知——愿真主降福于他，赐他平安——所说，如果你所杀之人有意强施恶行于你，你的行为就会被认为是正当的。但你否认这一点。你归因于你的梦，你的幻视。这样不实的辩护无法让这个委员会认为你是无罪的。你必须接受明文写就的惩罚。明天早上日出前执行。”

贾汗的表情没有改变。她什么也没说。在她的许多幻视中，她也曾目睹过这一幕。有时候就像现在一样，她受到了宣判，有时候她被释放了。那天晚上，她吃了一顿丰盛的晚餐，在过去的贫苦生活中，她很少吃到那么好的东西。她睡了一夜。民事和宗教官员早上来找她时，她已经做好了准备。一位有名望的伊玛目对她说了很长时间，但是贾汗没有仔细听。她生命中剩下的活动和动作似乎都是机械式的，她已经不怎么在意。她任人引领，被问话的时候便没精打采地回答。她爬上了在大石玛清真寺的院子里搭建的平台。

“你感到后悔吗？”伊玛目轻轻地把手放在她的肩膀上，问道。

贾汗已经按要求跪下，头放在断头台上。她耸耸肩。“不。”她说。

“我的孩子，你感到愤怒吗？”

“不。”

“那么，愿真主保佑你平安。”伊玛目走开了。贾汗看不到刽子手，但是当大斧在黎明的第一缕微光中被举起时，她听到了旁观者的齐声叹息，然后斧刃落下。

贾汗在巷子里发抖。目睹自己的死亡总是让她异常不安。时间并没有过去很久，第五次也是最后一次呼叫祈祷的声音在不久之前刚刚响过，现在已经是晚上了。四周的庆祝活动更加热烈了。死于断头台的后果并没有阻止她去做要做的事情。她紧紧抓住那把刀，希望时间能快点过去，她想到了别的事情。

1925 年 5 月底，在距离德国海岸约五十英里的赫尔戈兰岛，他们在一家旅馆里安顿下来。贾汗在一间舒适的房间里休息放松。女房东让她的丈夫把海森堡和贾汗的行李放在最好的、最昂贵的房间里。海森堡非常希望摆脱过敏反应对自己的困扰。他还打算了解一下哥廷根的同事们提出的理论和反理论之间晦涩难懂的融合。与此同时，每次与贾汗碰面，女房东都要做出一副严肃的怒视表情，但又什么话都不说。博士先生本人太专注于工作，考虑不到那些鸡毛蒜皮的小事，比如礼节、道德、这次赫尔戈兰岛休养对声誉造成的影响，或者贾汗的内心是否平静。即便有人对这一安排表现出讶异，海森堡显然也是无所察觉的。他四处走动，仿佛对所有的事情都不敏感，除了花粉数量和他偶尔差点从其上跌落的陡峭悬崖。

贾汗注意到老妇人的不认可。然而在她二十六年的生活中，贾汗过着一种充实而艰苦的生活。在她的待考虑事项清单上，他人的不认可处于非常低的位置。她曾见过太多的人遭受遗弃，直至饿死；太多的人被剥夺了土地，沦落到赤贫的境地；太多的外来者以真主的名义被杀害；太多的人经过司法的复杂运作被致残或者斩首。这些年来，贾汗一直保存着她父亲那把曾经沥血的弯刀。现在它被塞在她的谢德兰羊毛毛衣下面，仍然和以前一样致命。

海森堡的健康状况在岛上得到了改善，从他们的房间里还可以看到大海的美丽景色。于是他的心情很快好了起来。一天早晨，在和他一起沿着海岸线散步的时候，贾汗念了光荣的《古兰经》上的一段话。

贾汗哭了，因为她知道无论她做多少好事，其分量都不会超过她已经做过的错事。

然而海森堡只是凝视着翻滚的灰色海浪。他没有仔细听那些神圣的诗句，不过贾汗打动了他。他嘴角微颤，泛起一个犹豫的小小微笑。贾汗用胳膊搂住他，安慰他，因为他看起来很冷，然后她把他带回到旅馆。天气转冷了，空气中弥漫着来自海洋的雾气。他们一起听着海鸥的叫声。那些鸟儿有的冲入水中捕鱼，有的在沙滩上空盘旋。贾汗想的是她所诵读的世界末日。海森堡想的却是世界的开始，以及它仍在严守的秘密。

他们喜欢每日在岛上平静地散步。现在，贾汗比以前更加频繁地带着她那本《古兰经》，经常给他念短诗。这些伊斯兰教经文和海森堡一生中听过的《圣经》文学差别很大，他不加评论地聆听着。不过在他看来，某些特定的想象只对他有意义。

贾汗终于看到他感觉良好了。海森堡再次把全部时间用于破解量子物理学当前研究中的难题。这既是他的职业，也是他放松的方式。他告诉贾汗，世界上最优秀的科学家们都在疯狂地拼凑一个粗疏的数学模型，尝试用它解释所有观测到的数据。无论采用什么方法，他们都不能把数据整合到一个统一的理论中。然而，他会找到问题的关键，他对此很有信心。他不太确定他该如何做到，不过，他当然也还没有真正地完全投入到这个问题上。

贾汗没有开心起来。她又念了《古兰经》上的一段话。

海森堡开怀大笑。“你的真主不仅仅是在谈论哥廷根，”他说，“他也想到了玻尔，还有柏林的爱因斯坦。”

贾汗因为他的不敬之语皱起了眉头。这是卡菲尔——非信徒——不敬而无知的嘲讽。她想知道，那个从来没有真正对她有所要求的古老宗教现在是否仍然是她的一部分。她想知道，经过了这么多年，如果再次走在布达因狭窄、拥挤、嘈杂的道路上，她会有什么样的感觉。“你不可以说那样的话。”她最后说。

“嗯？”海森堡说。他已经忘记了自己对她说了什么。

“看那边，”贾汗说，“你看到了什么？”

“海洋，”海森堡说，“波浪。”

“真主创造了这些波浪。你对此知道些什么？”

“我可以确定它们的频率。我可以测量它们的振幅。”

“测量！”贾汗叫道。多年以来她自己接受的科研训练突然被想象中她的传统受到的侮辱所掩盖。“看这里，”她要求道，“一堆沙子。真主创造了这些沙子。你对它了解多少？”

海森堡不明白贾汗想要告诉他什么。“有了合适的工具，”说话的时候，他有点担心冒犯她，“在适当的条件下，我可以拿一粒沙子告诉你——”他的话突然中断了。他像个老人似的慢慢地站起来，先看看大海，然后低头看看海滩，然后又看回海面。“波，”他喃喃地说，“粒子，没什么区别。所有这些数字都是我们可以测量的。我们无法测量玻尔的轨道，因为它们根本不存在！所以我们看到的光谱线是由两个状态之间的过渡引起的。成对的状态，是的。但是这意味着，为了描述它们，我们需要一种新的数学表达式，引用列出了所有可能的参考表格——”

“沃纳。”贾汗知道他现在已经忘记了她。

“仅仅计算就需要几天，甚至几周。”

“沃纳，听我说。这座岛太小了，你可以把一块石头从这一头扔到那一头。我可不想在你取得什么辉煌突破的时候坐在这个冰冷的海滩上，或者坐在你那荒凉而又沉闷的悬崖上。我要说再见了。”

“什么？贾汗？”海森堡眨眨眼睛，回到了现实世界。她再也不能面对他了。她另一只手的指缝间流出了一把沙子。

这时，她突然想到：如果在朝麦加的方向祈祷之前没有水施行必要的洗礼，你也可以用干净的沙子代替。她开始哭泣。她听不清海森堡对她说的话——即便他确实是在对她说话。

几个小时后，小巷里变得更冷了。贾汗裹紧长袍，来回踱步。她对这个特别的夜晚有过四年的幻视，瞥见过一些它可能的结果。有时候这个年轻人在黎明后不久就在小巷里看见她，有时候他没有。

有时候她杀了他，有时候她没有。当然还有一个悬而未决的问题，那就是她的行为会给她带来自由还是死刑。

第一次出现幻视时，她不知道发生了什么，也不知道自己看到了什么。她只知道恐惧、痛苦和惊骇。男孩把她粗暴地撂在地上，扯破她的衣服，强奸了她。然后，幻视就结束了。贾汗没有告诉任何人这件事，她的家人会认为她疯了。大约三个月后，幻视又回来了，只是这一次有点微妙的不同。她和上一次一样在巷子里，但这一次她微笑着向男孩示意，邀请他。他笑了笑，跟着她走进了小巷。当他把手放在她的肩膀上时，她把父亲的弯刀刺进了男孩的肚子里。幻视呈现给她的就这么多。她甚至比看到强奸场景时还要害怕。

随着时间的流逝，幻视呈现出其他形式。她现在已经确信，她看到的未必就是她的未来、那个确定无二的未来，而是某一个未来，每个未来成为现实的可能性都和其他未来一样。这些幻视不可能全部成真。在一些幻视中，她看到自己在这座城市生活到了老年，就在布达因的这个肮脏角落里。在另一些幻视中，她搬到了某个看起来一点儿也不伊斯兰的奇怪地方，而且她说的语言绝对不是阿拉伯语。她不知道这些矛盾的景象是在试图告诉她什么还是警告她什么。贾汗希望知道这些版本当中有哪些是她必须经历的。不久之后，就好像是为了奖励她的信仰，她开始有了暴力色彩更少的幻视：她可以看到短期内的未来，找到丢失的物品，或者预警那些不幸的旅行计划，或者预测农作物价格的涨跌。邻居们一开始觉得很好笑，后来开始害怕她。贾汗的母亲劝她不要对任何人说这些“梦”，否则她搞不好会被关进某个可怕的机构里。贾汗从来没有对父亲说过她的幻视，因为贾汗从来没有告诉过父亲任何事情。在那个家庭里，就像在布达因的其他家庭——以及这座城市的其他地方一样——父亲并不太关心他的女儿们。儿子们才是他的骄傲。他有三个强壮的儿子，他坚信有一天他们会极大地增加阿舒菲家族的声望和财富。贾汗知道他错了，因为她已经看到了他的儿子们会变成什么样子——两个会死在与犹太人的战争中；第三个是懦夫、弱者，会逃亡到美国去。但贾汗什么也没说。

一个幻视：刚刚过了黎明。那个年轻人——贾汗一直没能得知他的名字——沿着石头铺就的街道走向她藏身的小巷。贾汗甚至不必往外看一眼就能知道。她深吸一口气，走了几步，来到街上，向左看，引起了他的注意。她做了一个简明的手势，然后转身走向那阴暗小巷的深处。她确信他会跟着她。她的肚子在生疼，在咕噜作响，她紧张得浑身发抖。那个年轻人把手放在她的肩膀上，低声提出某种不雅的建议。这时她把手伸向了隐蔽的刀子，然而并没有抓住它。他粗暴地把她撂倒在地，扒下她的衣服，强奸了她，然后把她留在那里。她几乎瘫痪了，在潮湿、难闻的石头上哭泣和咒骂。后来有两名妇女发现了她，带她去看医生。她们最担心的事情得到了证实：她的名誉已经被无法挽回地破坏了。从成长为那个伊斯兰社区中一个普通的成年女性这层意义上来说，她的生活实际上已经结束了。其中一个女人把贾汗送回了家，把这个消息告诉了她的母亲，而她的母亲又必须告诉她的父亲。贾汗躲在她和姐妹们共同居住的房间里，听到了家具被猛烈砸坏的声音和她父亲刺耳的污言秽语。现在已经无计可施。贾汗不知道攻击者的名字。她被毁了，沦落到比毫无价值还要糟糕。一个不再是处女的年轻女子，不可能得到聘礼。多年来，养育一个毫无价值的女儿，只希望能够从将来的婚约中收回投资——现在一切希望化作了泡影。毫不奇怪，贾汗的父亲——一个愚昧无知的生物——感到被出卖了。没有人同情贾汗。真相无论是怎样的，都改变不了事实。她拥有的只有姐妹和母亲的哭泣。从那天早上起，贾汗被永远断绝了与家庭的关系，被赶出了她的房子。贾汗的父亲和三个兄弟甚至都不会看她，也不会向她告别。

岁月流逝得越来越快。贾汗变成了一个街头妇女。有一段时间，凭借着青春和美貌，她过上了很好的生活。然后，随着几十年的岁月在她身上留下无法改变的痕迹，她发现哪怕一顿饭和一间睡房也很难挣到了。她年纪越来越大，越来越痛苦，内心充满了对自己的厌恶。她恨她的父亲和家人吗？不，她的命运是由真主的意志所决定的，无论她有多么无法理解；或者是在多年前的那条小巷里，那个事关选择和命运的时刻，由她自己的胆怯决定的。她无法做出判断。无论答案是什么，洞察和智慧现在也不可能带给她任何好处。根据真主的神秘设计，她的生活就应该如此。她不需要去理解。

最终，人们发现她在憔悴和饥饿中死去了。她的尸体扭曲着，生前为了取暖而抱成了一团。巧合的是，贾汗被发现的地方正是那个年轻人毫无顾忌地剥夺了她在这个世界上获得幸福的机会的小巷。她死后，没有人哀悼她。也许仁慈的真主会怜悯她，向她展现她生前几乎未能从左邻右舍得到的宽容。对贾汗来说，那里一直是一个寒冷的地方。

在与海森堡疏远的一段时间里，贾汗在苏黎世与埃尔温·薛定谔共事。起初，薛定谔的想法令她感到困惑，因为它们违背了海森堡的许多基本假设。就目前而言，海森堡不认可任何简单的原子图像、任何模型。薛定谔比哥廷根团队的那些人年纪更大、思想更保守，他想要不借助新的数学方法和难以捉摸的意象解释量子现象。他将电子视为波函数，但又与德布罗意的波不同。在物理世界中，波的特性众所周知，没有歧义。然而，当薛定谔计算能量水平的变化如何影响他的电子波时，他得到的答案与观测到的数据不一致。

“我漏掉了什么？”他问道。

贾汗摇了摇头。“在我出生的地方，人们说，不要因为海市蜃楼而把水壶里的水倒出来。”

薛定谔揉揉疲倦的眼睛，低头看了看手里的那沓纸张。“我又怎么知道，这些水值得保存，还是该进下水道？”贾汗没有回答这个问题，薛定谔不满意地把自己的工作搁置一边。几个月后，几篇论文显示，在考虑到相对论效应后，薛定谔的计算相当符合实验结果。

薛定谔很高兴。“在我的心里，我一直知道量子物理学将被证明是一个理智的世界，而不是一个充斥着幽灵、被鬼神力量统治的领域。”

“它现在对我来说似乎是不真实的。”贾汗说，“如果你说电子是波，你是在说它是一个幻影。在海洋里，水就是波。至于声音，它是承载着波的空气。在你的方程式中有什么是波？”

“它是一种概率波。这是玻恩说的。我自己也不完全理解。”他说，“但是我的方程式把太多的东西解释成了幻象。”

“先生，”贾汗皱着眉头说，“也许在这种情况下，海市蜃楼是在你的水壶里，而不是在你面前的沙漠里。”

薛定谔笑了。“这可能是真的。我可能不得不放弃我的精神图片，但我不会放弃我的数学。”

那是城市里一个热得令人喘不上气的下午。当地的阿拉伯人似乎并没有受到炎热的困扰，但那一小队欧洲人却开始难受。他们的游船在小港口靠岸，然后他们安排了一趟行程，前往南方约五十英里处的城市。两个小时之后，旅行者们得出结论，这次探险是一个错误。

一行人当中有一位是德国数学家大卫·希尔伯特[1]，自1895年以来他便在哥廷根做讲师。陪同他的是他的妻子凯绥和他们的女仆克莱尔申。一开始，他们被陌生的城市所吸引，沉醉于异域的景色、声音和气味中。但过了一会儿，他们的感官就被新鲜事物塞得过多了，而最初的异国情调现在只显得凄惨萧瑟。他们缓缓穿过集市的时候，遮阳棚和树枝搭成的窄小游廊起不到太大遮蔽作用，他们渴望着一股凉爽的微风。阿拉伯男人穿着白色的长礼服，一边尖叫一边怒视着欧洲人。他们不可能知道阿拉伯人在说什么。一些人拖着装满脏杯子和罐子的小推车——水？茶？柠檬水？这没什么区别。每个摊位上都有霍乱在流连，每一个抓住行人衣袖的乞丐都是在传播伤寒。

希尔伯特的妻子虚弱地给自己扇着风。她差不多被击败了，濒临崩溃。希尔伯特绝望地四处张望着。"大卫，"希尔伯特的情人当中，希尔伯特夫人唯一能够容忍的女仆克莱尔申喃喃地说，"我们已经走得够远了。"

"我知道，"他说，"但我什么也没看到——哪儿都没有——"

"那边有一些女士和先生。我认为那是个吃饭的地方。把凯绥和我放在那里，找辆出租车，然后我们将回到船上。"

希尔伯特犹豫了。他不忍心把两个没有保护的女人留在那个狂乱的异教徒集市里。这时他看到妻子的脸色已经变得那么苍白，看到她眼皮耷拉下来、靠在克莱尔申肩膀上摇晃的样子。他点了点头。"我来帮你们吧。"他说。他们一起把希尔伯特夫人带到了餐厅，那里的温度并不低，但至少天花板上的吊扇让人有种吸到了新鲜空气的感觉。希尔伯特向一个衣着讲究的男人介绍自己。那个人和他的家人——妻子和四个孩子——坐在一张桌子旁。数学家尝试了三种

1. 德国数学家、逻辑学家。19世纪和20世纪之交国际数学界的领袖人物。

语言，对方才听明白他的意思。他解释了他们遇到的情况，那位先生和他的妻子都向希尔伯特保证，他不必担心。希尔伯特跑出去找出租车。

他很快就迷路了。这里没有街道，没有欧洲意义上的街道。建筑物之间的狭窄空间便是小巷，通到小广场，便不再通向别的地方。其他的狭窄通道扭来扭去，让人摸不清方向。希尔伯特发现自己回到了一个露天集市，起初他以为这就是他开始寻找餐馆的地方，但是他错了。这完全是另一个集市，这个城市中的大概几百个集市之一。他开始感到恐慌。就算他设法找到了一辆出租车，他又怎么能把它送回妻子和克莱尔申等待的地方呢?

一个男人用手抓住了他。希尔伯特试图甩开那长长的手指。他看见一个消瘦的男人双腮深陷的脸庞，这人穿着条纹长袍，戴着一顶蓝色的针织帽。阿拉伯人不断地重复着几句话，但是希尔伯特根本听不懂。阿拉伯人牵着他的胳膊，半拉半推地引他穿过人群。希尔伯特听凭对方的引领。他们穿过两个集市，一个是卖锡器的，一个是卖家禽的。他们走进了一条石头铺成的街道，来到一处巨大的广场。广场的另一边是一座高塔林立的大清真寺，由粉红色的石头建成。希尔伯特的第一印象是敬畏，它就和泰姬陵一样伟岸。然后，他的向导又把他推到人群中，或者急匆匆地走到前面去为希尔伯特开路。广场上人挨人、人挤人。很快希尔伯特就明白了为什么——广场中央支起了一座平台，上面站着一个人，手执之物显然只能是一把刽子手的斧头。希尔伯特感觉自己胃里很不舒服。他的阿拉伯向导把所有人都推到一边，直到希尔伯特站在平台的脚下。他看到穿制服的警察和一个满脸胡须的老人带出来一个年轻的女孩。人群分开让他们过去。女孩非常可爱。希尔伯特看着她又大又黑的眼睛——“就像瞪羚的眼睛一样”，他回想起在奥马尔·海亚姆的书中读到的句子——还瞥见了她朴素的衣服遮掩不住的苗条身材。走上台阶的时候，她又向下看了看他。希尔伯特感到他的心在抽紧，感到一阵剧烈的战栗。这时她把目光移开了。

阿拉伯向导在希尔伯特耳边尖叫。这对数学家来说毫无意义。他惊恐地看着贾汗跪了下来，同时刽子手举起了他的执法利器。当人群爆发出猛烈的吼叫，希尔伯特注意到自己的衣服上溅满了红色的小斑点。阿拉伯人再次对他尖叫，并紧紧地抓住了他的手臂，直到他开始抱怨。阿拉伯人没有放开他。他用另一只手拿出了他的钱包。阿拉伯人笑了。在他的上方，希尔伯特看到几个人抬走了被斩首的女孩的尸体。

直到他付了一大笔钱之后，阿拉伯向导才放他走。

在小巷里，大概又过了一个小时。贾汗已经退到最黑暗的地方，坐在一个潮湿的角落里，双腿蜷起来，头靠在粗糙的砖墙上。她告诉自己，如果她能睡着，夜晚便会过得更快。但是她不肯睡觉，睡意袭来时，她会与之战斗。如果她睡过去，然后到上午晚些时候醒来，她的危险和机会便都会消失，那该怎么办呢？她唯一的同伴，新月，已经离开了她。她抬头看着星座的局部，那些星星作为群体的一部分容易辨认，现在作为个体却难以区分。这跟人是多么地不同啊，人恰恰相反。她叹了口气。她不是一个深刻的人，也不喜欢有什么深邃的思想。她认为这些都不是真正意义深远的想法，她只是被疲倦搞蒙了头脑。她慢慢地把头向前倾，双臂交叉搁在膝上，抱着头。夜晚已经过去了大半，街道上寂静无声。也许再过三小时天就要亮了……

很快，薛定谔的波动力学就被证明与海森堡的矩阵力学等效。

这是对两人的工作乃至整个量子物理领域的认可。最终，薛定谔的对电子过分简化的波图像被抛弃了，但是他的数学定律仍然是无可争议的。贾汗记得薛定谔预言过他可能需要迈出这一步。

贾汗终于回到了哥廷根，回到了海森堡身边。他已经“原谅了她的任性”，很高兴地欢迎她，因为海森堡对她怀有真挚的感情，而且他还有很多工作要做。他刚刚正式提出了后来人们所称的“海森堡不确定性原理”。这是第一次有人指出，中立的观察者在亚原子粒子的宇宙中不可避免地要扮演重要的、积极的角色。贾汗很轻松地掌握了海森堡的概念。其他科学家认为，海森堡只是对他们实验的局限性或者观测的质量提出了微不足道的批评。但其实这个原理的意义要比这深刻得多。海森堡曾说过，在任何情况下，人们都不可能同时知道电子的位置和动量。他永远地摧毁了中立观察者的假设。

“观察就是干扰。”海森堡说，“牛顿肯定不会喜欢这些想法。”

“爱因斯坦此时此刻仍然不喜欢它。”贾汗说。

“我希望每次他说‘上帝不对宇宙掷骰子’这句酸话时，我都能挣到一马克。”

“那就是他理解‘概率波’的方式。你若是不看，你便不可能知道电子的路径；但是一旦看了，你就改变了信息。”

“所以也许上帝不会和宇宙玩骰子。”海森堡说，“他玩的是二十一点，只要他袖子里面没有多余的王牌了，他就会创造出一个——先创造袖子，然后创造王牌。他能翻出来比统计学概率更多的二十一点。等等，贾汗！我不是在亵渎神灵。我并不是说上帝作弊。更确切地说，他发明了游戏规则，而且还在继续创造游戏规则，这使得他在我们这些可怜的物理学家以及我们滞后的理解力面前占尽优势。我们就像一群乡巴佬，在观看谁知道是天才还是江湖骗子的人玩纸牌把戏。”

贾汗思考了这个比喻。“在索尔维会议上，玻尔介绍了他的互补原理，即电子是波函数，直到它被探测到，这时候波函数坍缩成一个点，你就知道电子在哪里了。那么它就成了一个粒子。爱因斯坦也不喜欢这个想法。”

“那是上帝的纸牌把戏。”海森堡耸耸肩说，“什么样的游戏适合让真主用来对付我们？”

“物理。”贾汗说。海森堡笑了。

“你是否知道，真主创造的神圣的人类生命是不容剥夺的？”

“是的，智者。”

“那么你是否知道，对那些违反了这条法律的人，真主已经规定了惩罚措施？”

“我知道。”

“那么，我的孩子，告诉我们你为什么杀死这个可怜的孩子。”

贾汗把那把血淋淋的刀子扔到石头小路上。它发出刺耳的声音，然后搭在了尸体的一条腿上。“我当时是在庆祝开斋节。”她说，“这个男孩跟着我，我害怕了。他做了下流的手势，并大声喊出了可怕的东西。我匆忙离开，但是他追着我跑。他抓住我的肩膀，把我压在墙上。我试图逃跑，却挣脱不开。他嘲笑我的恐惧，然后打了我很多次。他拖着我走过最狭窄的街道，那些没有多少见证者的地方，然后他把我拉进这个卑鄙的地方。他告诉我，他想要玷污我，还用污秽的细节描述了他打算怎么做。就在那时，我拔出了父亲的弯刀刺了他。我整夜都在为他的意图和我的行为而感到恐惧，我也向真主祈求宽恕。”

伊玛目用颤抖的手抚过贾汗的面颊。“我的孩子啊，真主是全智的，是完全宽容的。让我和你一起回到你的家，以便我让你的父母放下心来。”

贾汗跪在伊玛目的脚边。“感谢真主。”她低声说。

“荣耀归于真主。”伊玛目、警官和卡迪一起说。

十多年后，贾汗有了自己的女儿，把这个故事讲给她们听。但是在后来的日子里，孩子们没有听从父母的警告，贾汗和她丈夫的儿女也做了许多蠢事。

黎明悄悄溜进了贾汗等待的那条狭窄小巷。她非常困也非常饿，但是她站了起来，摇摇晃晃地走了几步。她的肌肉麻痹了，她能听到耳孔里自己的心跳声怦然作响。贾汗一只手扶在砖墙上稳住了自己。她慢慢地走到小巷的入口处，向外凝视着。一个人都看不见。左边、右边，都不见那个男孩过来。贾汗一直等到另外几个人出现，开始了新的一天的工作。于是她把弯刀再次藏在袖子里，离开了小巷。她匆匆赶回父亲的家。她的母亲需要她帮忙做早餐。

贾汗现在已经40多岁了。她剪短了黑发，戴上了一副笨拙的眼镜。忧虑、糟糕的饮食和失眠已经偷走了她的美貌。她穿着一件白色的实验服，拿着一个剪贴板。那是她的一部分，正如同她的头衔，阿舒菲博士。这里不再是哥廷根了，而是柏林，战争正在走向败局。她仍然和海森堡在一起。他保护了她，直到她自己在科学上的威信足以保护他们。在那个时候，纳粹官员不得不给予她“名誉”雅利安人的身份，就像他们对犹太物理学家和数学家所做的那样，因为他们需要后者的合作。正是贾汗对海森堡的长期忠诚使她留在了德国。她对这场战争毫不关心，这些人不是她的同胞，英国人、法国人、俄国人或者美国人也不是。她唯一的兴趣是在她的工作中，在对物理学的钻研中，在对发现的无尽期待中。

因此，当德国的原子弹计划脱离了德国军队的控制，被移交给德意志帝国研究委员会时，她很高兴。首先要做的事情之一是在柏林的凯撒·威廉物理研究所召开一次研究会议。会议将在最严密的安全措施下进行，不会提前发布任何初步的议题清单，以防外国特工看到诸如“裂变横截面”和“同位素浓缩”之类的术语，从而推测出这些物理学家的长期目标。

与此同时，出于为政府高官考虑，德意志帝国研究委员会决定在同一天举行另一场会议。他们的想法是，在凯撒·威廉研究所的会议上发言的科学家们可以用平实的语言对他们的工作进行简短的基本总结，以便让政治和军事领导人了解核武器研制的进展情况。然后，在向外行进行陈述之后，物理学家们可以聚集起来，用他们更专业的术语来讨论同样的问题。

海森堡认为这是个好主意。那是 1942 年，物资、政治支持和资金变得越来越难找。军方想把所有可用的研究资源投入火箭项目，他们认为核实验没有取得足够的成功。海森堡是一个理论物理学家，而不是工程师。他不知道该如何告诉委员会，铀弹的研制必须是缓慢而有条不紊的。理论上每一个新的步骤都必须经过仔细测试，每一次实验都要付出巨量的时间和金钱。然而，德意志帝国只关心积极的结果。

一天晚上，贾汗独自一人在德意志帝国研究委员会的行政办公室里，正在用打字机针对他们一次重要的同位素分离技术测试打出自己的建议。她在书桌上看到两摞文件。其中一摞列出了物理学家为那些几乎没有科学背景的德意志帝国部长准备的概要。她把那些文件藏在自己的公文包里。第二摞是物理学家们自己的会议的秘密议程：舒曼博士的《作为武器的核物理》、哈恩博士的《铀原子的裂变》、海森堡的《铀裂变产生能量的理论基础》等等。参加技术研讨会的每个人在进入演讲厅后都会得到一个必须签署的项目。贾汗在安静的办公室里想了很久。她想起了自己悲惨的童年。她回忆起她来到欧洲的情形和她后来认识的那些人，她来到这里之后的生活。她想到了当她躲在科学的象牙塔里不问世事的时候，德国发生了怎样的改变。最后，她想到了这个新德国可能会用铀弹做什么。她知道她必须做什么了。

只花了几分钟时间，她就把那些高度技术性的议程塞进已经写好第三帝国领导人地址的信封。她已经确保没有人会参加那简短的介绍性讨论会。贾汗很容易就能想象出政治和军事领导人会对那些无法理解的科学论文做出何种回应——简略而有礼貌的致歉，表明那天他们不会在柏林，或者日程安排太繁忙以致无法参加。

一切都那么简单。德意志帝国的统治者没有听到这些讨论，也没有意识到德国有多么接近开发出原子弹。德意志帝国永远失去了被及时造出的那样一种炸弹拯救的希望——这一切都是因为错误的邀请信息被塞进了几个信封里。

贾汗从梦中醒来，发现夜已极深。过不了多久，天空就会洒满阳光。她的焦虑很快就会有个了断。她会知道那个男孩将走到巷子里，还是将远离她；她会知道自己将被他强奸，还是将鼓起勇气保卫自己；她会知道自己将被判谋杀，还是将被无罪释放。她有能力看到所有与她有关的事情的结果。尽管如此，她还是很累，很饿，很不舒服，所以想要放弃这场坚守。回家的冲动是强烈的。然而她一直相信，她的幻视是真主赐予的礼物，而忽视这些明确的警告可能是对他的冒犯。为了真主，也为了她自己，她不情愿地选择在这一夜剩下的时间里继续等待。从昨晚开始，她看到了很多幻视——比她生命中的任何一天都要多——一些不曾见过，一些和多年前的差不多。它几乎可以和真主向先知——愿真主降福于他，赐他平安——宣示的盖德尔夜相比拟，只不过这是个意义很小的凡人版本。然后，贾汗因为把自己和那位信使做比较而感到内疚和亵渎了神明。

她跪下来，面对着麦加，向真主祈祷。

结束祈祷之后，她站起来，靠在墙上。她想知道这一段祷文是否预示着她很快就会成为孤儿。她希望真主明白，她从来没有设想过在她的父母身上发生什么可怕的事情。贾汗愿意承受真主的意志带来的任何痛苦，但是让她的父母与她共同承担似乎并不公平。她在潮湿、寒冷的空气中颤抖着，凝视着天空是否有发亮的迹象。她假装那些星星已经开始消失了。

广场上人挨人、人挤人。很快希尔伯特就明白了为什么——广场中央支起了一座平台，上面站着一个人，手执之物显然只能是一把刽子手的斧头。希尔伯特感觉自己胃里很不舒服。他的阿拉伯向导把所有人都推到一边，直到希尔伯特站在平台的脚下。他看到穿制服的警察和一个满脸胡须的老人带出来一个年轻的女孩。人群分开让他们过去。女孩非常可爱。希尔伯特看着她那又大又黑的眼睛——“就像瞪羚的眼睛一样”，他回想起在奥马尔·海亚姆的书中读到的句子——还瞥见了她朴素的衣服遮掩不住的苗条身材。走上台阶的时候，她又向下看了看他。希尔伯特感到他的心在抽紧，感到一阵剧烈的战栗。这时她把目光移开了。

阿拉伯向导在希尔伯特耳边尖叫。这对数学家来说毫无意义。他惊恐地看着贾汗跪了下来，同时刽子手举起了他的执法利器。希尔伯特喊了起来。他的向导紧紧地抓着局外人的胳膊，但是希尔伯特愤然抽身，并把那个人甩进了一群戴面纱的女人当中。在混乱中，希尔伯特跑上了断头台的台阶。伊玛目和警察愤怒地看着他。人群开始因为这一中断，这个欧洲卡菲尔——异教徒——的亵渎行为狂叫起来。希尔伯特跑向警察。“你必须阻止这一切！”他用德语喊道。他们听不懂他的话，还试图把他从平台上拉下来。“住手！”他用英语尖叫道。

一名警察回答了他。“这不能停下。”他粗声粗气地说，“那个女孩犯了谋杀罪。她被判有罪，她无法向受害者家属赔付血债。她必须以命抵命。”

“血债！”希尔伯特喊道，“那是野蛮的！你会仅仅因为一个小女孩没钱而杀死她吗？血债！我来付你这该死的血债！多少钱？”

那名警察与其他人商量了一下，然后去找伊玛目寻求指导。最后，那个说英语的警官回来了。“四百基亚姆。”

希尔伯特用颤抖的双手拿出了他的钱包。他数了数钱，带着明显的厌恶交给了警察。伊玛目用微弱的声音喊出了某种宣示。那些话很快就在人群中传播开来，旁观者们因为他们的早间娱乐遭到破坏而愈加愤怒起来。“带她走，快点。”警官说，“我们保护不了你们，众怒难犯。”

希尔伯特点点头。他抓住了贾汗瘦削的手腕，拽着她一前一后地向前走。她用阿拉伯语问他问题，但他无法作答。他在险恶的人群中奋力前行，两人一次又一次被石头击中。希尔伯特在想自己做了些什么，以及他和那个女孩是否能够活着走出清真寺的院子。他对年轻女性的喜爱——这在哥廷根是一个公开的玩笑——是他这样做的全部动机吗？他是在下意识中决定营救这个女孩，把她带回德国？还是有着更值得称赞的原因？他永远不会知道。他被自己吓了一跳：当他试图保护自己和那个女孩免受人群的猛烈攻击时，他想到的只有如何向他的妻子凯绥和他的情妇克莱尔申解释这个女孩。

1957年，58岁的贾汗·法蒂玛·阿舒菲居住在美国新泽西州的普林斯顿。巧合的是，阿尔伯特·爱因斯坦曾也来到这里，并度过了他生命最后的时光。在1955年他去世之前，他们在他的房子里度过了许多愉快的下午。一开始，贾汗想和爱因斯坦讨论量子物理学，她甚至对他说了海森堡对于他反对上帝与宇宙玩骰子做何评论。爱因斯坦闻言并不是太开心，从那时起，他们只谈论纳粹党上台之前德国的美好时光。

然而，今天下午，贾汗坐在普林斯顿大学的演讲厅里，听着一位年轻人朗读一篇引人注目的论文，他的博士论文。他的名字叫休·埃弗雷特[1]，他宣称有一个能够解决量子世界所有悖论的解释，一种看待它们的简单但奇怪的方式。他的新想法包括了哥本哈根解释，并解释了那些思路不太开放的物理学家可能提出的所有反对意见。他首先指出，量子力学提供的预测在与实验数据进行对比时总是正确的。量子物理一定是连贯而有效的，这毫无疑问。问题在于量子理论已经开始引出一些不那么诱人的替代品。

薛定谔的猫悖论——盒子里的猫只是一个量子波函数，在一个观察者观察其状态前非生非死——被消灭了。埃弗雷特证明了这只猫并不是鬼魅般的波函数。他说波函数并不会“坍缩”，不会选择这一种可能或者那一种。他说，观察的过程选择了一个现实，但另一个现实仍然存在，就像我们的世界一样“真实”。粒子不会随机选择哪条路径，而是会在刚分支出来的独立世界中选择每一条路径。当然，在粒子层面上，这意味着每时每刻都有大量的分支产生。

贾汗知道这个近乎形而上学的想法会遭到大多数物理学家的冷遇，但是她有特殊的理由去接受它。它解释了她的幻视。她瞥见了

1. 美国量子物理学家，以提出多世界理论而闻名。

那个对她来说是“真实”的特定分支，还有那些对其他版本的她来说是“真实”的分支，她自己的分身生活在无数的平行世界里。现在，听着埃弗雷特的介绍，她笑了。她看到听众当中的另一个年轻人，穿着一件T恤，上面写着：“魏格纳：你认为你的朋友可以喂我的猫吗？海森堡不确定。谢谢你，薛定谔。”她觉得这很有趣。

埃弗雷特读完后，贾汗感觉很好。她的感觉不是平静，更像是一场酝酿了很久的争论之后的释放。贾汗回想着，从布达因小巷里的那个黎明算起，她这一路走来经过的千回百转。她又笑了，伤心地笑了。她深吸一口气，然后吐出来。她做过多少件事，有多少事情发生在她身上！它们构成了这漫长而奇怪的生命。唯一剩下的问题是：利用此时此刻的无形资源，她还要构建出多少不可计数的未来？当她坐在那里——在一些世界里——贾汗知道，无须她的意愿，无须她的许可，未来也会延续下去。她在意的不是明天什么时候到来，而是哪个明天会到来。

贾汗看到了它们，但她还是什么都不懂。她想，中国人说“千里之行始于足下”。这话好没远见！伴随着迈出的每一步，或者没有迈出的每一步，一千次千里之行开始了。她坐在椅子上，直到所有人都离开了演讲厅，然后才慢慢地站起来。她的后背和膝盖都在作痛，她走了一步。她想象着无数贾汗的镜像和她一起迈出了这一步，而另外无数个却没有。而在这一刻的所有世界里，这都是迈向未来的又一步。

最后，毫无疑问：黎明来临了。贾汗抚着她父亲的弯刀，感到一阵兴奋。她脑子里闪过奇怪的话语。她喃喃地说：“海森堡不确定性原理。”她已经在朝巷口奔去。她没有惧怕。

（秦鹏　译）